目次

塩飽諸島

一

日本には島々が多い。日本自体が東西に細長く横たわる島国なのだから四方八方、放射状に離れ島を伴っていて当然だろう。

島々の数の多さはたとえば瀬戸内海を例にとっても、その実数は正確につかめていない。三千余島と書いてある本もあれば、二千数百と漠然としるす本もある。

日本離島センターという名の財団法人があって、そこから毎年発行される島々の情報ガイドブックがあるが、そこに収録されている島の数は総計四百五十六島である。

もちろん日本の島々の全てというわけではなく、基本的に住民の居住が確認された島、架橋された島、季節的に人の移住が認められる島などが選ばれている。

これだけの島を擁しながら日本では島々はあまり大切に扱われてこなかった。

奈良、平安のむかしから中央政府は島に住む人々を王土の民と認めていたとは思えない。離島の中では最もよく知られていたはずの対馬《つしま》あたりにしても、元寇《げんこう》のさいにはモンゴル軍の来襲のままに放置され、全島民が殺されている。隣島の壱岐《いき》にしても同じだった。対馬などは中央政府の冷淡な扱いにたまりかね、隣国の朝鮮をまだしも頼りとし、

「もし我島をもって貴国境内州郡の例により、定めて州名を為し印信を賜らば、則ちまさに臣節をつとめ、ただ命これに従わん」

などと島主が島を朝鮮の一州として助けてくれと哀願しているような例がある。もちろん本土の為政者はこんなことは知らなかった。

これは対馬に限らず、日本の島々はおそらくどこも似たようなものだったろう。例外をあげるとすれば、室町戦国時代、村上海賊衆が武力によって海の王国を築きあげ、陸上の大名達を畏怖《いふ》させた瀬戸内海の島々であろう。

とくに広島県と愛媛県の間の海域に散在する芸豫《げいよ》叢島《そうとう》百余の島々は戦国期の海賊の本拠地となり、往来する全ての船舶から堂々と通過料を巻きあげた。

しかしそれも一時期の徒花《あだばな》で、豊臣秀吉が天下を統一する過程の天正十六年、海賊禁止令の布告によって海の王国は消されてしまう。

すべての島々は陸の大名の領土内にくみ込まれ、島内の僅《わず》かな作物から年貢を奪われ、海上の漁業権にまで干渉を受ける。

全く為政者に無視されていた昔より、さらに悪い環境に置かれてしまった。

それら悲しい日本の島々の中で、珍しく中央政府の干渉から免れ、多少の拘束はあったとしても、少くともどの大名の領土にもくみこまれず、島民自身の自治制度によって悠々と幕末まで生きのびた島がある。一島ではなく大小二十八の小島から成る群島だった。

その名は塩飽《しわく》諸島。瀬戸内海のほぼ中央の海域に散在し、岡山県と香川県の間に挟まれたいわゆる備讃《びさん》瀬戸に横たわっている。

二十八の島々の中心は面積六・七平方キロ、周囲が十六キロの本島《ほんじま》で、むかしはこの島が塩飽島と呼ばれたらしい。他に主立つ島として牛島《うしじま》、与島《よしま》、櫃石島《ひついしじま》、広島《ひろしま》、手島《てしま》、高見島《たかみじま》があり、これに本島を加えて「塩飽七島」と呼ばれている。

塩飽とは瀬戸内海の東と西から流れてくる潮流が、このあたりで激しくぶつかり合い、潮《うしお》が湧《わ》き立つように見えるところからついた名だという。

この島々には人名《にんみょう》と呼ばれる変った人々が住んでいた。

人名とは大名、小名の呼び名に似て、百姓でもなく町人でもなく、職人でもない存在だった。かといって武士でもない。

しいていえば海の本百姓とでもいえるだろうか。

人名は本島をはじめとする塩飽諸島に六百五十人が散在していた。どの島に何人の人名がいたか、ほぼ正確にわかっている。

この人々は熟練した船乗りの集団で徳川幕府の御抱え水夫として公認され、有事のさいには無償で船や労力、操船技術を幕府に提供した。

そのかわり彼等はどこの大名にもくみこまれず、百姓町民のように年貢や冥加金《みようがきん》を納めることもなく、人名年寄《どしより》四人の代表者による自治制度を維持してきた。

徳川幕府は長い鎖国制度で象徴されるように一貫して海を嫌い、海に背を向けつづけた政権であった。

その幕府が公認した唯一の海の民が塩飽諸島にいわば自由民として生きていた。

名目は大坂町奉行の支配とされていたが、この島々には自主独立の制度と気風がほぼ中世のままに残された。

それが塩飽諸島の人名達である。

二

安政二年の夏――。

本島の勤番所に出仕する四人の人名年寄のもとへ大坂町奉行から火急の御呼び出しがあった。

町奉行が親しく面談したい用があるので、人名年寄のうち代表二人に来坂出頭せよという。

塩飽本島の人名年寄は宮本伝右衛門、宮本伝太夫、吉田彦右衛門、宮本清三郎の四名である。

「大坂町奉行の御呼び出しか。どうせろくなことではないじゃろう」

と四人の年寄達は眉をひそめて話し合い、大坂通いには馴れた宮本清三郎と古老の吉田彦右衛門の二人が出頭に応じることになった。

塩飽諸島と大坂は近い。潮に乗れば一昼夜、おそくて二日の船旅である。

「また公儀が新しい大船を新造して水夫が不足じゃ、わしらの島の人名を差し出せというのではないかのう」

「一昨年、公儀の命令で浦賀に差し出した男達もまだ半数は戻ってきておりませぬ。帰ってきた者達の話を聞けば、名ばかりは西洋帆船でも舵《かじ》は利かず帆の上げ下ろしも面倒で、あれならわしらの千石船がずっとましじゃというとります」

「そうらしいなあ。形ばかり異人さんの真似をしても、おいそれと船は走るもんではない。むだ骨折りにきまっとる」

「もしまた新造船に水夫を出せというてきたら、どうします」

と若い年寄の宮本清三郎が聞いた。

「一応は希望者を募ってみるが、一昨年と同じで元気な若い奴らは一人も行きはせんじゃろう。人名もいやがるわい」

大坂へ向う船の中で二人はのんびりと話し合っている。

ちょうど大坂行きの塩船があって、二人は本島の泊浦《とまりうら》からその船に便乗していた。

一昨年の公儀の命令とは浦賀で異国船を模して新造した新型船の乗組みである。

長さ二十二間、幅五間、二本帆柱の大型帆船で鳳凰丸《ほうおうまる》と名づけられたが、中途半端な妙な船だった。

何しろ浦賀沖にアメリカのペリー提督が四隻の黒船を率いて現われたのが嘉永六年。船腹両舷《りょうげん》に大きな水車のような外車輪をそなえ、もうもうと石炭の黒煙を噴きあげる異国船を見て日本人はびっくり仰天、幕府は慌てて慶長以来の大船禁止令を解除したばかりか、全国諸藩に大型船舶の建造を奨励する始末。

ペリーが去った直後に幕府が率先して建造したのが、鳳凰丸である。

上等な船ができるはずがない。三百年前にミスツイスづくりと呼ばれ、独自の外洋船を生み出した日本の優秀な造船技術は、鎖国令と大船禁止令によって、このときはみごとに消滅してしまっていた。

技術の消滅というのは世界でも珍しく、後年、日本の船舶技術がその典型例として紹介されるようになったほどだ。

幕府は即席麵《めん》でもつくるように模擬西洋帆船を造ったが、操作運用に手こずって、塩飽諸島に助けを求めた。

塩飽の人名達は嫌って誰も行こうとしない。ようやく三十名の頭数を揃《そろ》えて差し出したが、殆んど四十歳以上の老齢者で、しかも人名は少く、多くが畑仕事や漁業を生業とする門男《もうと》たちだった。

門男とは他から移住してきて島に住みついた者や島のわずかな土地を耕作する者、人名の手を出さぬ漁業に従事する者である。

操船運用を専業とする人名とは生い立ちも違う。

最初に派遣した半数が島へ返されてきたとき、

「これはひょっとして塩飽人名の恥になるのではないか。塩飽の水夫の腕が日本中に疑われてしまうかもしれん」

と心配する者も出て、人名のうちの幾人かは率先して浦賀へ赴いたが、すぐに彼等は引返してきた。

「あんなもん」

と人名達は島に帰って言った。もんとは船と構成員をいう。

「ほっとけばよい」

それだけが幕府の新造船と乗組員に関する彼等人名達の感想だった。

今では浦賀行きのことを誰も口にする者はいない。

島の管理責任者である人名年寄の二人はもちろんそうした事情を全て心得ている。

「もしまた浦賀へ水夫を差し出せというのなら、今度はていよくお断りしよう」

と二人は船上で謝絶の口実をいろいろと相談しあって大坂の安治川河口に上陸した。

大坂町奉行所は、東西ともに大坂城外の馬場角《かど》にあったが、享保《きょうほう》の頃の大火に焼かれて二つに分かれた。西町奉行所は本町の橋角に置かれてある。

安政二年の西町奉行は新任早々の久須美佐渡守という男だった。

塩飽本島からわざわざ出頭した二人は奉行所の奥座敷に招かれてこの男に会った。

「おぬしらを呼び寄せたのは余の儀ではない」

と中年の新奉行は重々しく話を切りだした。

「このたび御公儀では日本海軍を創設なさることと相成った」

へ？　と二人は耳を疑い、顔を見合わせた。

耳馴れぬ言葉は聞きとれない。

「日本海軍じゃ。日本海軍を創設なさる」

「それはつまり……」

と吉田彦右衛門が小首をかしげて聞いた。

「御軍艦を新造なさるということでございましょうか」

「いや軍艦はオランダから買い求める。幕府は二隻の蒸気帆船をオランダに発注した。それに先立ってオランダ国王は長年に亘る友誼《ゆうぎ》を謝し、一隻の蒸気帆船を幕府に献納すると申し出てきた。その軍艦は去る八月はじめ長崎の港へすでに到着しておる」

「へーえ」

と二人は顔を見合わせ、

「それはペリーが浦賀沖へ率いて参った黒船と同じものでございますか」

と宮本清三郎が膝《ひざ》を乗り出した。

「同じものじゃ。いや、らしい」

奉行自身も見たわけではないようだ。

「その蒸気船を練習艦とし、乗組んで参ったオランダ人達を教官として、幕府は日本海軍を創設する」

「その海軍とは何でございましょう」

と吉田彦右衛門が聞いた。

すぐに返事が戻ると思ったのだが、新任奉行は自身が首をひねって口ごもり、

「これまでの幕府の御船手組とは相当にひらきのあるものらしい。そうじゃなあ、たとえて申さば戦国時代の海賊衆、もしくは水軍といったところであろうな」

「あのう……」

と宮本清三郎が口を出した。

「幕府が海賊をなさるというのでございますか」

「いや、それは違う。つまり何というか……海賊衆のような軍兵を集め、異国に劣らぬ蒸気船を買い揃え、諸外国の侮《あなど》りを受けぬようにする。そういうことじゃ」

「ならばやはり……」

と彦右衛門が眼をしばたたきながらつぶやいた。

「海賊でございましょうなあ。遠い昔の村上海賊衆を思い出します。われらの島にもその昔、塩飽三郎光盛と名乗る高名な海賊大将がござって、わが吉田家の先祖をたずぬるに……」

「そんな話はよい。とにかく本日、おぬしらを呼び寄せたのは、日本海軍創設に塩飽の人名たちの協力を命じるためじゃ」

やっぱりと年寄二人は眼と眼でうなずきあった。

その海軍とやらに水夫を差し出せというのであろう。

その通りのことを奉行は申し出た。

「但しこれは一昨年の浦賀の例とは根本から異る。あれは新造の西洋帆船に乗組員が足りないというだけのことであった。今回は日本海軍じゃ。海軍創設のために真に役立つ若者達を差し出してほしい。前回のような四十歳を過ぎた者ばかり頭数を揃えればよいというわけには参らぬ。有為の若者であれば人名に限るとは申さぬが、できれば全員、人名を揃えてもらいたい」

「どれくらいの人数を出せと申されますので……」

「さしあたって三十人じゃ」

「三十人？」

少い数ではない。

「期限はいつまでで」

「ない」

「えっ」

「日本海軍創設じゃ。つべこべ申すな。ことは急いでおる。島へ戻って早々に人選し、九月半ばには大坂奉行所へ勢揃いするように運んでもらいたい」

「九月半ばとはまた……」

「以上じゃ。頼みおく」

奉行は一礼して、さっさと席を立ってしまった。

三

「海軍？　何じゃそれは」

年寄二人が島へ戻り、諸島の庄屋十八人を集めた鳩首協議《きゅうしゅ》も、まず耳馴れぬ言葉の詮《せん》索《さく》からはじまった。

これはむりもなかった。そもそも海軍などという概念そのものが日本にはないのである。戦国のむかし海賊衆が跋扈《ばっこ》していた頃ならまだしも、長い鎖国のあとの今では、理解せよといっても無理だろう。

「それがよく判らんのじゃが……」

と吉田彦右衛門が大坂町奉行のいった言葉をなるべく正確に一同につたえた。

耳を傾けていた男たちの中で、

「ひょっとすると水軍でありましょうな、それは」

と物知り顔にいった者がある。この男は本島の庄屋の一人で、名を仙兵衛といい、かつては廻船問屋として栄えた旧家の末裔《まつえい》だ。

「そのむかし織田信長に仕えた九鬼水軍の名を聞いたことがある。村上海賊衆のことを村上水軍と呼んでいたことも耳にした」

「ならば海軍とは海賊のことか」

「うーむ」

と仙兵衛は首をかしげ、

「ちょっと違うじゃろ。いくら何でも幕府が海賊を取り立てるというのは、腑《ふ》に落ちぬ」

「どう違う」

「御軍艦をオランダに註文したとなると、たぶん警固衆を編成なさるおつもりではないか」

じつに的確な意見というべきだったが、その意味が殆んどの者にはわからなかった。

「仙兵衛どの、その警固衆とは何でありましょう」

「そのむかし」

と仙兵衛は胸を反らしてちょっと得意そうな顔になった。この男は若い頃から妙な習癖があって、大坂で書物を買って帰ってきては読みふけり、家業をおろそかにした。もともと潰《つぶ》れかけていた廻船業の問屋の株を手放して他人に売り渡してしまい、今は塩飽島の庄屋の仕事に専念している。多少の田畑も持っていて、小作人や下男に働かせているいい身分だ。本島では旦那《だんな》衆の一人に数えられている。

「大唐国に遣唐使船を派遣したり、呂宋《ルソン》や安南に御朱印船が往来していた頃、それらの船を海賊から護衛する警固衆という御役目の者達がいた。海軍というのは、おそらくそれではなかろうか」

これも卓見といってよい。おそらく大坂町奉行より的確に事態をつかんでいる。

「ならばその警固衆とやらは今はどうなった。どこにいる」

と庄屋たちの一人が聞いた。

「遠い昔のことで耳にしなくなって久しいが、しいていえば、幕府の御船手組がその名残りではないかの」

「御船手組？」

庄屋達の表情に軽侮といってよい失望のざわめきが拡がった。なかには失笑した者もいる。

「あれか」と一人が口にした。

「あれが海軍と名を変えるのか。なあんじゃ、それだけのことか」

塩飽諸島の庄屋たちは徳川幕府の御船手組織の実態を知りつくしていた。

幕府水軍には御船手頭が五人いて、その各組に三十人の御船手同心、五十人の水夫が配属されていた。この人数の総計が四百人。御船手頭の中でも世襲の向井将監の組だけは八十四人の水夫を抱えていたが、それを加えても四百三十人である。

大坂にも常備の御船手組があるが、その人数は御船手頭以下六十人。

つまり幕府水軍は五百人にも足りない。

「あれか。あれが海軍じゃと」

と塩飽の庄屋たちが失笑したとしても、むりのない実態である。

この幕府水軍の人数では天領からの年貢米の運送、巡検使や遠国奉行の派遣など日常の用も足せない。

それを肩代りして、幕府の海運を双肩に担っているのが、塩飽の人名六百五十人なのである。

——日本の海運を支えているのはわしらぞ

という誇りは人名達の誰の胸の中にもあった。あって当然だったといってよい。

「とにかく大坂の町奉行は三十名の人名を差し出せというておる」

と年寄の宮本清三郎が庄屋達にいった。

「どうじゃみんな、それぞれの島へ戻って人名たちを説き伏せてくれるか」

庄屋たちは顔を見合わせて誰もこたえない。島々の人名達は日本海軍などという得体の知れぬところへ行かずとも、廻船乗りとしてどこへでも傭《やと》われて行けるのである。幕府に命じられた公用の時だけ、臨時に島へ戻ることになるが、それも実際は頭数さえ揃えばよいので、必ずしも人名自身が出向かずともすむ。

「むりじゃなあ」

と庄屋の一人がいった。

「幕府御用の御手当は安い。無期限で長崎まで出かけた上、見たこともないオランダの蒸気船に乗組めといっても、おいそれと承知する人名がいるとは思えぬ」

「人名ならずとも、百姓働きの門男でもおらぬわい。浦賀に行って鳳凰丸に乗組んだ島の男の話によれば、公儀の御船手組の水夫は箸《はし》にも棒にもかからぬらしい。隅田川を上り下りするていどの腕しかないくせに、公儀水夫を鼻にかけて威張り散らすそうな。その日本海軍とやらにもどうせ幕府御船手組の水夫らが参加してくるじゃろ。あんな連中とは二度といっしょに仕事はしたくないと、島の連中はいまでも怒っている」

そうだ、そうだと口々に同調する庄屋がいて、座の収拾がつかなくなった。

そのとき人々が静まるのを待って、一人が口を挟んだ。

「わしは悴《せがれ》の仙三郎を日本海軍に差し出しましょう」

え？　と一同が耳をそばだてた。

「仙三郎は皆さん御存じのようにわしの手に負えぬ道楽息子です。働きに出せば喧嘩して帰ってくるし、島に置いておけば娘や後家など女に手を出す。親の欲目ではまんざら馬鹿とは思えんのじゃが、とにかく肝心の性根が据わっとらん。このさい日本海軍とやらいうところへ叩き込んで、どんなめにあうか知らんが、ひょろひょろした性根を叩き直させたい。わしはそう思うとります」

泊浦庄屋の仙兵衛だった。みんな思いがけぬ仙兵衛の率直な話ぶりに胸を打たれて、しばらくしーんとなった。

「なあ、どうじゃろう皆さん」

と仙兵衛は一同を見渡した。

「今は世間がいろいろと騒がしい御時世で明日にも異国が日本へ攻め寄せてくるという噂

もある。そうなれば蒙古《もうこ》襲来の二の舞いじゃろ。たとえ海賊にせよ水軍にせよ、このさい名目は何でもよい。幕府が何かをしようとしておるのなら、長いわしらと幕府のつき合いじゃ。ひとつ力を貸してやろうじゃないか」

「仙兵衛さん」

黙って聞いていた庄屋の一人がいった。

「ほんとに息子の仙三郎さんを幕府へ差し出すつもりかね」

「ああ、そのつもりじゃ」

「仙三郎は承知なのかね」

「承知も何もない。いやというたらわしは息子を島から叩き出す」

ふーんと一同が顔を見合わせた。

四

塩飽の本島の南東岸に海へ向って建つ古めかしい神社がある。大きな石の鳥居が両脚を海の中にどっぷりとひたしている。名を小烏《こがらす》神社という。境内には農村歌舞伎の舞台やら勤番所の制札場が設けられていて、島内では格式の高い神社である。神社は慶長十五年の建立といわれるから、古色蒼然《こしょくそうぜん》としていて当然だろう。

海中に両脚をひたした大きな鳥居の間をくぐって一艘《そう》の艀《はしけ》が神社へ漕《こ》ぎ進んでくる。舟の中には頭に手拭《てぬぐい》を乗せて顔を半ば隠した女と、その女の胴へ左手を回して抱き寄せた骨格逞《たくま》しい男が座っていた。船尾で櫓《ろ》を漕いでいるのはこれも手拭で頬冠りした男である。

舟が神社の拝殿の前の石段に横づけされると、座っていた男が女を抱え起して立上り、

「半刻（一時間）ばかりじゃ。待っとれ」

と船尾に立つ男に声をかけ、女の手を引いて境内の中へ消えていった。

命じられた男は櫓を横たえて艫《とも》に座り夜空に浮ぶ月をみつめた。

月は三日月でよわよわしい光を黒ずんでたゆたう海に投げている。

波は静かで小魚の跳ねる音がするほか物音ひとつしない。海藻の放つ燐光が海面をきらきら光らせていた。

男は頬冠りを取り、手拭を丸めて額や首筋の汗を拭くと、ふーっと溜息をついた。

色の白い眼鼻立ちのちんまりした温和《おとな》しそうな顔立ちである。

ときどき境内の奥の闇を気にして眼を向けている。

ここから見えない拝殿裏の芝草の上で淡い月の光に照されながら男女が絡み合っていた。

体格のよい男はどこやら手馴れていて女を上にしたり下にしたり自在に人形のように扱って声を出させている。

女がきれぎれに男の名を呼ぶほか、男はいっさい声を出さない。自分の楽しみに没頭して声さえ惜しむほど体をさまざまに動かしている。男が動き、それにつれて動かされるたびに女は悲鳴をあげつづけ、やがて鳥のような声を出して女は俯《うつぶ》せに男の胸に倒れ臥《ふ》した。しばらく二人とも荒い息を吐いていたが女が男の胸から顔を上げ、

「仙さん」と呼んだ。

「あと十日もないんでしょ。やっぱり行っちまうんだねえ」

「わしがいなくなると寂しいか」

女は笑って首を横にふり、

「ほっとするよ」といった。

「あんたに誘われると負けてしまう。こんなことつづけていて、いいことないとわかっているよ」

「よかったな。わしはもうすぐいなくなるさ」

「海軍へ行くんですって。海軍って、それ何よ」

「知らん。幕府の御船方みたいなもんらしい。いやだといっても今度はおやじが聞かないんだ。仕方ないからしばらく行ってやるよ」

「海軍ってどこにあるの」

「さあ、長崎らしい」

「長崎?」

距離の遠さに女はびっくりしたらしいが、

「よかったあ、遠くて」

と半分は本気らしくいい、両腕を男の首にまわしてしがみつき、それから二人はもう一度、無言で愛撫し合った。

男と女が身づくろいして神社の鳥居前の石段へ戻ると、頬冠りの男は舟の艫に腰かけて、待っていた。

「すまん、もとの浦へこのひとを送ってゆく」

と男はいい女を横抱きして舟の胴之間に座った。

小舟は鳥居をくぐって辷《すべ》り出ると、陸づたいに岸辺の海上をぐるりと東へ大回りし、女を人家の見える浜辺でおろした。

そのあいだ誰もいっさい口をきかず、上陸して駈け去ってゆく女の背中に、

「おみち、達者でな」

と男が声を投げかけただけである。女は振り返りもしなかった。

「さ、帰って寝よう」

と男はいい腕を枕にして胴之間に大の字に寝ころんだ。

頬冠りの男が再び櫓をこぎながら、

「仙三郎さん」と遠慮がちに名を呼んだ。

「何だ、鶴松」

「こんなことはよくねえ。あれは笠島浦の人名の若女房じゃ。先々月夫婦になったばかりで亭主は船稼ぎに島を出ていった。人の女房を亭主の留守に盗むのは泥棒だ」

「泥棒は向うさ」

と仙三郎は笑ってこたえた。

「おみちは亭主と一緒になる前からわしの女だったさ。亭主が島にいる時にはわしは何もしない。留守の時くらいちょっと抱いてやっても罰はあたらんよ」

「そんなもんだろか」

「そりゃそうさ。女も喜んでるんだから」

「わしは感心できねえ。こんな女房泥棒の手伝いは、これっきりにしてくれないか」

「これっきりも何も……」

と口にしかけた仙三郎はふっと思いついたように起き上り、振り返って鶴松の顔を見た。

「お前、わしといっしょに長崎へ行かないか」

え？ と鶴松が櫓をこぐ手をとめた。

「この島でおやじのような庄屋の下男をつとめていても、お前は一生うだつがあがるまい。いっそ日本海軍とやらに行ってみてはどうかな」

「とんでもねえ。あれは人名の人達から選ばれると聞いた。わしのような門男の息子の、しかも冷や飯喰いの三男坊が……」

「うんにゃ、それは聞き違いだぞ。人名は誰も日本海軍に行き手がなくて困っとるらしい。いよいよ人がなければ門男を人名に仕立てて行かせるほかないと、おやじどの達庄屋仲間が話しているのをわしは聞いた。そうだ、お前といっしょに行けるなら、わしも助かる」

黙っていた鶴松が海の上で櫓を引揚げ両舷に差し渡して横たえ、頬冠りの手拭を取って、まっすぐ仙三郎を見た。

「なら聞くが仙三郎さん。日本海軍というのは何じゃろ」

仙三郎は右手で顎《あご》のあたりを撫《な》でて夜空の月を見た。

「ようわからんが、まあ海賊というか……」

「海賊？」

「いや、水軍ともいうらしいが」

「そこへ行って何をやるんじゃ」

「どうせ塩飽の人間じゃから、水夫働きをさせられるのは間違いない。おやじどのの話では、オランダの軍艦に乗組むことになるそうじゃ」

「オランダの軍艦？　それはペルリの蒸気船のことか」

「そうじゃろ」

「わしら蒸気船に乗せてもらえるのか」

「そういう話じゃ」

　ふーんと鶴松は腕組みして思案にふけっている。

「どうじゃ、わしといっしょに行ってみるか」

「わしは一回も大船に乗組んで海を渡ったことがない。それでいいかね」

「おやじどのにわしが頼んでやる。お前がいっしょなら、おやじどのも安心するじゃろ」

「いっておくが、長崎では女房泥棒の手伝いのようなまねはせんぞ」

「わかっとるわい」

　鶴松はほーっと溜息をついて、

「蒸気船かあ、おもしろそうじゃのう。いっぺんでよい、わしは蒸気船に乗ってみたいと思うていた」

「ほんとか」

「大船に乗るのは人名だけで、わしらは田畑の小作か下男働き、漁師の真似しかさせてはくれぬ。何でかと理由を聞いてみると、よそから島へ移り住んできたからじゃと。移り住んだというても、わしの家はもう百年になるぞ。百年も住みついて大船の船乗りにはしてくれぬ。どうせのことなら、まだ見たこともない蒸気船に乗って、人名達を見返してやりたい気がするんじゃ」

「へーえ」

「海軍か。行ってみようかのう」

「いっしょに行くか」

「うん、行けたらのう」

「わかった。わしに任せておけ」

「しかし仙三郎さん」

と鶴松は真面目な顔になった。

「島の外では女遊びやら喧嘩沙汰などの手伝いはせんよ。それだけは庄屋さんにもことわっておいてくれまいか」

「いいとも」

と仙三郎は大口をあけて笑い飛ばした。

鶴松は立上って再び櫓をこぎはじめる。

この二人の男は十九歳の同じ年齢であった。鶴松は幼い頃から庄屋の家に住み込みで働き、そのため仙三郎とは主従の身分をこえて兄弟同然の親しみがある。

二人の若者を乗せた小舟はゆらゆらと左右へかしぎながら本島の夜の海上を泊浦へ向っている。

少し西風が吹いてきて黒い海面に三角波の白さが目立ちはじめていた。

五

本島の泊浦から北東に七百メートルほど歩いたところに塩飽勤番所がある。

塩飽二十八島の政務を司る役所で、古く寛政十年に建てられた。

役所といっても幕府役人が派遣されて駐在しているわけではない。

人名年寄四名が連日交替してここに詰め、その下に肝煎《きもいり》、庄屋などが交替して出勤し、あくまで島民達自身の手で運営されている。

当時としては珍しい自治制度を維持してゆくための役所であった。

外見も堂々としていて表には長屋門、なかに本館、奥座敷があり、西には御朱印庫と呼ばれる堅牢《けんろう》な土蔵、さらに西南の庭は白洲になっており、近くには牢舎さえ設けられていた。幕府天領の代官所にも匹敵するような厳《いか》めしさである。

安政二年十月はじめ――。

その勤番所の本館の広間に旅支度を整えた十五名の男達が集った。

日本海軍の水夫募集に応じて各島から参加することになった者達である。

十五名のうち若者は半数にみたず、四十歳前後の顔触れが目立つ。

広間の上段の席に人名年寄四人、島々の庄屋達が居並んでいた。

年寄の吉田彦右衛門が一同の前に進み出た。

「幕府の御依頼に応じ、おぬしら十五名は快く参加してくれた。まず礼を言いたい。本来なら三十名を募りたかったが、半数にとどまったことが残念じゃ。この旨、大坂町奉行へ届け出たところ、不足の人数は一昨年浦賀へ赴き、かの地へとどまっている塩飽水夫十五名を長崎へ送って不足分を補うとのことじゃ。ともあれ、おぬしらのおかげで塩飽島としては面目を失わずにすんだ。本日よりおぬしらは日本海軍の御備いとなる。塩飽島の名を恥かしめることのない働きを期待している」

つづいて年寄の宮本清三郎が一人ずつの名を呼びあげ、一座の全員に紹介した。

「泊浦人名　原田仙三郎」

はいとこたえて仙三郎が神妙な顔で膝を進めた。

「同じく泊浦門男　鶴松」

へいと鶴松が蚊の鳴くような声でこたえた。

けっきょく泊浦から日本海軍に参加を申し出たのは二人だけである。他の十三人は各島の浦々から徴募されてやってきていた。勇んで募集に応じた者はおそらく多くはないだろう。

「つづいて牛島人名　丸屋辰之助」

「はい」

とこたえて膝を進めた一人の男に一座の視線が集中した。

うわさになっていた男である。

仙三郎も鶴松も男の名は耳にしていた。

「おぬしが辰之助か。よく参加してくれたな」

と宮本清三郎が眼を細めて声をかけた。格段の扱いといっていい。

「日本海軍創設とうかがい、勇んでやって参りました。よろしくお願い申し上げます」

と男は爽やかな口調で挨拶《あいさつ》した。

筋骨逞しく背丈も高い。よく陽に灼《や》けた顔は精悍《せいかん》で、十五人のなかでもひときわ目立つ風格がある。

「おぬしは千石船の表仕《おもてし》を勤める技量があると聞いた。塩飽水夫の名を天下に轟《とどろ》かせる働きをしてもらいたい」

と宮本清三郎は男にこたえた。

十五名全員の紹介を終ると、こんどは年寄の宮本伝太夫が出てきて、

「大坂町奉行よりの御達しによれば、おぬしら十五名の御手当が決まったようじゃ。申し聞かせておく。日本海軍御傭いの期間、おぬしらは粮米《ろうまい》一日一升、年間十両の御給銀を支給される」

聞いた十五名の男達の口からうわーっとどよめくような声があがった。

「さらに練習航海……つまり試し乗りじゃが、航海中は一日につき銀一匁五分の特別手当を支給される」

聞いて鶴松はびっくり仰天していた。庄屋の下男として鶴松がもらっていた給銀は年間一両。耳を疑うような高給である。

思わず進み出て、

「あのう」と鶴松はいった。

みんなの視線が鶴松に集った。

「御傭い期間のことを聞いておりませぬ。どれくらいのおつとめでしょうか」

宮本伝太夫が返答につまり、他の年寄達の顔を見た。

吉田彦右衛門がこたえた。

「御公儀にとっても新規の御事業のことゆえ、期間については何ら御達しがない。しかし短くとも一、二年。あるいは四、五年といったことも考えられる。但し、心配せずともよい。島へ帰りたい事情が生じた折は、その旨わしら人名年寄に申して参れ。大坂町奉行に取り次いで、必ず帰れるように取りはからう」

十五名一同がうなずいた。鶴松もうなずいたが、鶴松が聞きたかったのはそれではない。給銀十両のけっこうな暮しが果していつまでつづくのか、長いほどよいと念じたのである。

「さて、数日もすれば大坂よりおぬしらを長崎へ送る船が泊浦へ到着することになっている。それまでおぬしらの身柄はわれら年寄四名が預ることになった」

と宮本清三郎が一同に告げた。

「従っておぬしらを四組にわけ、われらが屋敷へ分宿させる。組ごとに名を呼ぶゆえさよう心得ることじゃ」

原田仙三郎と鶴松はさいわい同じ組に入れられた。

年寄吉田彦右衛門の組である。

四人選ばれたその組の中に丸屋辰之助の名前も入っていた。

六

吉田彦右衛門の屋敷は島の北東端の笠島浦にある。三方を低い山に囲まれ北側に海がひらけた港町だ。

狭い島のことなので泊浦の勤番所から歩いてもさしたる距離ではない。

仙三郎と鶴松も今日から共に寝起きすることになり、他の二人を案内して吉田彦右衛門の屋敷へ向った。

笠島の集落の手前の専称寺のそばへきたとき、

「吉田家の人名墓がこのあたりにあると聞いたが」

と丸屋辰之助が足をとめた。

「あるある。この寺の墓地じゃ」

「いちど見たいと思うていた。案内してくれぬか」

「それはよいが、宮本家や入江家の人名墓とそっくり同じじゃ」

と仙三郎がこたえ、それでも見たいというので寺の裏の墓地へ向った。

巨大な墓はすぐ眼に入った。高さは三メートル近くあり、人の背丈の倍ほどに見える。横幅も広く頭部が円いので、大きな位牌を立てたようだ。

丸屋辰之助は石碑の前に立ち、

「土台が崩れかけておる。よほど古い墓じゃな」

しげしげと見あげ見おろして、それから胸の前で合掌した。

仙三郎たちもそれにならった。

「わしは廻船乗りなので諸国の寺を見物して色々な墓を見てきたが、これほど変った墓はここにしかない。何じゃろうかのう」

「わしのおやじどのの話では」

と仙三郎が辰之助にこたえた。

「唐の国の皇帝の墓がこれとそっくり同じだそうな」

「皇帝？」

「日本でいえば将軍じゃろう。この島の先祖はむかし海賊であった頃、唐や朝鮮、シャムや呂宋《ルソン》などへ頻繁に出かけたというから、その折に皇帝の墓を見て島へ戻って真似たのではないかというのじゃ」

へーえと辰之助ははじめて耳にする話らしく、

「おぬしのおやじどのは誰じゃ」

「泊浦の原田仙兵衛じゃが」

「ああ、学問庄屋か」

仙兵衛の学問好きは他の島々にも聞えているらしく、辰之助は納得してうなずいた。こんどは仙三郎が聞く番だった。

「辰之助さんとか。あんたは牛島の廻船問屋の丸屋の息子らしいの」

「そうじゃ」

「千石船の表仕がつとまる腕じゃと聞いたが」

表仕とは舵取り兼航海士のことで廻船では船頭に次ぐ重要な役目だ。

「ああ、表仕は何度もつとめたよ。五百石船なら船頭をつとめたこともある」

「あんた、としはいくつか」

「二十一歳じゃ」

「ふーん、表仕がつとまるほどの男がなんで日本海軍なんぞへ自ら好んで傭われに行くんじゃ。丸屋といえば塩飽の島々で一、二といわれる廻船問屋じゃ。丸屋ほどの船持ちの息子が海軍へ行くとは信じられんと、みんながふしぎがっとるよ」

「丸屋ほどのとみんなはいうが」

と辰之助は苦笑して、

「内実は大したことはないんじゃ。塩飽の廻船は昔ながらの仕来《しきた》りを守って今も運賃積み一点張りの商売じゃ。北前船のように買積みでもせぬ限り、塩飽の廻船は陸の駕籠《かご》担きと変りはせん」

「駕籠担き？」

と仙三郎が眼を丸くした。

「同じであろうが。大坂の荷物を江戸へ運び、江戸の荷物を大坂へ運ぶ。運賃だけを稼ぐのじゃから、変りはないさ」

「そういってしまえば……そうじゃのう」

塩飽諸島の廻船問屋が運賃積みに固執して、他国の問屋から大きく水をあけられているのは事実だった。北前船のように自分の責任で商品を仕入れ、それを高く売り捌《さば》いて利鞘《りざや》を取ることをしないのである。幕府公認の船乗り、人名という気位が商売に直接手を出すことを禁じているのかもしれない。

仙三郎ははっきりものを言う辰之助の人柄に大いに魅かれた。

しゃべりながら四人は専称寺の山門を出て、笠島浦の集落に入った。

ふつうの港町ではめったに見られない本瓦葺《ほんかわらぶ》きの屋根、漆喰《しっくい》塗りの白壁、なまこ塀に千本格子の窓など、いかにも豊かそうな家並みが目立つ。

狭い道路が網の目のように走っていて、その道路沿いに家々がびっしり建並んでいる。

たしかにここは漁師町や商人の町には見られない独特の風格がある港町だった。

人名年寄吉田彦右衛門の屋敷はその家並みの中でもひときわ目立っている。

門構えはちょっとした武家屋敷もかなわないだろう。

丸屋辰之助は門前でおどろいたように屋敷のたたずまいを眺め、

「さすが人名年寄。屋敷も豪儀なもんじゃのう」

とつぶやいた。辰之助の丸屋は牛島にある。これまで本島へあまりきたことがなかったのだろう。

七

「おぬしら今日、わしの先祖の人名墓へ詣《もう》でてくれたそうじゃな。帰り道に専称寺の住職に会うて聞いた。今どき殊勝な若者達じゃと住職がほめておったよ。いやあ、よい心掛けじゃ。わしもうれしい」

夕刻に帰宅した吉田彦右衛門は上機嫌だった。

家人に命じて若者四人を広間に招き入れ、それぞれの前に夕餉《ゆうげ》の食膳《しょくぜん》を並べ、自分も同じ座敷で食膳に向った。

「海軍参加祝いじゃ。今日は酒もつける。ゆっくりやってくれ」

自分が徳利を持って席を立ち、一人ずつに酒をついでくれる。

若者四人はその歓待に恐縮して、肩をすぼめていた。先祖の墓参りをしてくれたというので彦右衛門は感激しているようだが、じつは墓参したのではなく見物してきただけである。

「ところで丸屋辰之助」

と彦右衛門は機嫌よく酒を飲みながら呼びかけた。

「はい」

「おぬしは千石船の表仕をつとめる腕利きの船乗りじゃと聞く。仕事ならいくらでもあろうによく海軍などに傭われる気になったのう」

仙三郎と全く同じことを彦右衛門は聞いた。誰しも同じ疑問を抱いているらしい。

どう返答するかと仙三郎は先ほどの辰之助のこたえを期待していたが、こんどは辰之助は違うことをいった。

「長崎にオランダから蒸気帆船が贈られてきて、海軍ではそれを練習船にすると耳にしました。このさい蒸気船の運用術を身につけたいと思いますので」

それを聞いて鶴松が思わず片手で自分の膝を叩き、

「それはわしも同じです。わしも一度でよい異国の黒船に乗ってみたい。じゃから庄屋さんにお願いして、こんどの人数に加えてもらいました」

「蒸気船に乗りたいか。なるほどのう」

と彦右衛門はうなずいた。

「わしなど年寄は船は千石船で充分、黒い煙を吐いて走るという異国船など見たいとも思わぬが、さすがに若い者は元気がよいのう」

「それだけではなく、じつはわしにぜひ海軍へ行けとすすめてくれたお人がおります」

と辰之助はいった。

「ほう。それは誰じゃ。牛島の庄屋か」

「いえ、一昨年、御公儀の西洋船造りのため浦賀へ赴いて、先ごろ島へ戻ってきた船乗りです。人名の留吉というお人です」

「浦賀？　ああ鳳凰丸じゃな。できそこないの妙な西洋船じゃったらしいが」

「それは世間のうわさです。留吉さんの話ではできそこないの船というのは真っ赤な嘘《うそ》で、これまでに見たこともない新しい造りの船じゃったとか」

「ほう」

と彦右衛門は意外そうな顔になり、

「この本島にも浦賀へ行って戻ってきた人名達がおるが、みんな鳳凰丸のことはぼろくそに言うておるぞ」

「それは千石船とは造りも違い、運用の仕方も違って、自分達のこれまでのやり方が全く役に立たなかったからじゃと留吉さんは言うとります。船乗りは古い仕来りを一番よいと思い込んで、新しいものには見向きもしないところがありますから、そのせいではないでしょうか」

「そうかのう。それにしても公儀の西洋船は評判がわるすぎる」

「これをちょっと御覧になってください」

辰之助がふところから折り畳んだ一枚の紙を取り出した。

四つ折にした紙を拡げて辰之助は席を立ち、彦右衛門の前に進み出て畳の上に置いた。

仙三郎と鶴松、もう一人の高見島からきた文七という若者も首をのばしてそれを見た。

木割図というのか、船の寸尺などを書き入れた一種の絵図面である。覚え書きといったていどの図面で設計図というほど精密なものではない。

「ほう、こんなものがあるのか」

と彦右衛門がのぞき込んで見た。

「留吉さんの覚え書きです。それをわしが写させてもらいました」

「大きなもんじゃのう」

「和船ならば三千石積みです」

三千石？ と仙三郎が声を出し、つい立上って畳に拡げた図面のそばへ寄った。鶴松と文七も釣られてそうした。

「長さ百二十尺。幅が三十尺、深さは十五尺もあります。帆柱は二本で前の柱の高さは百二十四尺、後ろの柱は五十四尺です」

と辰之助は図面を指差して説明した。

「大きさはともかく、船造りの手順がまるで違います。この外板と内板の厚さを見てください。外板は杉材で厚さ五寸、内板は三寸、しかもまつら（肋材《ろくざい》）を挟んだ頑丈なつくりです。その上に船底の回りには赤銅板を張ってあります。これなら水入りも防げます」

みんな辰之助のことばに耳を傾けていた。塩飽の男達は船にはくわしい。年寄の彦右衛門にしても造船の知識はある。

「しかしこれでは船が重すぎはせぬか。まつら造りはよいが、あまりこまかく工夫しては、雨風のつよい海では船はばらばらに壊れてしまうぞ」

「留吉さんの話では、そんな心配はないといいます」

と辰之助は図面の一カ所を指差した。

「これです。これが船の破損を防ぐ役目をしています。竜骨《キール》というそうです」

と彦右衛門も熱心に図面をみつめている。

「ふーん」

「留吉さんの話では、帆船でさえ西洋船と日本船はこれぐらい違う。もし蒸気帆船となれば、どれほどの違いがあるのか見当もつかぬ。さいわい御公儀が蒸気船を買い入れて、日本海軍を創設するとあらば、是が非でも参加して、西洋の操船術、運用術を学んでこい。めったにないことぞとすすめてくれました。留吉さんにすすめられて、わしは参加をきめたんです」

「そのお人はどうした。なぜ自分も参加せぬのじゃ」

と彦右衛門は聞いた。

「留吉さんはもう四十半ばを過ぎています。体も丈夫ではないので、自分はあきらめているようです」

聞いていた吉田彦右衛門はふーんと溜息をもらし、

「いやあ、今日はまことに珍しい話を聞いた。御公儀が浦賀で建造した船はできそこないの半端な西洋船で、何の役にも立たぬと、わしは思い込んでおったわ。それにしても、おぬしの話が本当ならば、よくこれだけの大船を浦賀の船大工は手づくりにつくったものじゃな」

「浦賀奉行所の与力の中に船造りにくわしい学者がいるそうです。オランダの船造りの書物を読んで船大工の棟梁《とうりょう》と相談しながら船を建造したとか。留吉さんは御公儀にも人はおる、大したもんじゃといっております」

「なるほどのう」

「その学者もこんど海軍に参加して長崎へくるのではないかと留吉さんはいっています。わしはその学者に会えると思うと楽しみです」

「丸屋の主人、いや、おぬしのおやじどのは何と言うておる。おぬしが長崎へ行くのを喜んでくれたか」

辰之助はちょっと黙って膝もとをみつめた。

「喜んではくれません。親不孝者！　と怒鳴られました。しかし……塩飽の廻船問屋は運賃積みをつづけていては、もう駄目です。わしは廻船問屋の跡つぎになりたいとは思いません」

「おやじどのの反対を押し切って、島を出てきたのじゃな」

「はい。そうです」

聞いていた仙三郎と鶴松は顔を見合わせた。

大きな廻船問屋の跡つぎの身分を捨ててまで、得体の知れぬ海軍などへ傭われにゆく男がいようとは思いもしなかった。

いい男がきてくれた。日本海軍というのも、まんざら捨てたものではないかもしれぬ。

そう思って二人はうれしかったのである。

八

海軍参加の若者十五人はそれぞれ人名年寄の屋敷へ分宿して、十日間近くも待たされた。

大坂町奉行から差し廻しの船がようやく泊浦に姿を見せたのは、十月半ばも近い頃である。

五百石積みの酒樽《さかだる》廻船で長崎へ酒を積んでゆくらしい。

見たところ相当に使いこんだ老朽船だった。

退屈しきっていた十五人は、それでもよろこんで船に乗組んだ。

舷側からおろされた縄梯子《ばしご》を伝って甲板へ顔を出すなり、

「なんだ、辰之助さんじゃないか」

出迎えていた若い船頭が声をかけてきた。船頭のうしろに五、六人が並んでいる。

「助市さん、あんた樽廻船に乗っていたのか」

二人は顔見知りのようだった。船乗りの数は多いが、船頭クラスとなるとそれほどはいない。互いに顔を見知っているのは普通のことである。

「おいみんな、千石船の表仕が乗り込んできたぞ。安心せいよ」

と助市という名の船頭は背後に並んで立つ男たちにいった。

そして辰之助に顔を寄せ、

「時期が時期だろ。十月半ばといえば北前船もそろそろ姿を消している。町奉行の命令でいまごろ長崎へ行くといっても、おいそれと乗り手がいねえんだよ。見てくれ、乗組みは炊《かしき》を入れて六人だぜ」

五百石積みの荷船なら八人乗りがふつうである。

「心配するな。ここに乗り込んだのはみんな塩飽の船乗りだ。長崎まではみんなで手伝うぜ」

ありがてえと船頭はうなずき、

「皆さん、よろしく頼みますよ。自分の船と思ってくつろいでください」

と仙三郎や鶴松たちにいった。老朽船で送られることへの不満はみんなの胸から消えてしまった。

「どうだろう辰之助さん」

とさっそく船頭はいった。

「北東風《キタコチ》だが、この風で瀬戸内は突っ切れるかね」

「北西風《アナジ》よりはましだろ。間切りで行けば大丈夫だ」

「あんた、やってくれるか。わしは江戸行きの樽廻船乗りが多いんで、瀬戸内の海はあんまり馴れてねえ」

辰之助は苦笑しながら、

「いいだろう」

と表仕の役目を引き受けた。

人名年寄や庄屋達、それぞれの家族に見送られて十五人を乗せた大坂の樽廻船は泊浦の港を出た。

船首で六挺櫓《ちょうろ》をこいで沖合へ向う。

沖合で風を読んでいた辰之助が合羽《かっぱ》の上に仁王立ちした。

「開き走りじゃあ、みんな帆綱をとれい」

水夫達が帆の索綱《ひきづな》の回りに駈け集ってくる。人数が少いので仙三郎もその中に入っていた。

「酉《とり》のかあじ、すこうし」

「よーそろ!」

船尾の舵の座で舵取りがこたえる。

するすると帆柱の上にあがった帆が北東の風を孕《はら》んではたはたと鳴りはじめる。

「帆は左にひらけーい、斜めびらきじゃあ」

船頭の助市が合羽の真下に立っていて辰之助のことばを口移しに全員につたえる。

船首は徐々に左へ回頭し、左舷後方から風を受けて船は走りはじめた。広い燧灘《ひうちなだ》の海原が茫洋《ぼうよう》と広がっている。しばらく走りつづけたあと、

「よーし卯《う》のかあじ、いっぱいじゃあ」

と辰之助が叫んだ。

「よーそろー」

舵取りの声がして船首がこんどは右へ回りはじめる。

「帆を右へ回せーい、横びらきじゃあ」

索綱を握った水夫達が右へ移動する。

廻船乗りの経験のない鶴松は舷側の垣にもたれて熱心に見ていた。

「これが間切りというのか」

腕の立つ船乗りには、操船の腕の見せどころだと聞いたことがある。

間切りとは逆風のとき船を目的に向ってじぐざぐに走らせる走法をいう。左に風を受けてあるていどの距離を進み、次は針路を変えて右に帆を開いて走る。

それを交互にくり返し、少しずつ目的の方角へ向うのである。

船首の回頭、帆の開閉は表仕か船頭がその場の判断できめる。

合羽の上で命令をかけている辰之助はもちろんだが、みんなといっしょに帆綱を操作し

ている仙三郎もきびきびして見える。

「わし、大丈夫かのう。船では何の役にも立たん」

と鶴松は前途が不安で胸の詰る思いだった。

燧灘を突っ切ったところで曇り気味だった空が晴れ、大小無数の島々が見えてきた。塩飽諸島から遠くへ出たことのない鶴松にははじめて見る景色である。

眼のさめるような青海原に、まるで天からばら撒《ま》かれたような島々が横たわっている。どの島も濃い緑色に蔽《おお》われていた。

「おい、そんなに珍しいか」

肩を叩かれて振り向くと仙三郎が笑って立っていた。

「お前は本島から出たことがない。お前を誘って連れてきて、よいことをした気がするよ」

「長崎は遠いんでしょ。いつ頃着くんです」

「風しだいさ。途中で何度か港入りをするから、七、八日というところかな」

「七、八日……」

「それぐらいは仕方ないさ。そんなに長崎へ着くのが待ち遠しいか」

鶴松は黙って青海原と島々を見ていた。七、八日ではものたりない。もっと船がゆっくり走ればよいと心から願っていた。

九

塩飽の人名十五名を乗せた五百石積の酒樽廻船は、その夜、備後《びんご》の鞆《とも》ノ浦に入港した。

鞆ノ浦は沼隈《ぬまくま》半島の突端にあって鯛網《たいあみ》漁で知られた景勝の地である。仙酔島《せんすいじま》をはじめ弁天島、玉津島、つつじ島などが広々とした燧灘を背景にして点在している。

港町も賑やかで紅燈の灯が船乗り達を誘っていたが、本島を出立して第一夜なので全員が緊張しており、さすがに上陸して遊ぼうとする者もいなかった。

入港して夕餉をすませた頃、船頭の助市がまるで忘れ物を思いだしたように塩飽諸島の一同を船頭室へ呼び集め、大坂町奉行所から預ったという金包みと一通の書状を差しだした。

「これは御奉行さまから長崎の海軍伝習所の偉いお人に宛《あ》てた御手紙だ。それからこの金はお前さん達の支度金、一人あたり五両ずつだとさ。うらやましいような大金だなあ」

辰之助が代表して受取った書状の上書きには、

――長崎海軍伝習所総督　永井岩之丞《いわのじょう》殿

と書かれてあった。

「町奉行所の御役人が付添って下さると思っていたが、どうしたんで」

と辰之助が聞くと、

「そのつもりだったらしいが、奉行所は忙しくて同行する人数がない。塩飽人名ならば幕府御抱えと同様の者達じゃから勝手に行かせればよいということじゃった」

と船頭の助市がこたえた。

のんきなものである。町奉行所にしてみれば海軍創設など本来かかわりのない仕事なのだろう。

ちなみに当時の幕府の悠長さは海軍伝習所開校にも発揮され、勝麟太郎《りんたろう》や矢田堀景蔵など第一期生を乗せた昇平丸は九月三日に品川沖を船出しながら、のんびり数十日を費して十月二十日に長崎港に到着している。

しかし勝手に行けといわれた塩飽の人名達はむしろ気楽でほっと気分がほぐれた。支度金の五両もありがたい。十五人は塩飽勤番所で人名年寄から一人二両の餞別《せんべつ》も貰っていた。

翌朝、船は鞆ノ浦を出て、燧灘を西へと走り、夕刻ちかい頃には大小無数の島々が散在する芸豫叢島を眼前にした。

瀬戸内海は東西四百四十キロメートル、南北が広いところで五十五キロ、狭いところは五キロメートルの袋状の内海である。

その内海に三千余島といわれる島々をはらんだ多島海だ。

その瀬戸内海でも最も島々が密集しているのが芸豫叢島である。

安芸《あき》と伊豫《いよ》の南北の狭い海域に百余島が犇《ひし》め合っている。

戦乱の昔、ここに村上海賊衆が蟠踞《ばんきょ》して往来の船から帆別銭《ほべち》と呼ばれる通行税を取り立てた。

芸豫叢島は細長い袋状の内海のほぼ中央を占めている。往来の船はここで海賊衆に襲われたら、逃げ場がない。

島々が密集しているので、たとえ風浪は激しくなくても、このあたりは航海の難所として知られていた。

島々の間にせめぎ合う潮流、前触れなく湧き出てくる濃霧、狭い海域を東西双方から航行する無数の廻船。

海難事故を頻繁におこす条件が揃っているのだ。

辰之助が船頭にかわって航海の指揮をとり、塩飽の人名達が操船を手伝った。

全員、この航路には馴れている。

馴れていないのは本島の門男だった鶴松と同じく高見島の門男の文七ぐらいのものだった。

鶴松は悲しかったが、悲しさよりもはじめて見る多島海の美しさに眼を奪われ、船が夕刻、港へ入るまで甲板の船垣に凭《もた》れて立ちつくしていた。

夕陽が傾きはじめるころ、五百石積の酒樽廻船は大きな島の東端の港へ入って、錨《いかり》をおろした。

大崎下島の御手洗《みたらい》港である。

十

船が港内に碇泊《ていはく》すると、上甲板にいた男達はみんなそそくさと船室におりてゆく。

そんな男達の一人が炊夫の少年の肩を叩いて、

「今夜は飯の支度はいらねえ。たぶんみんなもそうだろうよ」

というのを鶴松は耳にした。

どうしてだろうと思いながら鶴松はひとり甲板に居残って港の景色を眺めていた。

御手洗は小高い山の麓《ふもと》にひらけた僅か二千平方メートルの小さな港町だ。山頂から急傾斜で山裾《やますそ》は海へと入っており、本来は町ができるほどの広さではない。そこに二百軒もの人家が密集し、千人をこえる男女が住みついていた。

それは埋立てにつぐ埋立てをくり返し、何とか港町を拡張してきたからである。岸辺には風浪を防ぐための頑丈な石垣を築いて岸壁とし、大船を接岸させるために石垣の下を深く掘りさげてある。

そのため沖乗り航路、西廻り航路の寄港地として知られ、船の風待ち、潮待ちには最適の港となり、船乗りの間では、

——中国無双の良港
と信用されていた。

面積わずか十七・五平方キロメートルの小島なのに甲板から眺める港町は瓦屋根が軒を列ねて賑やかである。

鶴松が倦《あ》きずに見とれていると、岸辺のほうから華やかな色とりどりの衣裳をまとった女達を乗せて、十数艘の小舟が漕ぎ寄せてくる。

十月も半ばの今は北前船が姿を消して千石船こそまばらだが、内海航路の大船や小船が港内に数十艘も錨をおろし、裸の帆柱を林立させていた。

女達を五、六人ずつ乗せた小舟はそれらの船をめざして漕ぎ寄せてくると、蜘蛛《くも》の子を散らすように八方へ分かれ、碇泊した船と船との間へ辷《すべ》り込んでくる。

「売ろうえい、売ろうえい」

と女達は黄色い声をあげて叫んでいたが、鶴松にはよく聞きとれない。

いったい何ごとだろうと眼を丸くして見ていた。

「おい、鶴松」

肩を叩かれて振返ると仙三郎が白い歯を見せていた。小ざっぱりした着物に着替えて博

多帯をきりっとしめ、雪駄など履いている。

「早くお前も着替えてこいよ。陸《おか》へ上るんだ」

「陸へ？」

「ほら、見ろよ。ああして女達が迎えにきてるじゃないか。ぐずぐずしてると置いてゆかれるぞ」

「あの女達は……」

「きまってるじゃないか。名高い御手洗の茶屋女、つまり遊女さ。女達の乗った小舟はおちょろ舟というんだ」

おちょろ舟……。

鶴松も名前だけは聞いたことがある。

本島の船乗り達が酒の席などでいかにも楽しそうによく口にしていた。

船室から上陸の身支度をした男達が次々と出てくる。

「売ろうえい、売ろうえい」

女達の黄色い声が海上から間近に聞えてきた。

鶴松は慌てて船室へ駈けおり、外出用の茶の縞木綿《しまもめん》の着物を取り出して身につけ、黒の帯をしめた。

甲板へ出てみると男達が船垣の手すりに横並びして、体を乗り出さんばかりに下を見ている。

縄梯子をおろして早くも女達の待つ小舟に乗り移っている男もいる。

女達のおちょろ舟は舷側にぴったりと横づけされていた。

船垣に並んだ男達と女達が互いに声を掛け合って品定めしている。

女と交渉のすんだ男達が次々と縄梯子を伝いおりてゆき、仙三郎と鶴松ら数人だけが甲板に居残った。

男女を満載したおちょろ舟は舷側を離れて岸辺へ漕ぎ戻ってゆく。

「ほれ見ろ、ぐずぐずするからいい女はとられちまった」

と仙三郎は笑って鶴松の肩を叩いた。

「しかし急ぐことはない。いくらでも女達は誘いにくる。何しろこの港の人間達の二割がたは茶屋女なんだ。この狭い町に四軒も茶屋があるんだぜ。大きな茶屋は五十人も遊女を置いている」

仙三郎のいう通り、間もなく五、六人の女達を乗せた一艘が、派手やかな嬌声《きようせい》を海上へまき散らしながら舷側へ漕ぎ寄せてきた。

女達との交渉は仙三郎が馴れた態度でやり、鶴松の相手もきめてくれた。

鶴松は仙三郎に肩を押され、おそるおそる縄梯子を伝っておちょろ舟に乗り移った。乗ったとたんにむんとする女達の脂粉の香りに包まれた。

十一

「お客さん、若いんだねえ。こんなところ、はじめてじゃないのかえ」

と長火鉢を挟んで向い合った女が鶴松の顔をのぞきこんだ。

御手洗の茶屋の小座敷である。四畳半の狭い部屋だが茶簞笥《ちゃだんす》が置かれ、姫鏡台、長火鉢もある。

壁にはなまめいた赤い女の着物がだらりと衣桁《いこう》にぶらさがっていた。

隅には小屛風《こびょうぶ》が立てられ、緋縮緬《ひぢりめん》の華やかな夜具が敷かれている。

「どう、お酒、飲むかえ」

と女に聞かれ、すでに宴席で酔っていた鶴松は、女から眼をそらして、

「うん」といった。

女は鶴松よりだいぶん齢上のようだ。

「鶴松、お前は馴れてない。年増女のほうがお前にはいいだろう」

と仙三郎がいって品定めしてくれた女である。

長火鉢で湯気を立てている鉄びんのなかに酒の銚子が二本立てられ、擦れ合ってカタコトと音を立てている。

女は一本の銚子をつまみ出し、

「熱いよ」と言いながら鶴松の盃に酒をついでくれた。自分も手酌で盃についで飲む。

「長崎へ行くんだってねえ」

「へい」

女は鶴松の返事を聞いて笑った。

「へいだって……ここは遊女屋なんだからさ、そんなにかしこまることはないのよ」

へいとまた口にしかけ、鶴松は盃の酒を慌ててひと息に飲んだ。

はあはあと肩で息をしている。

「真っ赤になったじゃないか。お酒つよくないのね」

「めったに飲んだことがねえ。だから強いかよわいかわからない」

「じゃ、もう一杯でよして、床入りしましょ」

と女はいい、自分も盃を一気に干した。

鶴松は女にすすめられて着物を脱ぎ、褌《ふんどし》一本の裸体になって屛風のかげの派手やかな寝具に横たわった。

二枚重ねの敷布団がふわふわしており横たわった体が沈んでゆくような感じがする。あまりいい気持ではない。

赤い長襦袢《ながじゅばん》一枚になった女が細帯もせず、前をひろげてやってきて、掛布団をはねあげると、するりと鶴松の横へ辷りこんできた。

女は鶴松と並んで仰臥《ぎょうが》して天井を見あげている。鶴松も女にならって天井を見ていた。

「どうしたの、あんた」

と女はいった。

「何もしないのなら寝てしまうわよ」

いわれて鶴松はおそるおそる横向きになり、右手を女の胸の乳房にふれた。

「大きい乳だなあ、お袋みたいだ」

「お袋? あたしはそんな年寄じゃないわよ」

「ちょっと吸ってもいいか」

どうぞと女がこたえると、鶴松は乳首を口に含んで遠慮がちに、しかし熱心に吸いだした。いつまでも吸っている。

「痛い!」と女は叫び、邪慳《じゃけん》に鶴松の頬を叩いた。

「あんた、ひょっとすると女ははじめてじゃないのかえ」

鶴松がこたえないのを見て、女の左手が鶴松の下帯へのびた。

なあんだ、と女はいった。

「ぜんぜん元気がないじゃないの」

「の、飲みすぎたんだ」

と鶴松は口ごもっていった。

「酒を飲みすぎたから」

そうではなかった。生れてはじめて小綺麗《こぎれい》な座敷で、化粧の濃い女と一つ布団に寝て、鶴松は心がひるんでしまっていた。

こんな夢みたいなことが起るのはおかしい。自分には似合わないと先ほどから思いつづけている。

「ねえ」

と女は鶴松の手を取り自分の下腹部へ誘って足をひらいた。

鶴松の手は草叢《くさむら》のあたりをさまよっていたが、やわらかい肉にふれると、ぴくんとふるえて離れてしまった。

「ねえどうするの」

と女はいった。

「飲みすぎてできないんなら、私は助かるよ。いつも眠くてしようがないの。先に寝てしまうけどいいかしら」

「ど、どうぞ」と鶴松はいった。

すると女はくるりと鶴松に背中を向け、枕をしっかり首にあてがった。

間もなく女はすやすやと寝息を立てはじめた。

鶴松はしばらく仰向いて天井をみつめていたが、いつの間にか眠りに落ちた。

翌朝、眼ざめると横に女の姿はなかった。

鶴松が二日酔いの頭で茫然と布団の上に座っていると襖《ふすま》が開いて、ゆうべの女が入ってきた。

「皆さん、広間で朝餉を取っていらっしゃるよ。早くおいでな」

女に手を引かれて二階座敷の広間へ行くと仙三郎はじめ男達がそれぞれの女を従えて朝飯を喰っていた。

鶴松はみんなの笑顔に迎えられて空席の食膳の前に座った。

ゆうべは先に寝てしまった女がいやに親切に櫃の飯を盛ったり鍋の汁を椀《わん》についでくれたりする。

女はさも親しそうな笑顔で鶴松の耳元にささやきかけ、それを見ていた男達からひやかしの笑い声が湧いた。

「ゆんべ床をつけなかったこと、みんなに言うんじゃないよ。私は叱られるし、あんたは恥をかくんだから」

と女は鶴松にささやいたのである。

一夜の遊興代銀十五匁、両替えして銀一分を取られたのにはおどろいた。

全員揃って船の待つ岸辺へ歩いていった。仙三郎が肩を並べてきて、

「首尾はどうじゃった。上々だったように見えたぞ」

「うん、まあ」

「お前、女を抱いたのははじめてなんじゃろ。どうだ、よかったか」

「うん、まあ」

「はっきりせん奴じゃの、お前は」

と仙三郎は高い声をあげて笑った。

十二

船頭の助市と塩飽人名の辰之助は上陸せず、碇泊した船に居残っていた。

ぞろぞろ朝帰りした連中を苦笑して迎え、

「ちょっといい風が吹き出したんだ。置いて行こうかと思ったぜ」

と辰之助は一同を集めていった。

「今日はさいわい珍しい東風《コチ》だ。船頭さんとも話し合ったんだが、ここを出て一気に上関《かみのせき》まで突っ走ることにする。そのためには倉橋島《くらはしじま》と屋代島《やしろじま》の間を抜けねばならん。瀬戸内では航海の難所で知られたところだ。やたら小島の数が多い。船と船の衝突事故なんぞは珍しくもない。そこをぶじに抜けて周防《すおう》の大畠《おおばたけ》の瀬戸を通り、南へ下って上関に着く。

ちょっと辛い航海だが、気合を入れて走るぞ」

おお！　とみんなが声を合わせた。ひと晩遊んできたので、男達は活気づいている。

酒樽廻船の五百石船は出港のさいだけは船首両舷で六挺櫓をこぐ。

沖合で櫓を捨てて帆を揚げ、あとは風を受けて走るのである。

鶴松や文七などの役立たずは、櫓こぎぐらいでお茶を濁すしかない。

六人の漕ぎ役にまじって大声あげて櫓をこいだ。

――えんやさあ、えんやさあ、えんやさのさい。

瀬戸内海独特の櫓声である。

しかし僅かな時間でこの役目はすんでしまった。

鶴松は今日も一日中、船垣のそばに佇《たたず》み、珍しい海の景色を眺めて終ることになるだろう。

船は追い風を一杯に孕んで快走した。

昼餉をすませたころ、船の行手の右側と左側に大きな島の姿が見えてきた。

右に見えるのが造船で名高い倉橋島、左手の島が屋代島である。

この二つの島の間に無数の小島が点在している。

船はゆるやかに上下動しながら船首で波を切り裂いて進む。

島々の間へ入ったころ海上に霧が湧いてきた。霧は海面を這《は》うようにして拡がってくる。

「霧だあ」

と誰かが叫ぶ声がした。甲板のそこかしこで寝ころんでいた男達がいっせいに起きあがった。

辰之助が船首合羽の上に飛び乗って仁王立ちした。

「帆をおろすぞーっ、持場につけーい」

男達が帆柱の回りに駆け集って、それぞれの手に索綱を握った。

「帆をおろせーっ、五合がけじゃあ」

男達が力一杯に索綱を引く。

「えいやあ、えいやあ」

檣頭《しょうとう》ではためいていた帆が、ゆっくりと下へおりてくる。

「右へ回せーっ、斜めびらきじゃあ」

帆柱の半ばへおろされた帆が右側へ回されてゆく。

「西のかあじ、いっぱいじゃあ」

船尾の舵の座から舵取りがこたえて叫ぶ。

「よーそろー」

船首がゆるゆると左へ回頭しはじめた。

鶴松は邪魔にならぬよう舷側の船垣に身を寄せて、みんなの活気にみちた働きをみつめている。

「いいなあ、わしも働きたい」

といきいき動く水夫たちの能力がうらやましい。

霧はますます濃くなってきた。このあたりには往来する船の数が多い。

垂れこめて視界もとざされてきた霧の中で誰やらの大声がひびき渡った。

「みんな、声を出せ。叫ぶんじゃ、大声を出せい」

なぜだろうと鶴松は思ったが、男達の数人は船垣のそばに走り寄って、いっせいに叫びはじめた。

「おーい、おーい。おーい、おーい」

わけはわからぬが、鶴松も声を合わせた。

「おーい、おーい」

霧はますます濃くなって、ほとんど周囲が見えなくなった。船のまわりが暗く翳《かげ》ってきた。

そんな濃霧の中から、とつぜん降って湧いたような船影がぬうっと現われたのである。こちらの船の真うしろだった。七、八百石はあろう大船に見えた。避けようもない距離であった。

船尾の舵の座で舵取りがつんざくような高い悲鳴をあげた。

同時に凄《すさ》まじい衝撃がこちらの船を襲い男達がつんのめったり仰向けになって甲板にころんだ。鶴松も足をすべらせて横倒しにころがった。

めりめりと軋《きし》む音がしたのは舵の座の船垣が破壊されたのだろう。横倒しになった鶴松の眼前にぬうっと大船があらわれた。こちらの船尾に体当りした大船は舷側をこすり合わせるようにして、こちらの真横を辷り出てゆく。

そのとき一人の男が船垣の上に飛び上り、

「待てい」

と叫びながら、まるで猿のように相手の大船の船垣を飛びこえて乗り移った。

「とめろ！　船をとめろ」

その声はまぎれもない仙三郎の声だった。

「帆をおろせ、おろすんだっ」

つづいてもう一人の男が、これも船垣に飛び上って相手の船に乗り移った。

「船頭はどいつだ。出てこいっ」

辰之助の声だった。

衝撃で倒れていた水夫達も素早く立上り、全員が船垣に走り寄り、二、三人が乗りこえて、相手の船に飛び移った。

二隻の船が舷側を接して横並びに走り、やがて両船の船足がとまった。

霧の中なので相手の船の中もよく見えない。鶴松は船垣から身を乗り出して眼をこらした。相手の船の男たちと飛び移ったこちらの男達が群らがって対峙《たいじ》しているのは見えた。

今にも大喧嘩がはじまるかと思ったが、そうではなかった。

仙三郎らしい大声が聞えた。

「衝突は風上の船がわるいと海の上ではきまりごとだ。それぐらいのことはわかっているだろうが。責任を取れ」

「しかしこの霧だ。わしらもわざとぶつけたんじゃねえ」

相手の船の船頭らしい。

「船頭、霧の中だ。わざとぶつけたんじゃねえことはわかっている」

落着いた辰之助の声だった。

「しかしこっちは舵の座をぶちこわされたんだ。もちろん舵にもひびが入ったに違いない。舵と舵を取りかえて貰いてえ」

「舵？　そ、それは困る」

「困るのはこっちだ。あんたらはどこへ行くか知らねえが、こっちは遠く長崎へ行くんだ。これは大坂町奉行所の御用船だぜ。船印をよく見ろ。幕府の船だと判らねえのか」

しばらく声が小さくなった。話合いがつづいているらしい。やがて、

「船の喧嘩は海の上で始末をつけるのが船乗りのしきたりだ。船頭、舵と舵を取りかえて

もらうぜ。いやとはいわせねえ」

辰之助が再び大声で怒鳴った。

それから両船は霧が晴れるまで船足をとめて待ち、霧がうすらぐとお互いの舵と舵の交換がはじまった。

和船の舵は船体に似合わぬほど大きい。しかも固定されておらず、吊り下げる形になっているので上げ下げが自由である。わりとたやすく取外しもできる。

五百石船と八百石船ではとうぜん舵柄の大きさは異るが、交換することはできた。

舵の交換には時間がかかった。双方の船乗りが大汗をかいて作業を終えたときには、霧が晴れていたが、もう夕陽が西に傾きはじめていた。

辰之助や助市、重立つ男達が甲板に人の輪をつくって相談をはじめる。

鶴松や文七、炊夫などは遠く離れて人の輪を眺めているだけだ。

船と船が衝突したとき素早く船垣を飛び越えて相手の船に乗り移った仙三郎。しばらく間合を見て悠然と乗り込んでいった辰之助。それを見ていっせいに船垣を飛び越え相手の船の甲板を占領してしまった水夫たち。

――さすが塩飽の人名じゃ。やることが機敏じゃのう。

と酒樽廻船の水夫達が大声で賞讃するのを鶴松や文七は耳にしていた。

同じ塩飽諸島に生れながらこんなときに手も足もでず、黙って見ている自分達がでくのぼうのように思え、とくに鶴松は泣きたいような気持になっていた。

「人名はさすがに人名じゃ。わしのような者があの人達といっしょに働けるわけがない」

と思うと海軍とやらで皆と一緒に御役目をつとめあげる自信がなくなった。

それで鶴松は泣きたい気持になってしまったのである。

船は夜走りしてでも予定通り上関の港をめざして突っ走ることになった。

「舵が重いのう。だれか手伝ってくれ」

と舵取りがいい二、三人が交替要員として舵の座に詰めた。

深夜にはなったが塩飽人名の采配《さいはい》で操船された五百石船は、もう何事もなく夜の海上を快走して、ぶじに上関の港に辷り込んだ。

翌日は島の数もめっきり少くなった周防灘を順風にめぐまれて帆走し、長州三田尻の港に一泊。

本島を船出してから五日目の昼ごろ、酒樽廻船はうっすらと九州の島かげが見える沖合へかかった。

相変らず船垣のそばに佇んでいる鶴松のそばへ仙三郎がやってきて、

「手前にぼんやり見えてきたのが九州だ。こっちの左側が四国、右側が本土の中国さ」

と説明した。

四国と九州を距てているのが速吸瀬戸《はやすいせと》で九州と中国を距てるのが早鞆瀬戸《はやとものせと》。

「いまこの船は伊豫灘を西へ進んで長州の下関へ向っているところだ。このふきんは豊後《ぶんご》から北へのぼってくる潮流と斎灘《いつきなだ》あたりから南へ走ってくる潮流がせめぎ合って、いつも波が荒れる」

そういえば船は前後左右へ揺れはじめている。

「お前、何ともないのか」

と仙三郎は鶴松の顔をのぞきこんだ。

「うん、何ともねえ」

と鶴松はうなずいたがじつは先ほどから気分がわるい。頭の血がさがり、胸のあたりがむかついている。

「うそつけ、青くなっとるぞ」

と仙三郎は笑い、どんと右手で鶴松の背中をどやしつけた。

「むりするな。下へおりて寝ろよ」

「いや、何ともねえ」

やっと九州へやってきたのだ。これまで話に聞いていた遠国の景色を見ずにおられるかと固く思っていた。

どうせ自分は役立たずだ。長崎へ到着したあと、みんなといっしょに働かされたら、間違いなく馘《くび》になって塩飽本島へ送り返されてしまうだろう。

だとすればこの船の旅は生涯一度の体験になるかもしれない。

鶴松は本気でそう考えていた。

十三

早鞆瀬戸は本州最西端の下関と九州北端の門司との間に横たわっている。

この海峡を過ぎて東へ回れば響灘、九州沿岸にそって西へ向えば玄界灘である。

海峡の幅は僅か五、六町。

日本海から西へやってくる北前船、江戸や大坂から瀬戸内海を通ってくる廻船が、この狭い海峡を引きもきらずに往来していた。

塩飽諸島の人名十五人を乗せた大坂の酒樽廻船は、本島を出立してから六日目の早朝、下関港を船出して海峡を渡り、いよいよ九州へ向った。

かなり強い北東風《キタコチ》が吹いていて、海峡は白くさざ波立っている。

舳《へ》先《さき》で波を切り裂きながら船はゆったりと上下動した。

海峡の半ばへ達したころ、船尾甲板のあたりで水夫達の騒ぐ声がした。
十五、六歳になるかどうかの若い炊夫がみんなのはやし声に押し出され、半泣きの顔になって船首甲板へ出てくる。

奇妙な恰好《かっこう》をしていた。褌一本の裸体である。船の神棚から取り外したしめなわを腰に巻いている。額に鉢巻をし、その鉢巻にこれも神棚にあった榊《さかき》の小枝を一本、額の真向に挿している。

「そーれん、そーれん」

と水夫達が手拍子を打ってはやしはじめた。

炊夫は船首の船垣の上に乗り、両手を横へ鳥のように拡げ、落ちぬように拍子を取りながら船のふちを走りはじめたのである。

「そーれん、そーれん」

とみんなのはやし声が高くなった。

甲板に立ってそれを見ていた鶴松が、

「何をしとるんじゃろ」

と横に佇んで笑っている仙三郎に聞いた。

「海峡を渡るまじないさ」

と仙三郎がこたえた。

「もとは角島《つのしま》まいりといって、北前船の連中がはじめたものじゃった。おもしろいと思って真似をする船が多くなった。かわいそうなのは炊夫じゃ。さぞ迷惑なことじゃろう」

若い炊夫は必死の形相で船のふちを小走りに走っている。鳥が羽ばたく恰好で両手を水平にひろげて走る。

船が揺れるので体が傾けばとうぜん海へ落ちる。

しかし逆三角に引緊《ひきしま》った体格の炊夫は落ちもせず、みごとに船のふちを三周して、船首の甲板へおり立った。

いっせいに拍手が湧き起った。

「妙なことをするもんじゃ」

と鶴松は首をかしげて炊夫のかるわざを見物していた。

酒樽廻船は玄界灘へ入り、昼前には博多湾の沖合へ達した。

緑に蔽われた低い丘陵がつづき、松林に飾られた白い砂浜が目立つ。ところどころに小さな港があり、人家がなだらかな山裾の狭い平地に集っている。

瀬戸内海とは違って島影が少い。どこまでも茫洋と拡がる海原である。

遥か遠くに壱岐島が霞《かすみ》がかって見える壱岐水道へ達し、船が南下しはじめると、海岸線の眺めはいちだんと単調でわびしくなった。

海岸にはどこも山々が聳《そび》え、その山裾が海へと斜入し、人が住めるような平地がろくにない。山々は頂きに至るまで耕され、段々畑が目立つが、水田らしいものが殆んど見えない。

鶴松は相変らず船首ふきんの船垣に凭れて立ち、はじめて見る九州の景色を眺めつづけた。

「これが九州か。貧しそうな土地じゃな」

と少しばかり落胆している。昔から南蛮船の渡来で聞え、今も異国船を迎える窓口として、さも豊かそうな印象があるので、ちょっと裏切られたような気持である。

「これは田舎じゃ。このぶんでは長崎も大した町ではないかもしれん」

と長崎に寄せる自分の過剰な期待をいましめるような気になった。

夕刻、酒樽廻船は平戸の対岸肥前日の浦の港に入った。

眼前六百メートルを距てて平戸島が横たわっている。

平戸島には瓦葺きの屋根がひしめき、大きな土蔵の白壁が夕日に赤く照り映えていた。見たこともない南国の巨木がいたるところに聳《そび》え立ち、扇のような広い葉で人家の屋根を蔽っている。

この島は松浦藩六万三千石の城下町で、その昔の松浦《まつら》党海賊の本拠地でもある。

平戸の名は耳にした者が多く水夫たちも舷側に顔を並べて、珍しい南国の風景に見惚れた。どうせ船を着けるなら平戸の港へ着ければよいと誰もが思い、それを一人が口にした。

聞いていた塩飽の人名達の中から、

「それはむりじゃ」

と大声でこたえる者がいた。

「僅か三百間かそこらの瀬戸じゃが、この瀬戸はおそろしいぞ」

とその男は得意そうに皆にいった。

「狭いので潮流が速い。おまけに暗礁がごろごろしとる。昔からここで沈没した船は数が知れぬといわれとるのじゃ」

「お前、知っとるのか」

「うん、いちど来たことがある」

と男はうなずいた。六百メートルのこの海峡は急潮のときは散在する暗礁のために潮が渦巻き、轟々《ごうごう》と海鳴りがする。

「そのため雷《いかずち》の瀬戸と呼ばれとるそうじゃ」

「ふーん」

とみんなうなずいたが、少くとも今はせめぎ合う潮流も見えず、波もおだやかだ。対岸の平戸にくらべてこちらの港はさびしい。

みんな納得できぬ顔で船室へ引揚げ、早めに夕食をすませて眠ってしまった。

翌日の早朝、船は日の浦の港を出た。

「さあ、今日は長崎じゃ」

七日間の船旅を終えて、いよいよ目的地の長崎へ着く。

船は北東風に乗り一路、長崎をめざす。昼前には五島列島の島影を遥か西に眺めなが長崎湾口の角力灘《すもう》に入った。

港口を扼《やく》する伊王島の沖合に達したのが正午どきである。

帆を半帆におろし、酒樽廻船は島々の間を縫うようにして入江に向う。

喇叭《らっぱ》状の狭い入江だった。左右両岸の丘陵は松や杉などの緑の木々で蔽われている。

それらの木々の葉かげに大砲の砲口が見えがくれしている。両岸に大砲が一定の間隔を置いて据えられているのだった。格納庫や弾薬庫らしい小屋もある。

船が進むにつれ細長い入江の奥が少しずつ見えてきた。

緑の山々に包まれて、小さな盆地に家々が肩を寄せ合っているような港町である。

家並みは岸辺沿いに広範囲にひろがり、山々の斜面を八方から這い登っているように見える。どの山も耕されて田畑になっており、田畑の畝《うね》がきれいに揃って波紋のようだった。

「蒸気船だあ」

前方を指差して大声をあげたのは鶴松である。

仙三郎も辰之助もみんな船首の船垣に凭れて、近づいてくる長崎の町並みに眼をこらしていた。

黒い瓦屋根と褐色のこけら屋根が密集した港の一角にオランダの三色旗が翻える扇形の出島が見える。

蒸気船はその出島からやや離れた沖合に錨をおろしていた。

長さ五十二メートル、三本帆柱、両舷に出張った外車輪。黒く塗られた船体の上部に赤の横線、下部に白い横線が入っている。

船体中央ふきんにそそり立つ黒の煙突。

「蒸気船だあ」

水夫たち全員がはじめて眼にする異形の船だった。

「す、すっごいのう」

鶴松は感動して膝が小きざみに震えだした。

蒸気船の名はスンビン号。オランダ国王ウイルレム三世から日本の将軍徳川家定へ献呈され、今は観光丸と日本名を与えられていた。

日本の海軍伝習の練習艦となるべく運命づけられた船である。

この船が艦長ペルス・ライケンはじめオランダ海軍の精鋭を乗せて長崎へ到着したのが安政二年六月八日。

以来五カ月をへて、幕府側の人員も揃い、ようやく海軍伝習所が発足しようとしていた。

塩飽の水夫十五人もその伝習に参加するためにやってきたのだ。

創立以来二百数十年、一貫して海を嫌い、海に背を向けつづけた徳川幕府が、今となってなぜ海軍創設を思い立つに至ったのか。

しばらく、その経緯《いきさつ》を振返ってみよう。

海軍伝習

一

十一年前の弘化元年、一隻のオランダ軍艦が、とつぜん長崎の港に入ってきた。両舷《りようげん》に大砲を搭載した三本マストの二層甲板船である。戦闘用員も満載している。船の名はパレンバン号。オランダ海軍の戦列フリゲート艦だった。

長崎には三十数年前にイギリスの戦列艦フェートン号が侵入して、長崎奉行が切腹するという大騒ぎを起したことがあるが、欧米の軍艦が姿を見せたのは、それ以来だった。

例年のようにやってくる商船とはちがい、黒塗りの戦列艦はものものしく武装していて、見馴《みな》れぬ者には兇々《まがまが》しい印象を与える。

長崎奉行をはじめ町民に至るまで、その姿をみて畏怖し、色めき立った。

しかしパレンバン号の艦長コープス大佐は、長崎奉行を脅しにやってきたのではなかった。オランダ東印度会社の総督に命じられ、オランダ国王ウイルレム二世の特別書簡を携えて、日本政府へ手渡しにきたのである。

宛名《あてな》は日本国王殿下となっており、これは征夷大将軍徳川家慶を指している。

署名はオランダ国王ウイルレム二世自身であった。

国王から将軍への直書で、このようなことは先例がない。

国王の書簡はコープス大佐から出島のオランダ商館長を介して長崎奉行、そして江戸の幕府へと転送された。

幕府では将軍はじめ閣老一同が書簡を回覧し、その内容におどろいた。

まず長年に亘る両国通商への謝辞からはじまり、冒頭には、

「今ここに黙止すべからざる一大事起れり。これ全く両国交易のことにかかわるにあらず。貴国の関係することとなるを以て、未然の患《わずら》いを憂いて、はじめて殿下に直奏《じきそう》するところなり。こいねがわくは、この忠告によりて未然の患いをまぬがれ給え」

要するに今や黙ってはおれぬ大事件が起った。これは両国の通商とは関係ない。日本に大きな災いが訪れようとしている。自分の忠告を聞いて災難を逃れるようにせよというのである。

清国の阿片戦争の例をあげ、旧来の鎖国制度を堅持していては日本は危い。すみやかに鎖国を撤廃し、開国通商に踏み切れという主旨の内容であった。

文中に蒸気船出現による世界の大勢の推移について述べ、

「各国相距つること遠きもなお近国に異ならず。かくのごとく各国好《よし》みを通ずるの時に当りて、独り国を鎖して万国に相親しまざるは人の悪《にく》むところなり」

と、言葉を飾らずに直言していた。

もう黙って見てはおれぬ、長年の友好の信義を思い、敢えて忠告するという親切な熱意が書簡の隅々にみなぎっていた。

言辞も親切丁寧をきわめている。その上でオランダ国王はぜひ将軍の返書がほしい、そのために商船ではなく軍艦を派遣したと書簡の末尾につけ加えていた。

パレンバン号のコープス大佐は長崎港に投錨《とうびょう》して江戸の将軍の返書を待っていたが一向に届けられる気配がない。このままでは季節風の時期を逃して越年するおそれがあるとコープスは察し、国王書簡を受けとったという幕府の「諭書」だけを携えて、バタビヤへ引揚げることになった。

江戸幕府の閣老達は困惑し、迷惑していた。

相手は何といってもオランダ国王自身である。

「ありがた迷惑とはこのことじゃ」

と眉《まゆ》をひそめながらも、相手の親切をいちがいに無視することもできない。

延々と論議したあげく翌弘化二年の六月になって、オランダ国の摂政大臣あてに返翰《へんかん》をしたため、オランダ商館長あてに諭書を渡す手配をした。

オランダ国王と将軍の直接の筆談などは、当時の幕府老中には論外だった。オランダの誠意はわかるので、国王を傷つけないよう、さまざまに言葉を飾りながら、すべてを拒絶した。

二度とこのような書簡をよこしてくれるな。誰が何といおうと鎖国制度は変えられないという主旨の返事である。

奇妙な理屈をつけてオランダの無礼を非難しもした。

「わが国の通信は朝鮮、琉球《りゅうきゅう》に限り、通商は貴国と支那とに限る。貴国、我に於て従来通商することあるも、通信することなし。信と商とはまた、各々《おのおの》別なり」

つまり交易商売はしているが信頼関係にあるのではない、とはっきり述べた。

「然れば、後来《こうらい》、必ずしも書簡を差し越すことなかれ。もし、そのことありとも封を開かずして返し遣わすべし」

婉曲《えんきょく》にありがた迷惑だとオランダ国王に告げたのである。

この返翰は例年のオランダ商船に託されてバタビヤの東印度会社へ送られ、オランダ国王に手渡された。

怒ってしかるべき返書だったが長年に亘る通商でオランダは日本人の頑迷固陋《がんめいころう》を知りつくしていた。

従って国王も怒らず、オランダ政府は日本との交易をつづけながら、オランダ商館長を通じ、毎年世界の情報を「風説書」として江戸幕府へ送りつづけた。

この「オランダ風説書」によって幕府は清国の状況や太平天国の内乱を知った。

知っていながら対岸の火事と見て、べつに何らの対策も講じなかった。

それから八年、のんびり過していた嘉永《かえい》六年、江戸に近い浦賀の沖合にアメリカ合衆国のペリー提督の率いる黒船四隻が出現したのである。

日本中が大騒ぎに湧《わ》き立った。はじめて見る近代海軍の威容に衝撃を受けた。

幕府はといえば、オランダ風説書によって来るのならイギリスかロシアではないかと思っていた。悪名高いイギリスではなくアメリカであったことに多少ほっとして、俄《にわ》か仕立ての対抗策を検討した。

鎖国制度を撤廃するなどは思いもよらない。鎖国制度を堅持するための大艦隊の編成を思い立った。

ペリーの来航で日本中が注目したのは黒船である。とくに四隻のうち二隻の蒸気船であった。

旗艦サスクエハナは三千五百トン、ミシシッピは千七百トン、高い煙突からもうもうと黒煙をあげて走る巨大な蒸気軍艦だった。

「あのような船を買い揃《そろ》え、海防のことにあたらせればよい」

と老中達一同は協議し、さっそく長崎奉行にあてて老中首座の名で命令を出した。

「軍艦、蒸気船とも五、六十艘《そう》、取り揃えて差し出し候よう出島カピタンへ申し達し候よう致すべし」

このときの老中首座が賢明な宰相と名も高い阿部伊勢守正弘であったことにおどろかされる。

オランダに発注すれば五、六十隻の蒸気船ぐらい即座に手に入ると思っていたのだろう。蒸気船がどれほど高価であるか、購買費用を計算していたとも思えない。万が一、五、六十隻の蒸気船を即座に手に入れたところで、誰が運用操作するのか、そのへんのことも考慮していない。

要するに幕府老中は海防について何も知らなかった。無智にひとしい。

大量註文を受けたオランダ側はびっくり仰天した。

当時の出島カピタンのドンケル・クルチウスは、

「これはその、つまりどういうことでしょうか」

と長崎奉行の水野筑後守忠徳《ただのり》に質問したが、頭脳明晳《めいせき》な能吏であった長崎奉行も幕閣の命令を取次いだだけで、こたえられない。

やむなくドンケル・クルチウスは幕府の註文をそのままオランダの東印度総督に申し送った。

「蒸気船五、六十隻だと?」

と総督は呆《あき》れ返り、本国へ通達するのをためらった。

それはそうだろう。そのころ中国沿岸から南方諸島、インド洋へかけて遊撃出動している艦船は国籍を問わずに総計しても三十隻、少くとも四十隻には足りなかった。当時の艦船にはまだ帆船が多く、蒸気帆船と限れば数は遥《はる》かに少い。

「日本政府はいったい何を考えているのだ。頭が少しおかしいんじゃないか」

とはじめは立腹していたが、冷静になると哀れみを覚えてきた。

オランダと日本は何といっても二百年に亘る友好国である。日本は長い間、世界の情報から取り残されてきて、ヨーロッパ諸国がどれほど進歩発展しているか、何ひとつ知らないし、知らせても聞こうとしない。

東印度総督は九年前のウイルレム国王の誠意あふれる忠告にも、日本が耳を貸さなかったことを思い出した。

総督は一人の有能な海軍中佐を呼び、日本政府の途方もない註文書を見せた。

「これを見てもわかる通りだ。二百年来の友好の歴史を思えば、われわれはこのさい日本政府を教育してやる義務がある。おそらくウイルレム国王もそれをお望みだろう。海軍とは何か、どんなものか。一から教えてやりたいのだが、中佐、君はどう思う」

海軍中佐の名はゲルハルデ・ファビウスといった。

のちにオランダ海軍を背負って立つことになる名将である。

「総督、御命令とあれば喜んで私がその任務にあたります」

「わかった。さっそく国王に使いを出して御意向をうかがう。御許しが出て、当地へ届くのは来年になろう。君に任せたい。日本へ世界の海軍のことを教えてやりに行ってもらおう」

「わかりました。乗組員その他、いまから手配を致します」

日本を遥か遠くはなれたバタビヤのオランダ東印度会社で、日本海軍誕生の芽が生えることになったのである。

もちろん江戸幕府はそんなことは露も知らなかった。

二

安政元年七月二日。

長崎に入港したオランダの定期貿易船は、オランダ海軍の蒸気軍艦が近日中に日本へやってくるという東印度会社の通告を持参してきた。

オランダ出島に滞在する当時の商館長は三年前に来日したドンケル・クルチウスである。

この人物は優秀な外交官で、以前はバタビヤで東印度法院参事官をつとめていた。

世界情勢から見て日本はいずれ開国せざるを得ないだろう。そのきっかけはどの国がつくるにせよ、和親条約、通商条約という手順を踏むに違いない。そのさいオランダが他国に乗り遅れないよう手立てを講じるために派遣された商館長である。

ドンケル・クルチウスは定期貿易船のもたらした連絡により、さっそく長崎奉行水野忠徳と面会して、オランダ東印度総督の日本に対する意見と先般の蒸気船発注についての回答を伝えた。

「蒸気船を大量に揃えたいとの日本政府の御註文でありますが、オランダ国王は御期待に沿えるよう努力するつもりです。しかし蒸気船の購入は容易なことではなく、それを御引渡しするには数々の手数を定めなくてはかないません。ましてや今はヨーロッパでトルコ国をめぐってイギリス、フランスとロシアが合戦の最中であります。このクリミヤ戦争に関してオランダは中立を保っておりますが、ヨーロッパの慣例として他国の戦争中は武器や艦船を売買しないことになっております。従って只今は日本政府の御註文に応じることはできず、いつ頃お引渡しできるかをお答えすることもできません」

要するに蒸気船五、六十隻を即刻買いたいという幕府の註文を、婉曲にことわるため、オランダはクリミヤ戦争を口実とした。途方もない註文に対して、「ばかを言うな」と一喝したいところだが、今後の通商条約のことなど考えると、それはできない。オランダは我慢と忍耐づよさではヨーロッパで第一といわれる国であった。日本との貿易競争からポルトガル、スペイン、イギリスなどを駆逐して只一国、二百年の友好関係を保てたのも、その忍耐づよさの賜物《たまもの》である。

歴代の商館長が狭い長崎の出島に閉じ込められ、半ば死んだような孤独の生活に甘んじてきたのも、その国民性に由来するところが大きかった。

「御希望の蒸気船、いつごろ御引渡しするとは申せませんが」

と商館長は言葉たくみにつづけた。

「日本政府が蒸気船に御執心とあれば、オランダはできる限り早く、少数なりとも手に入れて日本へお届けするつもりです。それにつきまして申し上げたいのは、御購入の前に蒸気船の蒸気仕掛けの工夫、艦船の運用の仕方、修理の方法などを、あらかじめおぼえておく必要があるということです。それについてオランダ政府は知る限りのことを日本政府に御伝達したいと願っております。その上で蒸気船が日本へ到着すれば、万事のみこみも早く即座に実用できるのではないかと存じます」

ドンケル・クルチウスは、その知識伝達のためオランダ国王が優秀な海軍将校を日本に派遣することを決定し、一隻の蒸気軍艦が間もなく長崎に入港してくるはずだと告げた。

さいごに商館長はおそろしい言葉をつけ加えた。

「御註文の船を調達することができるまで、なんとかオランダ国が無事であることができればよろしいのですが、世界の情勢を考えますと、じつに心配なことであります。私はそればかりを心配しております。それにくらべ日本国はまことに泰平でうらやましい限りです」

聞かされた長崎奉行は一瞬耳を疑い、眼を丸くして商館長の顔をみつめた。

長崎奉行水野忠徳は四百石の貧乏旗本から抜擢《ばってき》され、西丸目付、火附盗賊改、浦賀奉行とめざましく昇進してきた能吏である。

皮肉をいわれているのだということを察知するのにやぶさかではなかった。

「近日中にやってくる海軍将校とはどなたでござるか」

と、商館長に聞いた。

「ゲルハルデ・ファビウス。オランダ東印度艦隊につとめる海軍中佐です」

と、ドンケル・クルチウスはこたえた。

三

オランダの海軍中佐を乗せた蒸気軍艦スンビン号は安政元年七月二十八日、予告通り長崎へやってきた。

三本帆柱、両舷に外車輪を備えた百五十馬力、速力八ノットのコルベット艦である。オランダ海軍では中型もしくは小型艦に属する。

出島商館長に迎えられて上陸したゲルハルデ・ファビウスはさっそく長崎奉行に面会して、来意を述べ、奉行の求めに応じて幕府への意見書を提出した。

それは世界の大勢を論じ、各国の地理や歴史を紹介した上でヨーロッパ式海軍の創設を日本政府にすすめる懇切丁寧な一種の論文であった。

「世界地図はよく見るべきものなり。見るべし、オランダは小国なり。然りといえども海《かい》勢船揃え《せいふなぞろ》（海軍）これあり。海方《うみかた》習熟の人物少なからざるを以て、すでに独立し、かつ海外におびただしき大国を領し候ことに相成りたり。アジアの東方にありて、日本の島多くあるは、ヨーロッパの西にありて、エゲレス島多くあるが如し。然れば今、エゲレスがものするが如く、日本に於て海勢船備《ふなぞなえ》を立て、港湾防禦これあらば、貿易富貴、強盛たらんことは必然の至りに候」

意見書はもちろん長崎のオランダ通訳の日本語訳である。

海軍という言葉がなく、「海勢船揃え」とか「海勢船備」などと苦心の文字を考案して当てている。海軍というイメージそのものがなかったのだろう。

ファビウスの意見書はさらにくわしく世界の海軍の実態に及び、ヨーロッパでは帆船軍艦の時代は終り、蒸気帆船に変ったこと、その蒸気帆船も外車輪は敵の攻撃目標になりやすく、速力が出ないために徐々に廃止され、今は船尾の水面下に装備するスクリュー・プロペラの船に移行してきたこと。さらに軍艦の船体は木製から鉄製に変りつつあること。とくに海軍では士官及び下士官、海兵の養成が肝要であり、オランダは人材育成について日本に力を貸す用意があること、等々あらゆる面にわたって誠実かつ丁寧に自分の全知識を開陳していた。

一読した水野忠徳は大いに感銘を受け、これは無視してはならない重大な意見書だと考えた。

当時、忠徳の配下に長崎奉行所目付として永井岩之丞尚志《なおのぶ》という旗本がいた。後に先輩の水野につづいて勘定奉行、外国奉行、さらに軍艦奉行へと昇進する男である。

水野忠徳はこの永井岩之丞を呼んでファビウスの意見書を見せた。

「まことに條理をつくした進言かと存じます」

と水野より六歳下の永井はいった。

「要するに蒸気船を買うだけでは意味がない。運用術を学ぶためには乗組員を教育せねばならぬ。そのための学校を設立せよ、あるいは若者を揃えてオランダに留学させよ。その双方についてオランダ政府は協力を惜しまないと、そのように申しているようです」

「その通りだ」

と水野はうなずいた。

「学校設立かオランダ留学か、どちらかを選べと言っている」

「御奉行はどう思われますか」

「オランダ留学は論外だろう。日本人の海外渡航は鎖国の禁令にそむく」

「すれば学校設立でありまするな」

「うむ」

　と水野は天井を仰いでしばらく思案していた。

「この意見書をこのまま幕府へ送りつけ、評議の結果を待っていては、どれほどの時間を要するか、想像がつく。おそらくファビウスは幕府の返事を待って年を越すことになるだろう」

「私もそう思います」

「学校設立についてファビウスにもっと具体的な意見を聞こう。詳細をたしかめて、それらの意見を添付し、有無をいわさず幕閣の人々に学校設立を迫る必要がある」

「全く同感です」

「では、おぬしがファビウスに会ってくれ。そして詳細な意見書を提出するよう依頼することだ」

「わかりました。さっそく出島の商館長を訪ねます」

　永井岩之丞は力をこめてうなずいた。この人物が長崎海軍伝習所の総督となり、やがて軍艦奉行となるきっかけはこの時に生れた。

ファビウスの第二回目の意見書は長崎奉行の質問にこたえる形で、翌月九日に提出された。要約する。

一、蒸気船運用については大筒、機関、造船、諸道具の取つけ取はなし、帆の操作など数多い問題があり、それぞれ修業を要する。日本人が修業をするためには適切な教導をする教官が必要である。この場合、身分官位などにこだわらず、物ごとの核心のみをみつめて、考えようではないか。

一、教師をオランダから招くについては一カ年につきどれくらいの謝礼を出すのか。そのために日本政府はどれほどの資金を準備できるのか。さらに教師らの待遇はどうするか、その点をはっきりしてもらいたい。

一、日本人はこれから地理、物理、星座、測量、航海、造船、砲術の各学科を修業しなければならない。そのためには学科ごとに熟練の教師が必要である。このような教師達はその学識によってヨーロッパ諸国で充分に豊かに暮している。数千里も遠く離れた日本にきて言葉や風俗の違いに苦悩するのであるから、その点を充分に考慮してほしい。教師の住居なども居心地よく準備せねばならぬ。

一、学校設立にあたって最大の難問は言葉である。ヨーロッパ人は日本語を一切知らないと考えねばならない。教師を招いても、いちいち通訳を介して授業していては、時間がかかって手間取る。従って教師らが来日する前に長崎にオランダ語学校を設立し、若者達にあらかじめオランダ語を学習させてほしい。若者達の人選は日本政府の自由である。

ファビウスの第二回の意見書は以上のような内容であった。

「うーん」

と長崎奉行は目付と顔を見合わせてうなった。

「きびしいのう、なかなか」

「しかしきわめて率直な意見でござる。海軍学校設立に金銭の準備が必要なことは、当然でありましょう」

「招聘《しょうへい》するオランダ人教師の人数がわからなくては資金の見積りの方法がない」

「それは幕閣の諒承あれば、私が商館長やファビウスと会い、こまかい詰めを致します」

そうだなと水野はうなずき、

「よし、この二つの意見書を併せて江戸へ送ろう。早く回答がほしいものだが、あまりあてにはできんな」

「せめてファビウスの帰国前にと願っておりますが」

二人の配慮で意見書は至急便で江戸へ回送された。

この当時、幕府には海防掛が設けられていた。

老中のほか若年寄、大目付、目付、勘定奉行、勘定吟味役の面々で構成されている。

勘定方が参加しているのは、海防には莫大な資金が必要なためである。

全員がファビウスの意見書を回覧して大いに心を揺さぶられた。

とくに第一回目の意見書に対して老中阿部伊勢守正弘、久世大和守広周《ひろちか》が感心した。

「まことに卓見と申すべきである。オランダの忠節、しみじみと心を打つ」

十年前の弘化元年の国王使節の来日のときとは、えらい違いだった。幕閣は昨年のペリーの来航で衝撃を受けている。

「これほどの見解は、これまで耳にしたこともござりませぬ」

と御用番の内藤紀伊守がいった。

海防掛一同がうなずいている。海軍学校設立についても、そのため大して反対意見が出なかった。

勘定奉行が小声で予算の不明を指摘したが、

「それは長崎奉行と目付に任せ、ファビウスなるオランダ人と話合いの上で、概算を出させ、あらためて検討すればよい」

という阿部の発言で海軍学校の設立は大筋で決定してしまった。

ファビウスの意見書はそれほど説得力を持っていたのである。

余談になるが、ファビウスと似たような見解は、すでに六十年前、日本人が公表していた。仙台の学者林子平である。

寛政元年、子平が仙台で自費刊行した「海国兵談」という書物の一節を見よう。

「海国とは何の謂《いい》ぞ。いわく、地続きの隣国なくして四方みな海に沿える国をいうなり。まず海国は外寇《がいこう》の来りやすきわけあり。また来りがたきいわれもあり。その来りやすしというは、軍艦に乗じて順風を得れば、日本道の二、三百里の遠海も一、二日に走り来るなり。さて外寇を防ぐの術は水戦にあり。水戦の要は大砲にあり……」

これはファビウスの意見書と基本的には変りがない。ほぼ同じといってよい。

ところが当時の幕府はこれを奇怪異説の書物として板木を没収し、林子平を仙台に蟄居《ちっきょ》させた。

林子平は幕臣の次男に生れたが生涯、主家を持たず兄の厄介者として過した学者である。「三国通覧図説」や「海国兵談」を世に刊行し、両者とも禁書とされて板木を没収され、不遇のうちに死ぬ。

「親も無し妻無し子無し板木無し、金も無けれど死にたくもなし」

という歌が残された。

もちろん幕閣は六十年前に死亡したこの人物の存在を知らない。絶版となっている「海国兵談」に目を通した者も一人もいなかった。

もっぱらファビウスの意見に感銘し、当時としては珍しく、

——書面の趣きはすべて伺いの通りと相心得《あいこころう》べし

と回答をしたため、大急ぎで長崎へ文書を送った。

これで海軍創立、学校設立はほぼ決ったようなものである。

長崎奉行水野忠徳と目付永井岩之丞は大いに喜び、出島滞在中のファビウスを訪問し、オランダ商館長を交えて、学校設立の具体的な質問をこころみた。三回目の意見聴取である。

ファビウスも日本政府の熱意を喜び、さらに具体的な意見を開陳した。

先年の幕府の艦船注文が国際常識をわきまえぬ途方もない注文であることも率直に教えた。

派遣教官の人数が学科別により二十人前後となること、その基本給はオランダ政府が支払うが特別手当を日本側が負担することなど、ファビウスは長崎奉行と目付の二人に親切丁寧に教諭した。

面会を終えた水野と永井は出島から奉行所に戻り、二人で相談しながら海軍創立、学校開設の一括構想を立てた。

「先般、幕府がオランダへ発注した蒸気船購入は、不適当と思われるので、このさいスクリュー式コルベット艦とスクリュー式蒸気船各一隻の注文に改めること」

蒸気船五、六十隻を一挙に落して僅《わず》か二隻に格下げした。

「この船の乗組員を養成するため、長崎に海軍伝習所を開き、オランダ海軍の教師団を招聘すること」

ここに海軍伝習所という名がはじめて使われる。

「オランダ人の提唱するオランダ語学校については当面は見送る。伝習所の授業はオランダ通詞を介して実施する」

伝習所に先立つ語学校の設立はこれから生徒の人選がはじまることを思えば、到底間に合うまいと二人には察しられたのである。

水野忠徳と永井岩之丞によってつくられた草案は、殆んど時間を置かずに江戸へ送られた。

ファビウスの帰国の時期が迫っている。

蒸気軍艦スンビン号の出帆の前に幕府の確答がほしかった。

ファビウス日本滞在中に江戸からの回答が早くも長崎へ届けられた。

当時の幕府としては先例のない速断速決である。

答申には全て諒解したと、幕閣の全面的な賛意がしるされてあった。

「但し蒸気軍艦についてファビウスは日本の現状では木製がよいとすすめているらしい。しかし修船場もいずれ作ることになるから、船体は鉄製であってもよろしいのではないか」

という附帯意見が但し書きで添えられていただけである。

オランダ東印度艦隊海軍中佐ゲルハルデ・ファビウスは当初の目的を予期以上に果し、

大いに満足してジャワへの帰路についた。安政元年秋のことだった。

四

日本に対するオランダ政府の律義さと親切は一体何だろう。

ヨーロッパで日本との友好関係を二百年に亘って保ちつづけた唯一の国であることは確かである。

バタビヤの東印度会社を通じてオランダにもたらした貿易の利益が当初は相当なものだったことも間違いない。

しかし通商は年一回である。しかも時代をくだるに従って日本は金、銀の流出を惜しみ、銅に関しても制限を設け、ひどく吝嗇《りんしょく》になった。

東印度会社の日本貿易はしだいに衰え、現在では東南アジア、南海諸島、中国にくらべて取るに足らぬものとなっている。

日本は東アジアの一孤島にすぎず、将来を期待できるほどの物産もない。

オランダはそれをよく知っていた。知りながら日本の世界情勢に対する無智を哀れみ、何とか救いの手を差しのべてイギリスやフランスの列強の侵略の手から日本を保護しようとした。

一つは目前に迫った日本の開国通商のさい、他のヨーロッパ諸国に遅れを取っては面目にかかわるという意地のせいである。げんに和親条約に関してはアメリカのペリー提督にオランダは遅れてしまっていた。

一刻も早く日蘭和親条約を締結しなければならなかった。

つづく通商条約に関してはもちろんであった。

しかし、それだけではなかった。

オランダはヨーロッパ文明の一員として、遅れた東洋の島国に優れた文明の恩恵をほどこしてやりたいと願っていた。

かつてキリスト教のイエズス会士が東洋の未開の国々にイエス・キリストの福音を伝道したいと願ったことと、それは本質的に変らないものだったろう。

バタビヤに帰ったオランダ海軍のゲルハルデ・ファビウス中佐は、日本の江戸幕府との約束を守り、翌安政二年六月八日、再び長崎へやってきた。

こんどはヘデー号とスンビン号の二隻のコルベット艦を率いている。

スンビン号は昨年ファビウスが乗ってきた蒸気軍艦である。

長さ五十二メートルで百五十馬力、速力八ノットの三檣バーク型蒸気帆船だ。

オランダ国王ウイルレム三世はこのコルベット艦一隻を日本海軍創立を祝う進物として将軍徳川家定に寄贈してきたのだった。

――この軍艦を以て日本海軍の練習艦として頂きたい
というウイルレム三世の親書をファビウス中佐は携えていた。
この当時の中古の蒸気帆船一隻の価格はよくわからないが、これから数年後に薩摩藩が
イギリスから買い取った中古船イングランド号の値段がメキシコドルで十二万三千ドルで
ある。
贈り物としては破格の高額といってよい。
しかもオランダ政府はこの高価な贈り物にバタビヤ政庁の海軍で編成した二十二名の教
師団を回航員として乗船させていた。
人選はファビウス中佐がやった。
中佐が教師団の団長として熟慮の末に特に選んだのは、オランダ海軍航海科出身のペル
ス・ライケン大尉である。
のちオランダ海軍で佐官、将官の地位を昇りつめて海軍大臣の要職を占める人物だった。
東インド艦隊きっての人材をファビウスは日本の海軍創立に参加させたのである。
団長以下二十二名についてもファビウスはきわめて慎重に人選した。
二等士官のス・フラウエン、主計士官のデ・ヨング、機関士官のドールニックス、一等
水兵デ・クラウ、二等海兵シックマンなど艦内の職務に応じて日本人を教育するに足る実
力者を任命した。

東インド艦隊から選抜したので、本国から人材を引抜くようなわけにはゆかない。

それでもファビウスは最善の教師団を組織して日本へ送り込んだのである。

ファビウスは六月八日に長崎へ上陸して、教師団の来着を告げ、長崎奉行に挨拶《あいさつ》すると共に教師団の待遇に関する二カ条の要求を出した。

まず給料である。基本給はオランダ政府が支給するが日本滞在の割り増し分は日本政府で支給してもらいたい。さらに住居については出島商館を使用するが、従来のように各人の行動を制限して閉じこめるようなことはやめてもらいたい。

しごく妥当な要求だった。安政二年の長崎奉行は前年の水野忠徳ではなく、荒尾石見守である。勘定奉行に栄転した水野の意向を汲《く》み、この奉行も海軍創立には積極的だった。

奉行が困惑したのはオランダの編成した教師団の人数である。

幕府も長崎奉行も教師といえばせいぜい四、五人、多くとも十人以内であろうとかるく考えていた。

二十二名とは予想もしない人数である。

目付の永井岩之丞が出島商館でファビウス中佐と面会し、教師団の削減について交渉したが、埒《らち》が明かなかった。

永井は交渉の結果を長崎奉行に報告した。

「艦内の仕事は艦長以下一兵卒に至るまでそれぞれ専務の任があり、水夫に至るまで居残しておかなければ、海軍伝習の実技指導は行き届かぬということでござる」

「二十二名の人数はもはや削れぬということか」

「さよう、これでも不足なのだとファビウスは申しております」

「困ったのう」

と荒尾石見守は首をかしげて思案していたが、

「スンビン号まで寄贈してくれたオランダ政府じゃ、ファビウスの申すことを信じぬわけにはゆくまい」

「問題は二十二名の教師団に支払う賃銀のことでござる。俸給はオランダ本国が支給するので、日本は割り増し賃銀を支払えとファビウスは申します」

と永井岩之丞はいった。

「しかし日本人が習い事を致すのに教師の本給をオランダに出させ、日本は割り増し分を負担するのでは、他国への聞えがいかがなものでありましょう。わずかの費用を惜んで日本の御国体にかかわることにもなりかねませぬ。賃銀は残らず日本より支払うとしたほうが筋合が通るように思われます」

「もっともじゃ」

と荒尾石見守もうなずき、

「先方の申し出てきた俸給の総計を勘定方に概算させて見た。一カ年七千両以内でおさまるということじゃ。そのていどなら長崎会所の脇荷銀《わきに》にて支払うこともできるそうじゃ」

「それはけっこうなことでござる」

永井岩之丞はほっとした顔になった。長崎奉行所目付の永井は行きがかり上、海軍設立の総責任者にされてしまいそうである。すでに内示を受けている。

「ファビウスの申し出はさっそく江戸の幕閣へ取次ぐことにしよう。われらの意見もつけ加えておく」

「ファビウスはひどく落胆しておりました」

と永井は奉行に告げた。

「すでに選抜された伝習生が長崎に集合し、オランダ教師団を待ちかねていると予期して参ったようです。一人の学生もおらず、オランダ語の学校も開設されておらぬことにおどろいたと申しております」

「伝習生の人選についてはそなたも江戸へ早く意見を申し送っている」

「はい」

「幕府としてもはじめての試みじゃ。多少手間取るのはやむをえまいが」

「それにしても遅うござる。張り切ってバタビヤからはるばると参ったオランダ人達にそれがしは恥かしくて顔向けできぬ心地でござる」

長崎奉行が同情の色を見せて、うなずいた。

江戸の幕閣のやることは万事がそうである。煩雑な手続きを踏み、長い時間を浪費することは、もはや幕府の習性といってもよいものになっていた。

五

江戸の幕府も悠々と遊んでいたわけではない。とくに長崎奉行の水野忠徳が勘定奉行となって帰任したので、海軍創立の件に限っては、めずらしいほど着々と審議が進んでいた。着々と進むといっても幕府のやることである。

オランダ教師団が来日した時点では海軍伝習生の人選はようやく緒についたというところであった。

スンビン号寄贈の報告があってから慌てて伝習生の全員を編成し、七月二十九日に発令した。もっとも長崎へ行けといっても各自出立の準備もあるので、一カ月の余裕を与えて九月一日出発とした。

学生長もしくは艦長役として選抜されたのは三人の幕臣である。

勘定格徒目付《かち》の永持亨次郎《こうじろう》、小十人組の矢田堀景蔵、小普請組の勝麟太郎だった。このうち永持は長崎奉行所の徒目付で目付の永井の下にあり長崎在勤中なので問題はなかった。

矢田堀景蔵は昌平黌《しょうへいこう》乙科の出身で測量や数学の秀才として聞えており、実兄は関東代官で身分にも申し分なかった。

問題は小普請組の勝麟太郎である。僅か四十一石余の微禄《びろく》の御家人で、身分は御目見得以下である。学生長もしくは艦長役ともなれば、これではまずい。

幕府はやむをえず伝習生発令に先立って勝麟太郎を小普請組から小十人組に組替えし御目見得格、食禄百俵とした。

勝はこの頃、異国応接掛の蘭書翻訳御用を命じられて、幕府の洋学所創設の下準備にあたっていた。

無役の御家人が抜擢されるに至った動機は一篇の上書のせいである。

黒船渡来の当時、老中の阿部伊勢守正弘は、ひろく諸大名、幕府諸臣に意見をつのり、幕臣や陪臣が諮問に応じて異国対策の上申書を提出した。

勝麟太郎は赤坂田町で蘭学塾をひらく一介の蘭学者であったが、さっそく自分の意見を上書して幕閣に差し出した。

この上申書が当時の異国応接掛大久保忠寛《ただひろ》や岩瀬忠震《ただなり》の眼にとまったのである。

勝の上書はこのときの上申書のうちでも最優秀といってよいものだった。

とくに海防のため軍艦建造の必要を説いているが、それも費用の面にまで及んでいた。海防の費用は交易の利益をもってあてよと言う。また大船建造を解禁し、遠くロシア、朝鮮へ雑穀雑貨を輸送して、先方の有益な品々と交換せよ、されば当方の凶作の年に食糧の輸入が自由になると説いていた。兵制に関しても大胆な意見を展開していた。海外の新式兵器の発明に着眼して幕府の武備を西洋の兵制に改革せよという。他より反対の意見も出るだろうが、

――少しも御頓着《とんじゃく》遊ばせられず、御勇決を以て御改革なさるべし

と言っていた。

眼のつけどころも新しいが気迫が感じられる文章である。

大久保忠寛がひそかに勝を呼んで面接し大いに気に入った。

この頃、市井無頼の徒とまじわり一生を無役の御家人で押し通した父親の勝小吉はすでに物故している。

父小吉は剣術の達人で、子の麟太郎を親戚の男谷精一郎の道場へ通わせた。麟太郎はのち島田虎之助の門に入り、免許皆伝を受けている。

蘭学は永井青崖、都甲《とこう》市郎左衛門に学び、ひとかどの蘭学者になっていた。

幕府の洋学所創設に参加したのが勝麟太郎の開運のきっかけだが、まさか同じ年に海軍創設の第一回学生長を命じられようなどとは、思ってもいなかった。

学生長といえば将来の艦長役である。

幕府が三人の艦長役を選んだのは今回オランダから寄贈された観光丸、昨年オランダに発注して、近く回航されてくるはずの二隻のコルベット艦、合わせて三隻の軍艦に最低三

人の艦長が必要だと考えたからだった。

勝麟太郎は蘭学者として軍艦建造の必要を力説したが、江戸の武士の大部分と同じく船や海のことは何も知らない。一足とびに蒸気軍艦の艦長になれといわれ、さぞかし面喰ったに違いなかった。

三人の学生長が選任されると、あとは芋づる式に人選は順調に進んだ。

長崎在勤の目付永井岩之丞がオランダ人と相談して人選の基準を知らせてくる。

永井の意見では海兵隊要員はさしあたり幕府鉄砲方の与力と同心ではないかというので、幕閣は鉄砲方から士官と下士官の人選と供出を命じた。

海や船とは縁もゆかりもなかった鉄砲方の与力、同心がごっそり引抜かれて長崎へ赴くことになった。

それだけではまだ足りない。

幕府は鳳凰丸の建造に当った浦賀奉行の与力、同心に眼をつけ、大船建造の経験者を長崎へ送ることにした。

中島三郎助は鳳凰丸建造の責任者である。身分は浦賀奉行所与力だった。

三郎助は当時の船大工や水夫なども選抜して海軍創設に参加することになる。

韮山《にらやま》代官江川太郎左衛門のところへも、幕府から人材供出の依頼がきた。

韮山代官の砲術、鉄砲方に眼をつけたらしい。

江川代官は手代、手付の中から鉄砲方の者達を選んで人材提供に協力した。

他にも異色の参加者がいた。のち咸臨丸《かんりんまる》の航海長となってアメリカへ渡航する小野友五郎である。

この人物は常陸《ひたち》の笠間藩の数学者で幕府の天文方に出役していた。

たまたま西洋航海術の解読を命じられ「渡海新編」という翻訳書を幕府に献本していた。

そこへ眼をつけられ、外様藩士が別格の幕府伝習生として派遣されることになったのである。

人数はそれでも足りない。

コルベット艦の定員は観光丸で百人だという。陸上勤務も加えねばならない。

のちに回航されてくる二隻のコルベット艦を加えれば三百人近い乗組員が必要となるだろう。

しかしそこまでは到底手が回らなかった。

いつものように塩飽諸島の本島に水夫三十名の供出を求めたが、応じる者は十五名しかない。不足分は長崎で補充するほかなかった。

西国の各藩から伝え聞いて伝習参加の申し込みがくる。

このさいすべてを受け入れることにした。何しろ人数が足らないのである。

幕府としては珍しく寛大な措置を取ったものだった。

こうして泥縄式の伝習生が編成されたのである。

六

安政二年九月一日――。

矢田堀景蔵、勝麟太郎はじめ海軍伝習生を乗せた幕府軍艦昇平丸は品川沖を出立して長崎への長い航海に出た。

昇平丸は薩摩藩が幕府の許可を得て建造した日本初の西洋式軍艦である。

長さ十五間、大砲十門を搭載した軍艦で三本帆柱の外見は西洋帆船と異ならなかった。

昇平丸の起工は嘉永六年五月だからペリーの艦隊が浦賀沖にやってくるひと月前である。

薩摩藩ははじめこの帆船を、

(琉砲船)

という奇妙な名前で呼んでいたが、安政二年春、昇平丸と名を改めて江戸幕府へ献上を申し出た。

そのかわり薩摩藩は西洋帆船十五隻の建造を幕府に願い出て許されている。

この当時の薩摩藩と佐賀藩の洋式技術導入の熱意は他藩に先がけて抜きん出ていた。こんどの幕府の海軍伝習にもこの両藩は真っ先に家臣達の参加を申し出てきていた。

九月はじめに品川沖を出立した昇平丸は風のせいもあり、船の故障もあったのだろう、その船足は遅々として進まず、西国の下関港に到着したのが一カ月以上もへた十月十一日だった。

上陸した伝習生達は同地ではじめて江戸の大地震の報に接した。家屋の倒壊無数、火は深川、本所、下谷、浅草、神田一帯にまわり、圧死焼死する者数知れずと聞かされた。

みんな江戸近辺に住む者達である。胸を暗くして船に乗り組み、目的地の長崎へ向った。

長崎到着は十月二十日。

薩摩藩建造の昇平丸はよほど船足のおそい船だったのか、それとも三本マストの帆の操作が水夫達の手に負えなかったのか、そのどちらかであったろう。

伝習生は半数が乗船し、半数は陸行しており、陸路を選んだ者達はずっと早く長崎に到着して海路の伝習生の到着を待っていた。塩飽の水夫十五名も十月半ばには長崎に到着している。

ペルス・ライケン大尉以下二十二名のオランダ人教官達もじりじりして伝習生の集合を待っていた。

安政二年十月二十二日。

長崎海軍伝習所の開校式がオランダ出島の商館でおこなわれた。

伝習所には海に面した西御役所があてられていたが、開校式はいわば入門式である。西御役所でおこなうのは非礼ではないかと判断して、重立つ伝習生十八名が出島の教師団のもとへ出向いたのだ。

伝習所総督は永井玄蕃頭《げんばのかみ》尚志と決定した。永井は長崎奉行目付から玄蕃頭に任官されて総督の座についた。

永井は礼服を着用し、これも盛装した艦長役三名、さらに一等士官、普通士官など十八名を引連れていた。

出島の広場の国旗掲揚台にはオランダの三色旗と並んで白地に赤の日本国旗がするすると昇り、潮風に翻えった。

ヘデー、スンビン両艦の軍楽隊が荘重で明るい吹奏楽をかなでた。

この日、日本海軍は発足した。

ふしぎといってよいことがある。アメリカがアナポリスで海軍士官学校を開設したのが一八五四年、オランダが海軍兵学校をウイレムソールドに独立させたのが一八五四年である。イギリスで係留艦「ブリタニヤ」号による集合教育がはじめられたのは一八五八年だった。

安政二年といえば一八五五年である。列強諸国の海軍とくらべて日本海軍の創設は決して遅れを取っていなかったのだ。

猛訓練

一

西御役所はオランダ出島と橋一本を距てて真正面に向い合う場所にある。

長崎港の突端といってよい江戸町に設けられた総坪数千六百七十九坪のこの役所は、もともと長崎の奉行所としてつくられたものだった。

港内の船の出入りを監視するには最も適した位置にあるからだ。

しかし当初は鄙《ひな》びた港町だった長崎が日本唯一の貿易港と指定され繁栄をきわめるにつれ市街の町々の数は膨れあがり、人家は狭い土地をはみだして周囲の山々の裾《すそ》から頂きへ這《は》い登るほどに増えた。

奉行所はやがて市街地を見おろす立山の丘陵地に移転し、西御役所は江戸町に残された。

安政二年の今は新旧奉行の交替時の詰所として利用されている。

敷地は広く、臨時奉行所として諸役人の詰所、住居、長屋などもあり、海軍伝習のために使用するには恰好《かっこう》の施設であった。

伝習生達のために新しく長屋も建てられ、集会所や食堂などもつくられていた。

十月二十四日――。

西御役所の大広間に伝習生全員が集った。

海軍伝習所総督永井玄蕃頭尚志が開校式の挨拶《あいさつ》をし、オランダ人教官の代表ペルス・ライケン大尉が訓辞をおこなった。

つづいて、オランダ人教官が一人ずつ紹介される。それがすむと日本人伝習生の代表が教官達の前に進み出て挨拶した。

開校式は簡略だったが、さいごに伝習生全員に一枚ずつの紙が配られた。

最後列に居並んでいる水夫達にも手渡され、塩飽諸島からきた辰之助や仙三郎、鶴松も一枚ずつもらった。

学生長の一人が水夫一同の前にきて、紙に書かれた文字を朗読して聞かせてくれた。

「その方どもはこのたび格別の御人選をもって当地へ差しつかわされた者達である。その旨を厚く心得、銘々が切磋琢磨《せっさたくま》の道をもっぱらとし、我意を立てずに心腹をひらき、互いに及ばざるを助け合い、海軍御取立《とりたて》の趣意を貫くよう、御役目の業《わざ》、せいぜい研究致すべく候」

といったような内容である。

難しい言葉が多くて半分はわからなかったが、

——お前達は選ばれてきたのだ。頑張れ！

という幕府の意気込みはよく判る文章だった。

水夫達は感激していた。幕府直参の旗本や御家人、さらに各藩の選抜生など錚々《そうそう》たる武士と共に一堂に集められ、最後尾ながら同列に並んだのである。

もっと感銘を受けたのは大広間の正面に椅子を並べて腰かけているオランダ人達の姿を、まぢかに見たことだった。

ペルス・ライケン大尉が他の二十一人のオランダ人教官の名を一人ずつ紹介すると、美服をまとったオランダ人はそのつど立上って黙礼した。日本式にひょこっと頭をさげる者もいた。

一人が立上るたびに日本人伝習生たちは拍手した。

日本人通詞が広間の隅に立っていて、

「デ・ヨングどの、主計士官」

「ホルンプケどの、掌帆長」

「ウールセンブルクどの、甲板長」

などとわかりやすくペルス・ライケンの言葉を補うが、名前といい職種といい、どれも耳馴れず、わからないという点では同じことだった。

異人をはじめて見る者が伝習生の大半である。オランダ人が一人ずつ立上るたびにどよめいて溜息《ためいき》をついた。

「なあんじゃ、人間ではないか」

と水夫の中で声をあげる者がいた。

「ほんとじゃ、人間じゃ」

同感のささやきが拡がった。

ペリーの来航以来、市中には外国人の風貌《ふうぼう》を描いた版画が出回っており、みんなが見ていた。毛むくじゃらで顔面まで密生した毛に蔽《おお》われた猿のような者、赤い鼻が天を向き、口が大きく裂けた天狗のような者、どの絵を見てもけだもの同然で、これが同じ人間とは誰も思えなかったのである。

全然ちがっていた。足がすらりと長く背がまっすぐに伸び、色が白くて肌はつやつやして見える。

たしかに髪の色は金髪や茶色、黒褐色、灰色とさまざまで、眼の色もそうだが、おしなべて眼鼻立ちはりりしく、くっきりとし、なかには美しいと見える者さえいる。

水夫全員、眼を皿のようにしてオランダ人たちに見惚れた。

開校式が簡略におわってしまったのが、みんな物足りなく、肩を並べて広間を出るとき

には、

「おもしろかったのう」

「いい芝居を見たようじゃ」

口々にしゃべり合った。

身分の高い伝習生も自分達と似たような思いだったらしいことは、その連中の表情で察しられた。

そして日々の訓練がはじまった。

二

西御役所の中庭の広場の一隅に戦列フリゲート艦の主帆柱が立てられていた。

フリゲート艦の帆柱といえば長大なものなので、実寸ではない。実寸の十分の一の大きさだが、それでも下から仰ぎ見るほどに高かった。

日本の千石船との違いは帆柱と直角に交わる帆桁《ほげた》が四本もあり、それぞれの帆桁から短い帆布を垂らして四重帆になっていることだ。

和船ならば船の幅よりも大きな横帆を一本掛けする。

「帆をあげい」

と船頭が命じれば水夫達は水縄《みなわ》や手縄《てなわ》、矢筈《やはず》などの手綱を握り、えんやほいやと掛声をあげて引っぱりあげるのだが、西洋の船の帆はまるでちがう。

「登れ！」

と教官はまず声をかけ、帆柱の前後に張り渡された縄梯子《ばしご》のような綱の上を這いのぼってゆき、高みで四つの帆桁に取りつき、縄に両足をかけ、ぶらぶら揺れながら帆布の結び目を解いて短い帆を拡げる。四つの横帆が上下に並んで一つになるのだ。

まるで曲芸師か鳶職《とびしょく》の軽業のような真似をしいられる。

水夫達のなかには四十歳を過ぎた者も多い。

「猿じゃあるまいし、みっともない真似ができるか」

と怒ってオランダ人の教官の命令に従わない男も少なかった。

率先して縄梯子を登ってゆく男達は総じて若い。

鶴松もその一人だった。塩飽島の中に閉じ込められていて、一歩も島の外へ出たことがない。西洋船どころか日本の千石船にも乗ったことがない。だから船については何も知らない。

どんなことでも耐える気持でここへきた。

いまさら島へ戻るぐらいなら、帆柱から落ちて死んでもよいと思っている。

「登れ、帆を開け、帆を閉じよ」

とオランダ教官にいわれれば、鶴松は率先して、何でもやった。

展帆、畳帆、縮帆は西洋帆船の基本作業である。

鶴松に限らず、辰之助、仙三郎、文七らも若いだけに教官の命令に従った。

訓練はもちろん帆前《ほまえ》作業だけではない。西御役所の外へ出て、波止場付近の砂浜に居並び、八人ずつが一艘《そう》の短艇《スループ》に分乗して櫂《かい》を漕《こ》ぐ練習をはじめる。

短艇はオランダ語でコットルと呼ばれるカッター船である。観光丸のコットルは一艘しかないので、八人ずつが乗って練習し、他の水夫達はめいめい浜辺に腰を据えて見学する。

カッターは日本の伝馬船、もしくは艀《はしけ》だが、はるかに大きく、八人が舷側《げんそく》に座っていっせいに漕ぐ。

但し櫓ではない。長さ一丈をこえる櫂である。舷側に四人ずつ二列に分れて並び、

「よおし、漕げい」

と舳先《へさき》に立つ教官の合図で体を前後に傾けながら声をあわせてこぐ。

伝馬船や艀の櫓漕ぎに馴れた水夫たちには櫂という道具がよくわからない。

しかも八人が気を揃《そろ》えて漕ぐのは難しい。

浜辺で見学に回っている水夫達は、八艇の櫂がてんでばらばらに水を切り、宙へ跳ねあがるのを、みんなで指差して笑っているが、さて自分達の番になると全く同じありさまとなる。

「何から何まで違うもんじゃのう」

と浜辺に腰かけた仙三郎が河口の海上を右往左往しているコットル船をみつめて、つぶやいた。

「いよいよ観光丸の艦上実習訓練がはじまるというが、どうなるんかのう」

幕府から選抜されてきた旗本の伝習生は、すでに観光丸の実習訓練を許されている。諸藩から留学してきた伝習生は週に二回だけ艦上へ赴く。

水夫達は今のところ陸上訓練だけを受けているが、オランダ人の教官が抗議してくれて、間もなく艦上訓練がはじまるらしい。

浜辺から姿を消していた丸屋辰之助が水夫達の控える場所へ戻ってきた。

「どこへ行っていた。もうすぐあんたの番がくるぞ」

うんと辰之助はうなずき、

「ちょっと造船場をのぞいてきた。旗本伝習生と諸藩伝習生らがオランダ人の指導でコットル船を造っている。すぐ近くなんで、ちょっとのぞいてきた」

「コットル船？　素人に造れるのか」

と仙三郎が辰之助に聞いた。

「ああ、もう半分は出来とるようじゃ。素人といっても浦賀で鳳凰丸を造った連中がまじっている。オランダ人がついておるので、間もなくできあがるじゃろ」

「そうなれば便利じゃのう。こんなふうに順番待ちで練習をせずにすむ」

「しかし、わしらに使わしてくれるかの」

と鶴松が口を挟んだ。

さあとみんなは首をかしげる。

同じ海軍伝習生といっても身分差別は歴然としていた。

艦長役、一等士官、二等士官、下士官、職人、水夫、平民と序列が定められている。下士官までは幕府役人、もしくは長崎の地役人であり、職人は特に選ばれてきた船大工である。

水夫は辰之助をはじめとする塩飽諸島の十五人、浦賀から派遣されてきた十九人。ほかに長崎で採用された者が全体の半数以上を占める。

平民というのは火焚《ひたき》人足である。炊事、洗濯などの雑役夫を兼ねている。

今のところ士官、下士官などの武士の海軍伝習はようやく緒につきはじめたようだが、中途半端に放置されているのが水夫達だった。

伝習生一同に配布された規則では、午前中の三時間は座学。午後二時間が実習訓練と定められている。

座学というのは室内でオランダ士官の講義を受けることである。

その講義の内容は、数学、天測、航海術、造船術、砲術などと多岐にわたる。

オランダ人はオランダ語でしゃべり、同席しているオランダ通詞が日本語に翻訳して、一同に伝える。

座学がおわると幕府派遣の伝習生達は艀に分乗して練習艦の観光丸へ向い、艦上訓練を受ける。

水夫達には座学はない。中庭の高い帆柱で檣上《しょうじょう》訓練をやり、コットル船のオール漕ぎをやり、ときどきは太鼓を並べて太鼓叩《たた》きを習う。

同じ伝習生でも、すべて後回しにされるので、一日中、何もすることがないこともある。

帆の製作、修繕などを室内でやることもあるが、定められた訓練ではない。

海軍伝習所の目的は士官の養成を第一としていた。

水夫の養成など上層の人々の念頭にはないらしい。

水夫達の教官はオランダの一等水兵五人である。

五人は日本人の水夫軽視の扱いに憤慨して教育団長のペルス・ライケン大尉に何回も抗議をした。

ペルス・ライケンも水兵達の意見に同意して、伝習所総督や学生長に掛け合った。

最も身分の低い水夫や火焚人足を伝習生と同等に扱えというオランダ人の意見には、総督や学生長も同意しなかった。

武士でもない者達を伝習生と見てはいないのである。

「あの者どもは船の召使いである」

とオランダ人に公言する役人もいた。

しかし総督たちは徐々に折れ、ようやく水夫達の艦上訓練を認めることに同意した。

但し、週一回と定められた。

三

当日――。

吹き鳴らされる貝と太鼓の音で鶴松はめざめた。

水夫長屋の中である。長屋といっても人足小屋のようなもので、中央に三尺幅の通路があり、その左右に畳が敷かれて二十人ばかりが寝ている。畳には仕切りがなく、めいめい勝手なところへ寝床を敷く。

起きると寝床を畳んで壁ぎわへ押しやり、自分の寝具のあるところが、自分の領域ということになる。

通路に火鉢をめいめいに置き、湯を沸かしたり、ちょっとした煮炊きはできる。

オランダ水兵の教官がこの小屋を見て眉をひそめ、

「山小屋ではあるまいし、何ということだ。どうして君達は抗議をしない」

と憤慨するが、船の暮しに馴れた水夫達は、こんなものだろうと思っていて、大した不満もない。炊事は火焚人足がやってくれ、広い居間でたっぷり喰えるので、寝泊りするところに文句はないのだった。

「これで給銀は年十両じゃ。わしらはいい身分じゃのう」

と、むしろ感謝している者もいる。

それをオランダ人水兵に率直に告げた者がいて、オランダ人から舌打ちして叱られた。

「君達は誇りを持たなくてはならない。艦船を走らせるのは士官ではなく水兵だ。水兵はもっと大切に扱われて当然だ」

そう言われても全員がぴんとこない。

まだ観光丸にも乗組んだことがなく、陸上で不規則な訓練に明け暮れていては、自分が仕事をしているという実感がない。

集められた水夫の数は今のところ六十名足らずだが、役割分担もまだ定められず、人数ごとの組分けすらできていなかった。

オランダ海軍では水兵は一等水兵から三等水兵に分けられている。

一等水兵の条件は檣上作業である。二等水兵は甲板作業、三等水兵は船内雑用を任務とする。

組分けがされないのは教官にあたるオランダ水兵達が、日本人水夫の個々の能力をまだ識別できないからだった。

五人の教師の一致した意見は、

「年齢の高い水夫が多すぎる。四十歳以上の水夫は解雇したほうがよい」

ということであり、

「なまじ日本船に馴れた水夫はかえって役に立たない。まっさらの若者をもっと増やすべきだ」

ということだった。誰を一等水夫とし誰を三等水夫とするか、それはこれからの艦上訓練できめるつもりである。

大広間へ赴いて水夫達は熱い味噌汁と漬物、麦飯の朝食をすますと、オランダ人に引率されて大波止《おおはと》の波止場へ向った。

蒸気帆船の観光丸が波止場の沖合に錨《いかり》をおろしている。

オランダ国王から練習艦として寄贈されたこの蒸気船は、海軍伝習所の開校以来、ほとんど動くこともなく、長崎の港内にひっそりと碇泊《ていはく》していた。

この船に乗って遠くジャワからやってきたオランダ海軍の乗組員は二十二名の教師団を残して去ってしまった。

定員百名の蒸気軍艦である。二十二名のオランダ人では動かすことはできない。

とうぜん日本人の協力を必要とするが、その日本人達が目下、伝習中である。

長さ五十二メートル、百五十馬力、速力八ノットの蒸気船は伝習生達が物の役に立つよう成長するまで、動くに動けずに錨をおろしているのだった。

六十名の水夫達は用意された艀に分乗して沖合の観光丸に向った。

全員はじめての乗船である。

徐々に近づいてくる蒸気船をみんな喰い入るようにみつめている。

「すっごいのう。蒸気船じゃ。わしはとうとう蒸気船に乗り込むんじゃ」

鶴松は胸の鼓動を抑えかねていた。

瀬戸内海の塩飽島でいつの日かと夢に見ていたことが実現しようとしている。

自分の頬《ほお》を手の爪でつねってみたいような心境だった。

四

早朝六時――。

上甲板で太鼓の打ち鳴らされる音がする。

ドオン・ドオンとゆったり響きわたる音ではなく、首から胸に吊し掛けした小太鼓を両手の撥《ばち》で小刻みに連打する音だ。

ドドン・ドドン・ドドドドン・ドン

同じ調子の音がくり返される。つづいて大きな砲声が一発。

静まり返っていた船内がにわかに騒がしくなる。

鐘の音、そして下士官が口に咥《くわ》えて吹き鳴らす疳高《かんだか》い笛の音。

総員起床だ。

船内各室で十人ずつに分れて寝ていた水夫達が吊袋の中でいっせいに首をもたげる。狭い室内の壁から壁へ蚕《かいこ》の蛹《さなぎ》のような布袋が並んで掛け渡されてある。

吊袋《ハンモック》だ。この船内の寝具である。水夫達も士官も夜はこの吊袋の中で寝る。

はじめはみんな戸惑った。どうやって寝袋の中へ入り、どうやって出てくるのかも判らない。

オランダ人教官の一等水兵ホッペンブロウエルが実演して見せてくれた。

二つの梁《はり》の間につるされた袋の中にビスケットと呼ばれる敷ぶとんを置き、毛布がかぶせてある。

教官は左足を踏みしめて立ち右足を高く跳ねあげ、同時に左足でトンと床を蹴《け》って袋の中に飛び込むのである。

「やってみろ」

と教官に促され辰之助や仙三郎、鶴松らも真似てみたが、馴れるまでには時間がかかった。仙三郎などは床を蹴る勢いがつよすぎて、袋を飛び越えて反対側に転げ落ちてしまった。

寝床に入るというより飛び乗るという感じである。

「バッタやイナゴじゃあるめえし」

と尻込みしてしまう年配の水夫達も多かった。それだけではなかった。就寝より起床のほうが難しいのである。

寝るときと逆の動作で飛びおりねばならない。吊袋はぶらぶら揺れるので、下手をすると落っこちて痛いめにあう。

乗艦訓練も十回目をこえる今では、さすがに吊袋から転落する水夫はいない。

全員が跳ね起きて寝床から飛びおり、吊袋を巻く。ぐるぐる巻きにしてロープで縛り、丸太棒のようにして収納庫へおさめる。

その頃には宿直当番の下等士官が見廻りにやってきて、

「おそいぞ、洗面急げ！」

と水夫達を叱咤《しった》する。全員が洗面室で顔を洗い、髪をくしけずる。

その頃に船内に鐘の音が鳴り渡る。

「飯だ！」

と口々にいって全員が厨房《ちゅうぼう》ふきんの食堂に向う。食堂には丸机が並び、十人ひと組で机を囲んで円座する。

日替りの当番四人が厨房へ出かけ、櫃《ひつ》や皿に盛った飯や菜、鍋《なべ》入りの味噌汁などをリレー式に手渡して食堂の机の上に運ぶ。食器はめいめいが持参してきている。小頭に選ばれた者が号令をかけ、全員がいっせいに箸《はし》を取る。

観光丸の乗組水夫の定員は五十名である。煮焚水夫は他に十人いる。五十名は一組から五組に分けられ、十名に一人の割で小頭が選ばれた。一組の小頭が塩飽水夫の辰之助であるのは衆目の見るところ当然だが、二組以下五組までの小頭はふしぎな顔触れであった。

二組の小頭は鶴松だった。三組の小頭は浦賀水夫の十八歳の若僧である。四組と五組も日本人が納得できるような顔触れではなかった。

水夫全員を取締る水夫長は武家身分の下等士官である。

水夫達が不当な人選に不満を抱いて下等士官に抗議したが、

「オランダ人の教官の指名じゃ。お前達の日頃の訓練を見ていて名指しで人選したらしい。お前達の不満はわしがオランダ人に伝えておく。しばらく辛抱せい」

とその武士はいった。

二組の小頭鶴松は困っていた。同じ組内の水夫十人の中に仙三郎がいるのである。鶴松にとって旧主家の若旦那《だんな》だ。しかも船乗りの経験も豊富であった。鶴松は困って一組の辰之助に相談した。

「それは困ったのう。しかし仙三郎さんはマスト登りが苦手らしい。オランダ人があの人をおぬしの下に置いたのはそのせいじゃろ。おぬし、手を貸してあの人にマスト登りを教えてやることだ。それしかあるまい」

と辰之助は鶴松にこたえた。

艦上の朝食は三十分ですませる。朝食を終えると、厨房へ櫃や皿、鍋などを運び込み、めいめい自分の食器を手桶《ておけ》の海水で洗い寝室に持ち帰る。

それから寝室内の清掃、室外の廊下の鉄具や真鍮《しんちゅう》、銅器類の磨き方がはじまる。

船内は清潔第一。塵《ちり》ひとつ落ちていてもオランダ教官は見逃さない。

午前九時——。

再び鐘が鳴り渡る。全員が清掃作業をやめ、服装を正して上甲板に整列。

甲板には宿直の艦長役一名、上等士官十三名、下等士官七名の日本人が並んでいる。出島の宿舎から短艇《スループ》でやってきたオランダ人教官八名も一段高い後方に肩を並べている。

「国旗を揚《あ》げい」

上等士官の号令と共に太鼓役が首から吊した小太鼓を打ち鳴らす。

三本の帆柱のうち一番前のフォア・マストの下に水夫数名が駈《か》け寄り、動索《ランニング・ギア》を引く。

白地に日の丸の日章旗がするするとあがって檣頭の蟬《セミ》のところへ達し、潮風にはためいて翻える。

オランダ人達は挙手の礼をし、日本人達はまだぎこちなくそれを真似た。

日章旗については海軍伝習所創立にあたり、オランダ側の強いすすめで、幕府は何回も閣議で検討を重ねたあげく、これを「日本国総印」として決定したものだった。発案者は薩摩《さつま》藩主島津斉彬《なりあきら》であり、それを支持して強力に幕閣へ働きかけたのは、水戸藩主の水戸斉昭だった。

当初の幕府案では白地に中黒の旗という意見が大勢を占めたが、遠方から見分けやすいという点も加味して、白地に日の丸の日章旗が国旗ときまった。

但し当時の幕府には「国旗」という認識はうすく、幕府の記章というていどに考えている者も多かったらしい。

国旗掲揚がすむと水夫達は組ごとに分れて右舷、左舷の甲板に整列し、一等士官の服装の点検を受ける。

水夫達は紺色の股引《ももひき》に半天、足は素足である。

点呼を取る一等士官のほうがむしろ服装はまちまちで着ている小袖《こそで》、袴《はかま》などの色も形も不揃いだった。

「総員、異常なし」

という報告が艦長役へとどけられる。

艦長役といっても伝習所の学生長の一人である。

この日の当直の艦長役は幕府小十人組食禄《しょくろく》百俵の勝麟太郎で、安政三年のことし、すでに三十四歳になる中年男だった。

五

訓練開始は九時三十分。

甲板清掃作業からはじまる。

五組五十人の水夫達は前甲板と後甲板に分れて立つ。それぞれが用具箱から取り出したレンガ大の砥石《といし》を持っている。

二組十人が砂係、三組十人が海水係である。

砂係は後甲板に山積みされた砂を手桶につめ、その手桶をリレー式に手渡して、さいごの一人が桶の砂を甲板にざあっとばら撒《ま》く。海水係の三組は舷側に縄梯子を垂らして三人ずつ梯子に乗り、下の一人が手桶で汲《く》みあげた海水を、これもリレー式に桶ごと手渡して船内へ持ち上げる。

手桶を受取った男達が砂をばら撒かれた甲板にざぶんと水をかけるのである。

砂と海水で濡れそぼった甲板の固い床板を他の三組三十人がレンガ大の砥石で力いっぱいこすりつけて磨く。

砥石は重いので両手に体重をかけて前後に押し引きする。

前甲板だけで畳数十枚の広さである。

隙間なく磨いてゆく。水夫達はみんな汗みずくになり、肩で息をしはじめる。

「やれんのう」

「甲板なんぞ余計なもんじゃ。日本の千石船にこんなもんはないぞ」

その通りなのである。和船は千石船といえどこんなふうに水密性の高い上甲板などはない。あっても嵌《は》め板式の短冊状の甲板で、取外しはしごく簡単である。積荷が多い時には短冊板は使わず、山積みされた荷物が船の上に顔を出している。

従って甲板磨きなどという面倒な作業はしなくてすむ。

小一時間も砥石で床板を磨きつづけると、こんどは砥石をやめて雑巾《ぞうきん》がけにかかる。海水と砂でざらつく甲板を雑巾できれいに拭《ふ》き、水はしぼり取り、砂は払い落してゆく。そのさい船内の鉄柵や外板、各所の真鍮、舷梯《げんてい》の欄干なども雑巾で磨きあげる。これも時間がかかる。

「甲板磨き、やめい」

と士官の声がかかるのは十一時半。

たっぷり二時間かけての重労働だ。

みんな船内のそこかしこに座り込み、「ふえーっ」と顔を見合わせる。

もっとも砥石を使って磨くのは毎日ではない。雑巾掛けですますのが普通で、十日にいちどぐらいだろうか。

午前十二時、昼食。食後一時間の休息が与えられる。

水夫達は組ごとの寝室へ戻り、吊袋を出すでもなく床の上に並んで横たわり、みんな寝てしまう。私語する者もない。

午後一時、けたたましい鐘の音で全員が眼をさまし、再び上甲板に向う。

今日は前檣フォア・マストの前に整列し、

「座れ！」

と士官の命令で腰をおろす。

オランダ人の教官二人が出てきてマストの上を指差しながら、交互に何か言っている。

オランダ人の横に立つ通詞が日本語でそれを伝える。

「登檣訓練をおこなう。今日は下から二番目の帆桁《ヤード》へ登る。まず教官二人が手本を示すのでよく見ておけ」

上衣を脱いでシャツの腕まくりをした一等水兵ホッペンブロウエルとブラーウの二人が、フォア・マストに掛けられた登檣用の縄梯子を登ってゆく。大きな体に似ず猿のような軽快な動作だ。

下から一本目の帆桁《ヤード》は無視してさらに上へ登り、二本目の帆桁のそばで停止。

一人がヤードの右の足場綱に乗り、もう一人が同じヤードの左の足場綱に乗った。ぶらんぶらんと揺れる足場綱を踏みしめ、二人は帆桁の上の手摺りをつかんで、ゆっくりと左右へ移動し、ヤーダム（帆桁端）まで行き着いて止った。

「曲乗りじゃ、まるで鳶職《とび》じゃのう」

「あんなところへ登って落ちたらどうなるんじゃ」

水夫達は座って上を見あげている。

西御役所の中庭の広場につくられた練習用の帆柱とは高さが違う。

一番下のロアヤードでさえ、日本家屋の二階屋の高さぐらいはあるだろう。その上のロアトップヤードとなると高い仏塔の屋根に登るようなものである。

オランダ人二人は再び登檣用の縄梯子に戻ってきて、二人ともさらに一段高く登って停止し、片手で縦索《たてさく》を握り、片手を下へのばして、甲板の水夫達へ手招きした。

「登ってこい！」

とオランダ語で叫んでいる。

水夫達は顔を見合わせて尻込みしていた。

オランダ人がしきりに呼びかける。耳をすませていた通詞が、

「各組の小頭から登れといっておるぞ」

いわれて二組の鶴松が立上った。船について何の経験もない自分が、なぜか気に入られ

て、小頭に選ばれたのだ。

少しぐらい危険なことは率先してやらなければ申し訳ないと鶴松は思っている。

鶴松はフォア・マストの真下に立って上を見あげた。

天を突き刺すように高いマストの上空に褐色の鳶が輪を描いて舞っている。

先達っての登檣訓練でロア・マストまでは大して苦労なく登れた。少し高くなったところで、要するに同じことだろう。

鶴松は登檣用縄梯子の縦索を両手でつかみ、掌にざらつく縄を握りしめながら一歩、一歩と梯子を上へ登った。

「いいぞ、早くこい」

とオランダ人が高いところで手をふって励ましている。オランダ語は知らなくても、こんな時は何をいわれているのかわかるから不思議だ。

登りながらぐんと縄梯子が重くしなったので振り返ると、一組の小頭の辰之助が鶴松につづいて梯子を登ってくるところだった。

「鶴松、急ぐな。ゆっくり行け」

と辰之助の眼が笑っている。

鶴松はうなずいて気を静め、ちょっとひと呼吸してから再び登りだした。

ようやく帆桁の横に辿りついた。

「手摺りをつかんでロープに乗れ」

と上のオランダ教官が叫んでいる。

鶴松は左手を帆桁にのばして上の手摺りを力いっぱいつかみ、帆桁の下に張り渡された足場綱の上に乗り移った。

ぐらっと綱が揺れて思わず声が出そうになる。その声を喉元《のどもと》で嚙《か》み殺した。ここで声を出す人間は先へ進めないのだ。

鶴松は深呼吸し、下を見た。甲板に腰をおろした水夫達が全員仰向いてこちらを見ている。ぽかんと口をあけた者が多く、小鳥が親鳥の餌《えさ》を待っているようだ。

高さは十七、八メートルはあるだろう。

(落ちたら最後だな)

ふっと思ったが、恐怖心はなかった。

鶴松は帆桁端へ向ってそろそろと移動した。ぶらんぶらんと足場綱が揺れる。ちょうど帆桁の真ん中ほどへきたとき、足場綱がぐんと沈んだ。

見ると鶴松と反対側の右方向の帆桁に辰之助が取りついて、これも移動しはじめている。オランダ人の教官が上の縄梯子から辰之助に励ましの声をかけていた。

鶴松は間もなく帆桁の左端に移動を終えて、ほっとして下を見おろした。

紺青《こんじょう》色の海が見えた。真っ青のきれいな海だ。このまま飛びおりて海に入ってみたいと思わせるような色である。

鶴松はこんどは空を見あげた。千切れ雲が三つ四つ浮んだ青い空である。褐色の鳶が数羽、潮風に吹きあげられた凧《たこ》のように悠々と空に遊んでいる。

(いい気持だなあ)

と鶴松は思った。自分でもふしぎなほど恐怖心は湧《わ》いてこない。

何となく仕合わせな気分になって鶴松はしばらくぼんやりしていた。

オランダ人の呼び声に気づいて鶴松はこんどは縄梯子に向って移動を開始した。

馴れてみると、何ということもなかった。

やがて辰之助も縄梯子に戻ってくると、

「お前達二人は、ここへ残れ」

とオランダ人は言い、二人のオランダ人は梯子を伝って甲板へおりてゆく。

こんどもオランダ語がほぼ完全に理解できた。自分達は甲板へ降りて水夫達の登檣を鼓舞する。お前達二人は自分達と交替して上に残り、水夫達の登檣を援助せよ。

オランダ人はそう言っている。間違いないと判ったのは辰之助が鶴松と同じ行動を取り、縄梯子を一段高みへと登りはじめたからだった。

登りながらちらと眼を合わせた辰之助が、鶴松に声をかけた。

「オランダ語もこういうところでは日本語と変らんの。言うとることが何でもわかるのはふしぎじゃなあ」

　鶴松は同感の思いでつよくうなずいた。

「それにしても鶴松、お前は達者じゃのう。まるで猿のように登る。よっぽど木登りでもやっておったのか」

「そんなこと……」

「さて、みんなが登ってくるぞ」

　甲板へ立ったオランダ人二人から叱咤《しった》され、背中を押されて、一人二人と水夫達が縄梯子へ取りつきはじめた。

　全員がいっせいに登れるわけではない。しぜん行列ができる。

　鶴松はその行列の中に仙三郎の顔を見て、索綱から片手を離し、大きく左右へ振った。

「やめろ、危いぞ」

　と辰之助が鶴松に声をかけた。

　仙三郎は胸前で両腕を組み、悲しそうな顔で高いマストの頂きを仰ぎ見ている。

　先達ってのロア・マストの登檣訓練で仙三郎は失敗していた。

　鶴松はもちろん仙三郎自身にも思いもよらないことだった。

　高みに登ると仙三郎は身動きが取れない性分らしいのである。

もちろん仙三郎ひとりではない。四十代前後の船乗りの中にはどうしてもマストへ登ろうとしない者達がいる。

「猿じゃあるめえし」

と、どんなに命令されても登檣訓練には従おうとしない。

げんに今も甲板に座り込んだまま立上ろうともしない水夫が四、五人はいた。

六

甲板のフォア・マストの前に行列した水夫達がオランダ人の教官に激励されて、一人ずつ登檣用の縄梯子を登ってくる。

縄梯子には縦索と横縄があり、縦索は太くて握りやすいが、横縄は細いので足場として使う。細い縄は登るにつれて足の裏に喰いこんで痛い。

水夫小頭の鶴松と辰之助は縄梯子の上段に左右に分れて立ち、上から水夫達を見おろしていた。

「吉松！　あわてるな、ゆっくり登れ」

「甚平！　もうひと息じゃ、早くこいっ」

などと辰之助は自分の組内の水夫達に上から凜《りん》とした声援を送るが、鶴松にはまだそれができない。

辰之助は千石船の表仕《おもてし》かときには船頭をもつとめた練達の船乗りで、おのずから身にそなわった貫禄と自信がある。

水夫小頭に任命されると早くも組内の十人の水夫達の尊敬をかち取り、手足のように使いはじめている。

鶴松はそうはゆかなかった。塩飽の本島の門男《もうと》の出身で、ここへくるまでは庄屋の下男をつとめ、島から一歩も外へ出たことはない。千石船はおろか、二、三百石の材木船や塩船にすら乗組んだことがないのだ。

そんな自分がなんで小頭などに抜擢《ばってき》されたのか、鶴松には見当もつかない。

オランダ人の教官が自分を指名してくれたらしいが、それは眼鏡違いというもので、感謝するよりも、いっそうらめしいくらいだった。ましてや鶴松の組内には主家の息子の仙三郎が平水夫として入っているのである。

その仙三郎は帆柱の縄梯子の前に集った行列の最後のほうにいた。

先日の登檣訓練で一番下の帆桁にも登れなかった連中のなかにいる。

四十代前後の高齢の水夫達が多く、みんな上を見上げて悲痛な顔をしている。

なかには老練の船乗りもいるだろうが、和船では高い帆柱に登るような訓練は受けていないのである。

西洋帆船と和船の構造は根本的に違う。なまじ経験を積んだ和船の船乗り達は、その違いを理解しはじめてはいるが、どうしても体が馴染《なじ》まないので、鶴松のような素人《しろうと》よりも倍も苦労しているのだった。

下から二番目の帆桁はロアトップヤードという。高さは十七、八メートルはあるだろう。一番下のロアヤードでさえ、日本家屋の二階屋ぐらいの高さがある。

登ってきた水夫の一人は留三郎といい鶴松の組内の男だった。

「留三郎、ゆっくりやれよ」

と鶴松ははじめて小頭らしい声をかけた。長崎出身の水夫で年齢は二十五、六。鶴松よりずっと上である。

留三郎は黙ってうなずき、帆桁の上の手摺り綱をつかんで、帆桁の下に張り渡された足場綱に乗り移った。

ぶわんと綱が揺れて、

「うわっ」と留三郎が叫んだ。

あぶない。この男も和船では練達の水夫なのだ。

「下を見るな、留三郎。声を出すな！　歯を喰いしばれ」

と鶴松は思わず叫んでいた。小頭らしい顔になっている。

「手摺りをしっかり握れ。ゆっくり行け！」

留三郎は眼を中空に据え、じわじわと帆桁の端に向って移動しはじめる。

「そうだ。いいぞ」

鶴松は夢中になって声援する。

留三郎の足場綱がぶわんぶわんと揺れている。体が震えているから、揺れるのである。

留三郎は帆桁の真ん中ふきんまで何とか移動したが、そこでとまってしまった。

「下を見るな！」

と声をかけたが、おそかった。恐怖のあまり留三郎は下を見てしまったのである。

「うわっ」と悲鳴をあげた。

全身がぶるぶる震えている。足だけではなく、手摺りを握りしめた両腕まで震えている。

鶴松は縄梯子を下へおりて、留三郎の乗っている足場綱に自分も乗り移った。

「すぐ行くぞ、留三郎！　そこで待っておれ」

自分も手摺りをつかんでじりじりと綱を移動してゆく。

「じっとしておれ。助けてやるから心配するな。大丈夫じゃ、下を見るなよ」

たえず声をかけながら鶴松はようやく留三郎の横へ渡った。

「さあ、もう大丈夫じゃ、戻るぞ」

額に脂汗を浮べ、白眼をむいた留三郎が、鶴松に励まされて少しずつ動きはじめた。ようやく縄梯子に戻ったときには、鶴松も全身に汗をかいていた。

しかし、ほっとする間もなかった。

縄梯子を這い登ってくる水夫の一人が横縄にかけた足を辷《すべ》らし、両手で縦索の綱を握って、ぶらんと宙吊りにぶら下ったのである。

「うわあーっ」

とその水夫は絶叫した。と同時に両手が綱を放れ、水夫は縄梯子を辷り落ちていった。その下から登ってきていた五、六人が雪崩《なだ》れを打つように甲板へ落ちてゆく。落ちてゆく水夫達の中に仙三郎がいた。

どさっと甲板に折り重なって落ちた水夫達のまわりにオランダ人の教官達が駈け寄り、一人一人に手を差しのべて助け起した。

立てない水夫もいた。骨折でもしたのだろう。

鶴松が見ていると仙三郎はぶじのようだった。みんなから少し離れて立ち、右手で後ろ首のあたりを撫《な》でさすっていた。

「ああ、よかった」

と鶴松は思わず溜息をついた。

登檣訓練は、それで中止となった。

午後五時、全員が上甲板に集合。

「本日の訓練終了。国旗をおろせ」

水夫数名がフォア・マストの下に駈け寄って動索を引く。

太鼓役が打ち鳴らす太鼓の音と共に日章旗が潮風にはためきながら、するすると降りてきた。

オランダ人教官は全員に見送られて甲板から船に横づけされた短艇に乗り移り、オランダ出島の宿舎へ帰ってゆく。

間もなく鐘の音の合図で水夫達は食堂に集り、丸机を囲んで夕餉《ゆうげ》を取った。艦長役や士官達も別室で食卓についている。

朝食と同様に厨房からリレー式で運ばれてくる飯や菜が卓上に並ぶと、水夫達はめいめい持参の茶碗《ちゃわん》や小皿に取り分けて喰いはじめる。

鶴松の組内は全員揃ったが、人数が欠けている組もあった。

三組と五組である。

今日の登檣訓練で二人の怪我人が出ていた。一人は骨折、一人は打ち身である。医者の手当てを受けるために艀《はしけ》で陸へ運ばれ、そのさい小頭が付添っていった。

「よかったなあ、わしの組はぶじじゃった」

鶴松はせっせと飯を喰っている水夫達を見回して、胸を撫でおろす気持である。自分ではそれと気づかぬうちに、鶴松はいつの間にか十人の水夫の統率者の気構えを身につけてきていた。

七

今回の艦上訓練は明朝で終る。練習艦が観光丸一隻なので、幕府伝習生、諸藩伝習生、水夫などが交替で訓練実習をしなければならない。

水夫実習がまる二日などというのは月に一回もあればよいほうだった。

本来なら艦長、士官、水夫が適宜な人数で同乗して実習すべきだが、今はまだそこまでに到っていない。

いずれ練習航海が開始されるはずだが、おそらく当分は無理だろう。

午後七時、鐘の音を合図に水夫達は寝室の収納庫から丸太棒のような吊袋を取り出し、丸めたものをほどいて狭い室内の壁から壁へ掛け渡した。

室内はまるで蚕棚のようなありさまである。早くもトンと左足で床を蹴って袋へ飛び込み、毛布を引き寄せて寝てしまう者もいたが、みんなは壁にぶらさがった吊袋の下で、各部屋に一つしかないカンテラのまわりに輪になって座っている。

花札やサイコロ賭奕《ばくち》は厳禁なので、さすがに遊ぶ者はいない。

出てくる話はどうしても女、酒、そして愚痴か自慢話だ。

週一回、日曜日は自由外出が許されており、水夫達の楽しみはそれである。

長崎には丸山と寄合町という全国でも三本の指に入る花街がある。お互い花街でいかに遊んだか、どれほど女にもてたか、お国自慢より女自慢のほうが無難である。お国自慢はときに喧嘩沙汰《けんかざた》になることがあり、いつの間にかみんなそれを心得て、女自慢しかしなくなっていた。

小頭といっても鶴松は若い。いつもほの暗い隅に座って、みんなの話に耳を傾けていた。ふと気がつくと室内に仙三郎の姿がない。女話になると年齢に似合わぬ余裕と貫禄で、ふんふんと聞き役に回り、うまい合の手を入れてみんなを賑《にぎ》わすのだが、今日は顔が見えない。

鶴松は胸さわぎがした。立上って船室を出て船内の廊下を厠《かわや》のあたりまで歩いてみたが、人影はなかった。

各室から笑い声や話し声が聞えるだけである。

鶴松は階段を登って甲板に出てみた。観光丸の甲板は広いが、和船と違って船具が多いので、ひとめで見渡すことはできない。暗闇の中では用心しないと船具に蹴躓《けつまず》いて怪我をする。

壁に手をそえてつたい歩きをしながら、煙突の下、車輪の脇、錨を捲上《まきあ》げる轆轤《ろくろ》の横などを探し回った。

船上にはそこかしこに不寝番の士官や水夫がいる。見咎《みとが》められてもべつにかまわないが、何となく人眼をさけて甲板を忍び歩いた。

船首のフォア・マストの真下にやってきた時である。縄梯子がかすかに揺れているような気がした。ふっとそんな気がしたのである。

鶴松は上を仰いで見た。

月が雲間に隠れていて光が淡く、よくはわからないが縄梯子の上端のあたりに、人の姿らしいものが見えた。

鶴松は縄梯子の下に駈け寄り、

「おい、誰じゃ」

と上を仰いで声をかけてみた。

たしかに人影だ。ロアトップヤードのあたりで人影は動き、今しも足場綱に乗り移ろうとしている。

「やめろ、危いぞ」

と声をかけると同時に鶴松は索綱を手探りでつかんで縄梯子を自分も登りはじめた。淡い月の光だけが頼りの暗闇である。登るにつれ冷い潮風に吹きさらされて体がこごえ、手足がしびれてくる。

人影は足場綱に乗り移り、ぶらんぶらんと揺れながら帆桁を移動しはじめている。手摺りをしっかり握っているようだが、動作がぎこちなくて、危っかしい。

鶴松はロアトップヤードのそばまで縄梯子を登り、

「おい、やめんか」

と声をかけようとして、はっと気づいた。人影の姿に見覚えがある。

仙三郎だった。

「仙三郎さん！」

足場綱を帆桁の端へ向ってじわじわと移動していた人影がぴたっととまった。

「仙三郎さん、鶴松じゃ。こんな暗闇の中で何ちゅう真似をする」

鶴松は自分も帆桁の上の手摺りをつかみ、足場綱の上に乗り移った。ぶわんと綱が揺れ、ひっと仙三郎が声を出すのがわかった。

鶴松は足場綱を揺らさぬよう用心しながら、綱の上に立ちつくす仙三郎のそばに少しずつ近づいていった。

「大丈夫じゃ、仙三郎さん。動くなよ、そのままじっとしておれ」

仙三郎が手摺りにしがみついて震えている。その震えが足場綱の小さな揺れとなってつたわってくる。

鶴松は仙三郎のすぐ横に移動しおえた。

「何ちゅうことをするんじゃ、こんな暗闇の中で……死んでもよいのか」

額に脂汗を浮べた仙三郎が黙ってうなずくのがわかった。

「し、死んでもよいんじゃ」

と仙三郎はかすれ声を出した。

「わしは、お、臆病者じゃ。マスト登りもできん臆病者じゃ。そ、そんな奴は死んでもよいんじゃ」

「ならばどうして昼間の訓練に参加しないんじゃ。なんで、こんな真夜中に危いまねをするんじゃ」

「夜なら何も見えんじゃろうが。下を見ても何も見えん。わしは下を見ると体がすくんで気が遠くなるんじゃ。夜ならと思うて、やってみた」

「それでどうじゃ、夜なら大丈夫か」

「う、うん」

かすかに仙三郎がうなずいた。見ると仙三郎は眼を閉じている。

「よし、それなら行こう。わしがついとる。帆桁の端まで行ってみるんじゃ」

「う、うん」

仙三郎は居すくんでいて、動こうとしない。

「さあ、行くぞ」

鶴松が肩をぶつけて仙三郎を押しやるようにした。ぶわんと足場綱が揺れた。

「うわ、うわっ」

「さあ、行け、動くんじゃ。落ちそうになったらわしにつかまれ」

と鶴松はいった。もし本当に仙三郎が自分にしがみついてきたら、ひとたまりもあるまい。細い手摺り綱を握って揺れる足場綱に乗っているのだ。おそらく二人もろともに落下してしまうだろう。

——かまわん
と鶴松は腹をすえた。マスト登りができない限り、海軍伝習所の一等水夫はつとまらないのだ。どうしてもできない水夫達はいずれ伝習所から解雇されてしまうだろう。居残れたとしても甲板雑用係の二等水夫か炊事洗濯の三等水夫として使われることになるだろう。仙三郎は鶴松が仕えていた塩飽の庄屋の若旦那である。幼い頃から馴染んだ友達でもある。

そんなことにはさせられない。

「さあ、行こう。わしがついとる。揺れたらわしにつかまれ。落ちて死ぬならわしも一緒じゃ」

促されて仙三郎は意を決したように少しずつ足場綱を移動しはじめた。

「いいぞ、その調子じゃ。眼をひらけ、ひらいて港の景色を見てみるんじゃ」

暗闇の中に点々と灯る人家の明りが遠くに見えていた。港を取り囲む山々の麓《ふもと》にも灯がまたたいている。

「いい眺めじゃ、本島とは違って長崎の町は大きいのう。こんな夜中でも、灯をともしている家がたくさんある。豪儀な町じゃのう」

帆桁の端はヤーダムという。仙三郎と鶴松はそろそろと移動して、ついにヤーダムに辿り着いた。

「やったぞ、仙三郎さん。さあ、もとへ戻ろう」

仙三郎が気力を使い果しているのを察し、鶴松がこんどは自分が先に反対側へ移動しはじめた。

ゆっくりゆっくりと足場綱を渡る。仙三郎が呼吸を荒げてついてくる。

その足どりが先ほどにくらべて少しなめらかになっているのがわかる。

「もう大丈夫じゃ」

間もなく二人は梯子綱の上に引返してきた。

ふーっと二人が肩で吐息をついたときである。

カンテラを提げた人影が縄梯子の下にあらわれ、こちらへ火を差しのべて、

「おーい、そこにいるのは誰じゃ。今じぶん何をしておる」

と声をかけてきた。

鶴松と仙三郎は顔を見合わせた。

「おりてこいっ。危いぞ、早くおりてくるんじゃ」

鶴松が先になり仙三郎がつづいて縄梯子をつたって下へおりた。

並んで立った二人にカンテラの火をかざし、

「おぬしら何者か。名乗れ」

とその男は大喝した。

鶴松と仙三郎がそれぞれ名乗ると、

「なあんじゃ、伝習生か」

と男は拍子抜けしたようにいい、

「水夫伝習生が今頃なんでマスト登りなど致しておる。もはや就寝の時間ではないか」

カンテラに照されたその男の顔を見て鶴松はあっと声をあげそうになった。

伝習所の学生長、今は当番艦長役をつとめる勝麟太郎である。

「すみません。この男が昼間のマスト登りにしくじったんで、練習したいと申します。それでわしも練習を手伝っておりました」

「こんな夜中にか」

「はい。夜は下を見ても何も見えないので、大丈夫じゃろと申しますので」

しばらく首をかしげていた勝麟太郎がとつぜん声をあげて笑いだした。

「なるほど、夜ならば下を見ても体がすくむことはない。おもしろいことをいう」

「すみません」

と鶴松が頭を下げると、仙三郎も横で丁寧に辞儀をした。

「海軍伝習に熱心なのは大いによろしい。しかしあんまり危い真似をしてはならん」

「はい」

「二組の小頭の鶴松と仙三郎と申したな。覚えておく。早く寝室に戻って寝ろ。明日が早いぞ」

艦長役は二人に背中を向け、甲板の昇降口のほうへ去っていった。

八

日曜日――。

水夫長屋は全員がのんびりしていた。

午前七時の朝食を大食堂ですませると長屋へ戻って寝る者が多い。

海軍伝習が開始されて三カ月、檣上訓練や甲板作業など初期の訓練に加え、今は蒸気機械の釜掃除、車輪の銹落《さび》し、煙出しの雨除け、石炭の風入れなど、次第に本格的な作業がはじまっていた。

全員が馴れぬ仕事に追われて身心ともに草臥《くたび》れている。

はじめはその日を待ちかねて町々へ遊びに出向いた日曜日も、疲れ休みと称して一日中、長屋でごろ寝する者が多くなった。

海軍伝習所はオランダの風習を取入れ、七日間を一週間とする時間単位で運営されている。月曜、火曜、水曜、木曜、金曜、土曜、日曜を一単位とし、一カ月を四単位に分け、第一月曜、第二月曜などと呼んで日時を明確にする。

日曜日は教官も生徒も全員休日で、その翌日の月曜が仕事はじめである。

日曜日は休日当番勤務の者を除き、何をしてもよい。但し外泊は許可を得なければならない。

その日曜日、辰之助が鶴松や仙三郎を外出の誘いにきた。

「どうだ。久しぶりに長崎の市中見物をしないか。長屋でごろごろしてても仕方がないだろ」

仙三郎がすぐに賛成した。

「丸山か。一度行ったきり顔を出していない。久しぶりに遊ぶとするか」

「馬鹿、わしは市中見物といっとるんだ。長崎には唐人の船乗り達が建てた唐人寺があると聞いた。唐人らの航海菩薩《ぼさつ》が祭ってあるそうだ。いちど見たい」

「航海菩薩？」

と仙三郎はさして興味のない顔をしたが、帰路に遊里へ顔を出すことを条件にして辰之助との同行を承知した。

鶴松も誘われたので喜んで出かけることにし、塩飽島以来いっしょだった文七も誘った。

文七は今は浦賀水夫の組に入れられているので、喜んでついてきた。

「久しぶりだなあ。こうして四人いっしょに歩けるのは」

と文七が弾んだ声を出したが、みんな同感である。水夫六十名が一組十名で組ごとに分けられてから、四人が顔を揃えることはめったにない。

オランダ人教官は水夫を一等から三等に区別して、いずれ組替えをするらしいという噂《うわさ》はみんな聞いていた。

一等水夫が航海用員、二等水夫が船上作業用員、三等水夫が雑役夫だという。

観光丸の練習航海が開始される時点で、それは編成されるらしい。

馘《くび》になるものも出るという噂で、水夫達は内心びくびくしていた。

年間十両の手当、七日間に一日の休暇、航海練習がはじまれば、その上に日当が支給されるという。こんな条件のよい仕事はめったにあるものではなかった。

四人は海軍伝習所と表札のかかった西御役所の門を外へ出た。

ここは長崎の海岸通りの江戸町である。正面に見えるオランダ出島と木製の橋一本でつながっている。

長崎の町々はこの江戸町から背後三方に聳《そび》える山々へ向って四通八達にひらけている。

山々に囲まれた狭い港町だが交叉する街路の数は八十、町々の数は七十七カ町、人口は約六万。塩飽諸島にくらべれば眼をみはるような繁昌の地だ。

五カ月も滞在してみれば判るのだが、人々は男女ともに温和でやさしく、他国者に対して親切である。

街路には瓦《かわら》葺《ぶ》きかこけら葺きの家が軒を接して建ち並び、藁《わら》葺きや茅《かや》葺き屋根は市中ではあまり見あたらない。

しかしけばけばしい華やかさはなく、しっとりと落着いた風情のあるいい港町だ。

日曜日といってもそれは海軍伝習所だけのことで、一般町民には関係がない。

四人は幅の広い道路を歩き、いくつかの橋を渡って古川町や銀屋町、磨屋町など人々の往来する繁華街をぶらぶら歩きした。

諸外国が日本に開国通商を迫って押し寄せてきて、長崎は外国船との交渉の窓口となっているのだが、そんな慌しい雰囲気は往き交う人々の表情には全く見られない。

ところどころの町角で人々が屯《たむろ》して空を仰いでいた。上空を指差して笑っている。

行手に見える風頭《かざがしら》山の上空に色や形もさまざまの無数の紙鳶《たこ》が舞い上っていた。

唐人の武者絵や丸山遊女の絵姿など独得の意匠をこらした凧があちらの丘、こちらの谷から舞いあがり、糸をからませてもつれ合っている。一方の凧の糸が切られ、切られた凧はそのまま風に吹き流されて雲のかなたに飛び去ってゆく。

「凧合戦じゃ、めずらしいのう」

と四人は上空で糸と糸の切り合いを演じる凧を眺めながら寺町通りへ入った。

風頭山の山麓《さんろく》にあたるこの一帯には北から南へかけて寺院山坊が立並んでおり、長崎では寺町通りと呼ばれている。

昼間でも僧侶以外は墓参に詣《もう》でる人々のほか、めったに往来する人の姿の見えない静かなところだ。

「寺ばかりじゃのう。気が滅入るようじゃ」

歩きながら仙三郎がぼやいた。

「長崎にもこんなところがあったのか」

「あったり前じゃ。港町といえば遊廓ばかりと思うとったか。ここでも人は死んで墓に葬られるんじゃ。変りはせんわい」

と辰之助がいい、みんな肩をすくめて笑った。

鶴松は人通りのない狭い石畳の道を歩きながら、しーんと心が静まり、周囲の林で鳴く鳥の声が胸にしみいってくるのを感じた。

――いいところだなあ、こんどは一人で来てみよう
と鶴松は考えていた。

赤寺と呼ばれる崇福寺《そうふくじ》は寺町通りの南の端にあった。

竜宮門という名の赤い中国風な山門がひときわ目立つ。

長崎には三福寺と呼ばれる唐人建立の寺が三つあった。興福寺、福済寺、崇福寺の三カ寺である。

遠く中国から交易のために長崎へやってきた唐人の船主達が浄財を集めて、それぞれの出身地別に建立した寺院である。

崇福寺は中国福州地方の出身者が唐僧を長崎へ招いてつくった。

この寺には媽祖《まそ》堂がある。

辰之助が耳にした航海菩薩というのが唐人達の信仰する媽祖のことだ。

媽祖は中国人の航海神である。天妃、天上聖母などと呼ばれるように女神だった。航海の安全、商売繁昌、子孫繁栄など海を往来する人々のあらゆる願いを聞きとどけてくれる道教の神である。

「ほう、日本の観音菩薩をふっくらさせたような仏像じゃのう。両脇に怖い顔した男が二人立っておるが、あれは何じゃろ」

「仁王像ではないか」

四人が格子ごしにほの暗い堂内をのぞき込んでしゃべっていると、庭箒《にわぼうき》を手にした中年の僧侶が聞きとがめたのか、わざわざ寄ってきて、

「仁王ではござらぬ」

と声をかけた。

「あれは千里眼《せんりがん》、順風耳《じゅんぷうじ》と申してな、航海の途次、遥か千里の先を見通し、天上を吹き渡る風の音を聞き分ける神々じゃ。媽祖の随神といわれております」

「はあ……」

「ところで、どこからおいでなさった。あなたがたも船乗りのようじゃな」

四人は顔を見合わせ、

「はい。瀬戸内《せとうち》から参りました。船乗りでございます」

と辰之助がこたえた。

「日本の船乗りが中国の船乗りの神を拝みにきなすったか。それはそれはよいお心がけじゃ。しっかり拝んで帰りなされ。きっと御利益がありましょうぞ」

僧侶は笑顔を見せて離れていった。

四人はそれから寺内の大釜や梵鐘《ぼんしょう》、護法堂などをひと通り見物して、外へ出た。

「まだ日が高いのう」

と歩きながら青空を仰いで仙三郎がいった。

「しかしここはよいところじゃな。丸山町と寄合町がすぐ眼の前にあるわい」

「阿呆、せっかくの航海菩薩の御利益がうすれてしまうぞ」

と辰之助が叱ったが、仙三郎のいう通り、崇福寺は長崎の遊里と橋一本で距てられた近さにあった。

九

昼遊びができぬこともないが、日の高いうちの登楼も憚《はばか》られて、四人は橋を渡ったすぐそばの小料理屋の暖簾《のれん》をくぐった。小腹もすいていた。ここで一杯ひっかけて夕暮れを待ち、ひと遊びして帰ろうというつもりである。

小料理屋の女将も板場で働く男も、他国者にやさしかった。見知らぬ客が早くから肩を並べて入ってきても、愛想よく迎えていやな顔をしない。

小座敷を一つ占領し、伝習所では喰えない新鮮な刺身や筍《たけのこ》の煮つけ、若布の酢の物などを注文し、舌鼓を打って味わいながら酒を飲んだ。酒に弱かった鶴松も少しは飲めるようになっている。

四人の話題はしぜん今後の身の振り方に傾く。

「そろそろ練習航海がはじまるらしい。その前にわしらの身分もきめられるそうじゃ」

と酒を飲みながら辰之助がいった。

「一等水夫、二等水夫、三等水夫ときめつけられてしまうのか」

仙三郎がひと息に盃を干して、ふーっと吐息をついた。

「そうなるとわしは二等か三等水夫じゃなあ。とうてい一等水夫にはなれそうもないわ」

「自分で先にきめつけることはないだろ。聞いた話ではオランダ人の教官は頭ごなしに身分をきめたりせず、本人の希望を聞いて身分わけするそうじゃ」

「希望？　ほんとかそれは」

「ああ、通詞がそんなことを言っていた。オランダ人は本人の熱意を大切にする。それはわしらが見ていてもわかる。仙三郎、もしオランダ人に聞かれたら、今のようなことは口が裂けてもいうな。希望は一等水夫、二等や三等なら、伝習所をやめます……とそれくらいのことを言ってはどうだ」

「うーん」

と仙三郎は首をかしげて考えている。檣上訓練に何度も失敗し、人並みになるのに余分の手間がかかった。それで、今も自信がないのである。

「わしは三等水夫を希望することにする」

と温和しい文七がいって、他の三人をおどろかせた。

「三等？　なんでじゃ」

「檣上訓練も甲板作業も、わしは好きではない。雑役夫というのもうれしくはないが、できれば大工仕事をやりたいんじゃ。わしの組は浦賀からきた水夫が多く、船大工の仕事がおもしろかったという者が多い。聞いてみると面白そうなんで、わしもやってみたいんじゃ」

「それは水夫の仕事とは違うんじゃないのか」

と仙三郎が心配そうに聞いた。

「わからん。だから三等水夫を希望すれば、何とかなると思うんじゃ」

ほーうと一同はうなずいた。

人それぞれ、やはりみんな自分の行く末について考えているらしいと互いに思った。

黄昏《たそがれ》どき、四人はほろ酔い機嫌で小料理屋を出た。

さきほど渡ってきた橋を引返して鍛冶屋町へ向う。この町内のゆるい石畳の坂を登りつめると、やがて中国風な石造りの橋の上へ出る。橋の下に淀んだ川面から女の白粉《おしろい》や膏《あぶら》の匂いが立ち昇ってくると評判の思案《しあん》橋だ。

思案橋をすぎると思切橋《おもいきりばし》。行こうか戻ろうかと思案した末、えいやっと思い切るとでもいう意味だろう。

橋のたもとには見返り柳が枝を垂れており、その先には華やいだ丸山遊廓の大門の屋根が見える。

時刻はまだ早いがそぞろ歩きする男達の姿がちらほらとし、大門の中の妓楼から三味線や月琴を爪弾く音が聞えていた。

遊女屋の数は百軒、遊女の数が千人といわれ、江戸の吉原、大坂の新町、京都の島原と並んで日本四大遊里の一つに挙げられるところである。

丸山町と寄合町の二カ町にまたがる遊里の中には客によって揚屋《あげや》の格もぴんからきりまであり、海軍伝習所の水夫達がそれほど無理もせず、適当に遊んだ時間で切り揚げられる安い店もけっこうあった。

思切橋を渡り大門をくぐった頃から、鶴松の足が遅れがちになった。

女達が出格子の向うに居並んで座り、格子ごしに男達に声をかけてくる道へ出ると、鶴松は女達を品定めするどころか、俯《うつむ》いてしまう。

威勢よく胸を張って歩く仙三郎が気づいて振返り、

「鶴松、どうしたんだ」と声をかけた。

鶴松は立止ってしまい、仲間達を見回して、

「悪いけど、ちょっと、腹具合がわるい。わし、先に伝習所へ帰ってもいいだろうか」

仙三郎がそばへ寄ってきて、鶴松の背中をどんと叩いた。

「何を言うとるんじゃ。ここまできて先に帰るはないだろう」

「いや、その、腹具合が……」

仙三郎は妙にやさしい眼で俯いている鶴松を見おろしていたが、

「ははあ、お前、ひょっとしてまだなんじゃな。女がこわくて、これまでは逃げて帰っておったんじゃろ」

「いや、それは、その」

「みんな、鶴松はわしにまかせて適当なところで遊んで帰ってくれ。大丈夫じゃ」

辰之助と文七がにやにや笑いをしながら、そこへ二人を残して歩いてゆく。

「鶴松、お前はマスト登りの名人じゃ。わしはお前に教えられて、どうやら一人前に檣上訓練がこなせるようになった。マスト登りも、これも同じじゃ。こわいと思ったら負けぞ。眼をつぶってロープに乗れ。女なんかおそれることはないんじゃ」

「しかし、それとこれとは……」

「おんなじじゃ。さあ行こう」

仙三郎は鶴松の腕を抱えこむように取って、肩で押しながら手近の妓楼の一軒へ入りこんでしまった。

二人は男衆と遣手《やりて》の歓声で迎えられた。

鶴松は昨年の晦日《みそか》にも仲間達に連れられて、妓楼に登楼したことがある。

今日も案内されたのは似たような四畳半の小座敷だった。

真ん中に長火鉢が置かれ、その上で鉄瓶《てつびん》が湯気をあげている。小さな鏡台や茶箪笥《ちゃだんす》が壁ぎわに置かれてあった。

衝立屏風《ついたてびょうぶ》が中央にあり、その向うに夜具が敷いてある。

「お泊りではなかとでしょ」

と長火鉢の前で向い合って座った女がいった。

「うん」

「お酒、飲みます？」

「い、いや」

「お茶にしますか」

「うん」

女が茶簞笥から取り出した急須で茶を注《い》れるのを、鶴松は黙って見ていた。

若くて平凡な顔立ちの女だった。化粧を落せば、どこにでもいるような女だろう。年齢も若そうで、鶴松とさして変るまい。

茶を飲むと女は自分をみつめている鶴松をちらと見て、

「私の顔、何かついてますと」

「いや」

「急ぐとですか」

「いや」

「床をつけましょう」

女は立って衝立屏風の向うへ去った。

鶴松はそのとき仙三郎の言葉を思いだした。

「マスト登りも、これも同じじゃ。こわいと思ったら負けぞ。眼をつぶってロープに乗れ」

いつぞや御手洗の港で登楼したときも昨年晦日の遊びのときも、鶴松は酔っていたせいもあり、女には手を触れぬままで帰ってしまった。酔いのせいにするのは当っていないだろう。鶴松は女に触れるのが恐ろしいのである。

「仙三郎のいう通りじゃ。おれは女がこわいんじゃ。こわいと思ったら、もう負けじゃ。マスト登りと同じことなんじゃ」

鶴松は衝立屛風に背中を向け、長火鉢の前で腕組みして考えこんでいた。

「お客さん」

と屛風の向うから女の声がした。

「こちらへどうぞ」

おお、と鶴松は心中に号令をかけ、えいやっという思いで、そのじつはのろのろと立上った……。

妓楼の玄関の上り框《かまち》に腰かけて、仙三郎が待っていた。

二階の階段をおりてきた鶴松を見ると心配顔で立上り、

「えらくゆっくりしておったな。ふっ……」

と仙三郎は鶴松の背後から寄添ってくる女を見て、含み笑いした。

「うまくいったらしいな」

と外へ出ると仙三郎は肩で鶴松の肩を小突いた。

「うん。ありがと、仙三郎さん。マスト登りと教えられて、それでわかった」

「わかった？　何が……」

「つまりその……要領というか」

仙三郎が大口をあけて笑いだした。

夜も更けてきて廓はちょうど賑う時分なのだろう。先ほどとは違って多勢の男達が遊里の中を歩き回っている。

長崎では女を物色して歩くことを、

――臑《すね》ふり
というらしい。その臑ふりに呼びかける女達の嬌声《きょうせい》も姦《かしま》しい。

二人が肩を並べて大門をくぐった時だった。ちょうどこちらへやってくる三、四人の武士達とすれ違い、「おい」と声をかけられた。

「見たような顔だな。そうか、真夜中にマスト登りをやっていた伝習生か」

鶴松と仙三郎も相手の顔を見ておどろき、直立不動の姿勢になった。

「遊びの帰りか。日曜日だからな。気をつけて帰れよ」

とその武士は右手を額の横にかざしてみせた。

鶴松と仙三郎も見習って挙手の礼をした。艦上の国旗掲揚の礼である。
武士は笑って大門の中へ入ってゆく。
二人はしばらくその背中を見送っていた。
海軍伝習所学生長の勝麟太郎だった。

航海伝習

一

安政三年二月、およそ四カ月に亘る伝習を終えると、いよいよ観光丸の乗艦訓練が開始されることになった。

それに先立ち観光丸の蒸気機関の定期点検がおこなわれた。オランダ人教官の指導のもとにシリンダー、ピストン・ロッド、サイドレバーなど各種機械を分解し、内部を観察して再び組立てるという面倒な作業である。難解なオランダ語と数学の学習に辟易《へきえき》して授業をさぼる者が続出していた士官伝習生が、この機関の分解、組立て作業にだけはわれもわれもと争って参加した。それはそうだろう。もともと海軍伝習所創立の目的が蒸気船を運用できる人材の養成にあった。

ペリーが黒船を率いて来航して以来、蒸気機関は、西洋文明を象徴するものという認識が日本人のあいだに生れている。

オランダ語を理解できず、数学を苦手とする者も蒸気機関にだけは甚大な興味を抱いていた。

士官伝習生達は幕臣、諸藩留学生を問わず、機関分解作業には率先して出席した。油まみれになるのを誰もいとわない。眼を皿のようにして複雑な歯車とピストンの構造を頭に刻みつけ、その運転技術を懸命に学ぼうとする。

一度の分解では満足せず、伝習生は二度三度と教官に分解を願い出て、あきる風もなく組立て作業に熱中した。

オランダ教官達は呆《あき》れ、

「いったいこれはどういうことだ。どうして他の課目もこの熱心さで勉強しようとしないのか」

「機関の組立て技術ばかり覚えても、理論を学ばなければ身につきはしない。これでは仕方がない」

と、教官同士で嘆き合った。

昨年十月の開校以来、予備伝習の期間は二カ月あった。

予備伝習はオランダ語と基礎的な数学である。

かつてファビウス中佐が幕府に熱心に提案したにもかかわらず、あらかじめオランダ語学校を設立して、伝習生にオランダ語を習熟させておくという肝心な対策は、全く立てられていなかった。

従って選抜されてきた伝習生の中にはオランダ語を生れてはじめて耳にする者もいた。これでオランダ人教官の授業を理解せよというほうが無理だろう。

伝習生の中には勝麟太郎のように江戸で蘭学塾を経営し、蘭書の翻訳などをしていた者もいる。しかしその勝にしてもいわば机上の学問で、実際にオランダ人に接してはいない。はじめはオランダ人の発音が聞き取れず、筆談で用を足すようなありさまだった。他の者達はおして知るべしというところだろう。

幕府は長崎会所のオランダ通詞の中から十四人を選び、伝習所専任通詞として派遣したが、この通詞がまた問題だった。

オランダ語の日常会話や商業用語には練達の連中だが、海軍や船の用語、まして洋式算術の専門用語など、全く知らない。そのためオランダ人教官は日常の授業の前に通詞達を集めて、専門用語の講義をさせられる破目になった。

オランダ語ばかりではない。基礎的な数学の伝習にもてこずった。それでも伝習生達に和算の心得がある者が多かったので、オランダ語よりは少しはましだといえた。

これまで算盤と算木でやってきた和算の計算法をアラビア数字による筆算に変えたのである。

伝習生の中には幕府天文方から派遣されてきた小野友五郎という数学の天才がいた。この人物は天体観測、編暦計算などを日常業務としてきた数学者で、西洋航海術書の翻訳までしていた。

オランダ人教官の教える初歩の数学など、はじめのうちこそアラビア数字に戸惑ったものの、馴れてくると即座に理解した。

当人は算盤の名人であったが伝習所が算盤禁止なのでそれに従い、すべて筆算に切り替えた。

ある日、オランダ人教官に挑戦されて、たわむれに筆算と算盤で加減乗除の計算競争をしてみたことがある。

まったく問題にもならなかった。

小野友五郎の算盤の速さと正確さは、オランダ人にはおそらく神業のように見えたのだろう。呆れて舌を巻くばかりだったという。

のちに咸臨丸の航海長としてアメリカへ渡る友五郎は安政三年のこの年四十歳で、伝習生の中では最年長だった。オランダ人の授業を理解できない伝習生達は、夜の食事のあと友五郎のもとに集り、難解な授業の補講を受けるのが慣例となった。友五郎自身はオランダ教官の講義に満足せず、暇を見てはオランダ出島に教師団長のペルス・ライケンを訪ね、航海科将校で理論家の団長から微分、積分などの高等数学を個人的に教授された。ペルス・ライケンは小野友五郎の学識と熱心な意欲を大いに気に入り、その勉学を助けることをいとわなかった。

オランダ語と数学の予備伝習は二カ月で終り、年が明けた安政三年正月から座学に加えて実地訓練の実学がはじまったが、予備伝習の成果がどのくらいあがったたか、それはわからない。

伝習は西御役所の大広間と西書院でおこなわれた。広間や書院には大きな机が数列に並んで置かれ、前列には幕府伝習生が居並び、諸藩伝習生は後列に遠慮して座った。オランダ人教師は黒板を前にして立ち、白墨で図面や字を書きながら講義をした。教師の横に控えたオランダ通詞が教師の言葉をたどたどしく日本語に訳して生徒らに伝える。伝習生はその日本語を聞きながら、机上にひろげた用紙に筆記した。

全員が苦労した。しだいに欠席する者が増え、教室には空席が目立った。

予備伝習を終った段階で、早くも脱落する者が数名出たが、それもむりのないことであっただろう。

二

蒸気機関は燃料をもやして蒸気をつくるボイラーと、その蒸気をつかって機械的作業をするエンジンの二つの部分から成り立っている。ボイラーは風呂釜のような銅製ボイラーから鉄箱型、煙管式、水管式へと発達してきた。

ボイラーによって発生する蒸気の熱エネルギーを機械的な仕事に変えてシリンダー内部のピストンに往復運動させるのが、エンジンである。さらにシリンダーの中で仕事を終えた蒸気を水に戻すためのコンデンサー（復水器）も設けられてある。

蒸気機関は西欧諸国の技術者の工夫改良によって発展途上にあり、二連成エンジンから三連成エンジン、さらに四連成エンジンへと進歩しつつあった。

日本人にとって最も興味をそそられたのが、この蒸気機関である。

水蒸気の圧力をピストン運動に変え、それを船の車輪に連動させて、推進力として利用するのが、蒸気船だ。

風まかせで走る帆船とは違い、一定の時間で迅速確実に目的地へ到着することが可能となる。

選抜されて長崎へ来た海軍伝習生の中には造船に関しては専門家といってよい者達もいた。

たとえば中島三郎助である。三郎助は浦賀奉行所の与力であったが、ペリー艦隊来航の直後、幕府に命じられて洋式帆船「鳳凰丸」の建造に参加した。和船でいえば三千石に相当する大型船をオランダの造船書などを参考にし、独自の工夫でみごとに完成させてしまったのが、この男である。

いわば模擬洋式船ではあったが、いっさい外国人の指導を受けず、日本人の手だけで航海に耐える帆船を建造するほどの経験と知識が、この人物にはあった。

中島三郎助は安政三年のこの年三十六歳である。

海軍伝習所へやってきて三郎助が最初にやったのは銅座川の河口に設けた臨時造船所で、実習訓練用のスループ型短艇《カッター》を建造することだった。

三十人乗り、一本帆柱で八本のオールを備えた洋式短艇を、三郎助は伝習生達を指導して、わずか二カ月で完成してしまった。はじめは危惧《きぐ》して見物していたオランダ人の教官達も三郎助の造船の手ぎわを見て、驚いてしまった。

船台に竜骨を据え、肋材《ろくざい》をとりつけてゆく造船法は、ヨーロッパの方式と全く変りがなかったのだ。

幕臣の三郎助が短艇建造に成功したのを見て、佐賀藩の留学伝習生達も同じ作業をはじめ、これも二カ月足らずで同型の短艇建造に成功した。

伝習用短艇はそれぞれ伝習丸、佐賀丸と名づけられて、現在大いに役立っている。これまでとかく対立しがちだった幕府伝習生と諸藩留学生が同じ造船作業を介してねんごろとなり、この秋頃をめどに双方が協力して、さらに大型のカッターを建造しようと取りきめるまでになった。

中島三郎助が造船術の専門家として伝習生から尊敬されたのは自然の成行だったろう。蒸気機関に関しても三郎助の研究熱心は他の伝習生を圧していた。

鳳凰丸を建造した当人だけに、鳳凰丸に蒸気機関を据えられなかった口惜しさを、三郎助は痛感していた。

同じ年輩という気安さもあって、三郎助は小野友五郎と親交を結び、しばしば訪れてはその学識の伝授を受けた。

小野友五郎、中島三郎助の二人に代表される幕臣伝習生は、多少の例外はあっても、みんな熱心に勉強した。

耳馴れぬオランダ語にも、得意ではない数学にも、互いに助け合って努力を重ねた。

それら伝習生達の学生長として矢田堀景蔵、永持亨次郎、勝麟太郎の三人がいる。矢田堀は昌平黌きっての秀才といわれ、数学や測量術に長けていて、ペルス・ライケンの気に入りの学生の一人だった。永持亨次郎は長崎奉行所の徒目付《かち》で、たまたま在勤中だったために伝習所入りを命じられた人物である。この人は伝習中に他に栄転し、卒業に至っていない。

ちょっと風変りなのは勝麟太郎だろう。

旗本小普請組から抜擢《ばってき》されて伝習所へ入ったものの、勝は数学や航海術、測量術などが、あまり好きではなかった。

そのため航海科出身将校のペルス・ライケンから、他の学生長ほど信頼されず、本人も勉学に大した熱意を見せていない。

勝麟太郎の特色は伝習生達の苦情をよく聞き、相互の結束をかためさせる人心収攬《しゅうらん》の上手さにあった。

オランダ人教官の中にも勝に頼る者も少くはなく、教官と学生との仲介役としてはじつに有能な学生長だった。

仕官候補生達の海軍伝習は、いろいろな難題に遭遇しながら、早くも五カ月が過ぎ、一歩一歩と前進はしていたのである。

三

辰之助や鶴松、仙三郎たち水夫伝習生は退屈していた。

蒸気機関の分解作業中、観光丸は士官伝習生に占領されて、水夫は乗艦できなかった。

蒸気機械は士官専用の教材とされ、水夫達は機関室にも立ち入らせてもらえない。

日頃は怠け者の伝習生も眼の色を変えて機械に取り組み、油まみれになって働いている。

ボイラーの釜《かま》焚《た》きなどは本来、火夫と呼ばれる水夫の仕事だが、士官候補の伝習生達はのぞんで火夫の仕事もやった。

機関作業が一段落するまで水夫伝習生は仕方なく、西御役所の庭で製帆や帆の修繕、造船の大工仕事、桶《おけ》づくりなどの座業をやった。伝習所内の身分差別は依然として厳しくて、水夫達には銃砲や刀槍《とうそう》の訓練も許されていない。

平民に銃砲を持たせることは禁止されていて、たとえ伝習生でも、それは同じだった。オランダ人の教官達は鉄砲を扱えぬ海軍軍人などいるものではないと憤慨して、伝習所総督に再三抗議したが、幕府はオランダ人の抗議に耳を貸すふうもなかった。

只一つ、武士と水夫が同じように許されたのは太鼓訓練である。

これは海軍陸戦隊の戦闘合図として使われる太鼓術で、オランダでは二等水兵がおこなう訓練だった。一人ずつ洋鼓をあてがわれ、首から吊して胸前に抱き、両手の枹《ばち》で打ち鳴らすのである。

はじめは水夫伝習生が教官に指導されて訓練を開始したが、その勇壮な音響に魅せられて士官伝習生から希望者が続出し、水夫と士官が共に学ぶことになった。オランダ語や数学の嫌いな怠け者の武士達がわれもわれもと参加してきて、太鼓訓練は教科の中でも第一番の人気授業となった。

「けしからん。陣太鼓は本来、戦場で侍大将の打ち鳴らす道具じゃ。水夫ごときに学ばせる必要はない」

と言い張って本気で教官に抗議する武士達もいた。

太鼓術のオランダ人教官は二等水兵で鼓手のヘフティという男だったが、士官伝習生はこの水夫を侍大将と勘違いして、他の教官以上に尊敬して接し、オランダ人達を笑わせていた。

乗艦訓練ができない腹癒せもあって、水夫伝習生達はヘフティ教官に頼みこみ、暇さえあれば西御役所の広場で太鼓訓練をやった。

おもしろいことに役所内で手の空いている士官伝習生が、太鼓の音を聞くと矢も楯《たて》もたまらず飛び出してきて、水夫達の訓練に参加した。このときばかりは士官と水夫の身分差別もなくなってしまうらしく、それがオランダ人達をおもしろがらせた。

「よほど太鼓打ちが好きらしい。おもしろい国民性だ」

などとオランダ人教官達は語り合った。

観光丸の蒸気機関分解作業は間もなく終了した。

士官伝習生達は機関の起動、停止、増速、減速、前進や後退などの運転術を、実物の分解、組立て作業によって、しっかりと頭に刻み込んだ。

あとは観光丸の航海伝習によって、実際の航海で試みるだけである。

航海術といい機関術といい、さらに天測術、測量術、推測航法など、どれも実地訓練によって学ぶしか方法はなかった。

安政三年春、観光丸の航海伝習が実施されることになった。

昨年六月の来日以来、およそ八カ月に亘って長崎港内に繫留《けいりゅう》されていた観光丸が、ようやく海に乗り出すのである。

予定では年内に十五回の航海訓練の実施日程が組立てられた。もちろん無理を承知の日程で、伝習生の実力を判断しながら増減することになっていた。観光丸の乗組定員は百名である。従って伝習生全員が同時に乗り組むわけにはゆかない。そのための人選もあらかじめおこなわれて発表された。

水夫伝習生についても同様だった。一回の乗組みはオランダ人教官を除いて三十名前後と定められた。

実施直前、水夫伝習生の組替えがおこなわれ、下士官身分の水夫長とオランダ人教官によって、各水夫の組分けが公表された。

水夫達は西御役所の広間に集められ、一人ずつ呼びだされて自分の身分と所属を告げられた。

「鶴松」

と名を呼ばれて前に進み出た鶴松は、水夫長から一枚の任命書を手渡された。

「一等水夫、航海檣《しょうじょう》上作業員を命じる」

と水夫長は任命書を読みあげた。

横でオランダ人教官のホッペンブロウエル、ブラーウら一等水兵がうなずいていた。

六十名の水夫のうち一等水夫に任命されたのは二十人である。

その二十人の中に塩飽諸島の辰之助もいて、辰之助は二十人全員の水夫長に任命されていた。

仙三郎は本人の希望もむなしく、二等水夫に組分けされていた。

「仙三郎」

と呼ばれて進み出た仙三郎に手渡された任命書には、

「二等水夫、甲板作業員を命じる」

と書かれてあった。

やはり檣上訓練の失敗がこたえたのだろう。

仙三郎は覚悟していたらしく、さして落胆するでもなく、整列している鶴松のほうへ白い歯の笑顔を見せた。

同じ塩飽諸島の仲間の文七は三等水夫で船内雑役夫を命じられた。

本人が鍛冶《かじ》か大工仕事を希望していたので、むしろこれでよかったのだろう。

この四人は恵まれていたほうだった。哀れだったのは塩飽諸島出身水夫で四十歳をこえている者のほぼ全員が馘首《かくしゅ》されてしまったことである。

鶴松たちといっしょに塩飽から長崎へやってきた者ばかりではない。浦賀へ出ていて、浦賀から回されてきていた水夫達もいて、四十歳をこえた者はこれも容赦なく追放された。

鶴松たち塩飽の出身者は知らなかったが、オランダ人教官の間では塩飽諸島水夫は評判がきわめて悪かったのである。

「日本船の熟練した水夫は洋式船水夫として不適格である。四十歳を過ぎた者を矯正することは甚だむつかしい。二十代前後の未経験者をわれわれは訓練したい」

というオランダ人達の希望が、文書となって伝習所総督の永井玄蕃頭の手もとへ届けられていた。

わずか半年あまりの伝習で十数名の水夫達が不適格の烙印《らくいん》を押されて去って行った。

鶴松、辰之助、仙三郎、文七の四人はまだ幸運だったといえるかもしれない。

四

「出航開始！　エンジン始動」

午前六時、艦橋の中央に立った艦長役勝麟太郎の号令が、薄暗い早朝の冷気を引裂いて、観光丸の艦内に響き渡った。

「エンジン始動！」

「エンジン始動！」

甲板から船内へ、そして船底へと人々の声が素速く伝達されてゆく。

ボイラーには二時間前から火が点じられており、船の中央の長い煙突から黒煙がもうもうと吹き出していた。

エンジンはいつでもフル回転できる状態になっている。

汽笛が鳴りひびいた。

船体の左右の外車輪がゆっくりと回転を開始した。

観光丸はゆらりと揺れ、しだいに速まる外車輪の回転につれて微速前進しはじめる。

「うわーっ」

と岸辺で歓声が湧《わ》きあがった。西御役所前の大波止の岸辺には伝習生はじめ町民達も見送りに集っている。

とくに海軍伝習生は感激して拳を振りかざし、なかには飛びあがって声援を送る者もある。

安政三年初春のこの日は、長く港内に繋留されていた観光丸の晴れの船出の日であった。

オランダ国王から寄贈された観光丸は、日本到着以来およそ半年、伝習生達の実習訓練のため長崎港内に重い錨《いかり》をおろしたままだった。もっとも昨年中に三回、港外へ出たことはあるが、それはオランダ人教官達の手による航行で、日本人伝習生達はただ見学していたにすぎなかった。

今回は違う。オランダ人達十数名が同乗してはいるが、艦長はじめ士官、水夫に到るまで実働するのはすべて日本人である。スンビン号が観光丸と名を改めて日本国籍の軍艦となってから、日本人の手によって初めて運航される初航海だった。

観光丸は長さ五十二メートル、百五十馬力の蒸気帆船だ。

出港時はエンジンを始動させて外車輪を回転させ、帆船のように曳舟《ひきぶね》で引かれることもなく自力で航進できる。

鶴の港とも呼ばれる馬蹄《ばてい》形の細長い水路を観光丸は煙突から黒い煙を吐きながら走り、港口に横たわる高鉾島と香焼島《こうやぎじま》の間を通過して、伊王島を左舷《さげん》前方に眺めながら外海へと向う。

航路は西、目的地は長崎港から約百キロメートルの海上に浮ぶ五島列島である。

但し五島列島には寄港はしない。五島の福江港をめざして航進し、遥かに福江港沖の椛島を望むところで引返す。

長崎、五島間百キロの海上を練習航海の海域とすることに、あらかじめ定められてあった。

伊王島を左手に見て、観光丸はいよいよ外海に乗り出した。

風は北々東、順風である。

「帆走用意!」

艦橋の勝麟太郎が大声で叫んだ。

甲板の手摺《てす》りに凭《もた》れて遠ざかる長崎の島々を眺めていた水夫達が、いっせいに駈《か》け集り、持場である帆柱の下を走ってゆく。

辰之助や鶴松がその水夫達の中にいる。

「ようし、登れ！」

水夫長の辰之助の合図と共に水夫達がいっせいに登檣をはじめた。

オランダ人教官が辰之助の横に立って水夫達の動きを観察している。

ロアヤード、トップスルヤード、ロイヤルヤードとそれぞれ持場の帆桁《ほげた》に待機して、次の号令を待つ。

「エンジン停止！」

と勝麟太郎の号令がひびき、それが復唱されて船底に伝えられ、外車輪の回転がゆるやかに停止した。

「帆走開始！」

待機していた水夫達がいっせいに畳んだ帆の綱を解いて展帆する。

次々とひらかれた白帆が風をはらんで激しくはためきはじめる。

長い煙突の煙は空に吸われて消え、観光丸の姿は一変して、白帆に飾られた白鳥のような帆船と化す。

蒸気帆船なのである。

出入港のときをのぞいて蒸気帆船の航海は帆走を主とする。

安政三年のこの当時、蒸気船は決して船舶の主力ではなかった。

まだ圧倒的に帆船の数が多い。蒸気船は石炭を焚いて走るので、その石炭を多量に積まねばならない。しぜん船の積荷が少くなるばかりか、船員の居住区、船客の部屋も狭くなり、船乗り達は石炭の山の中で寝起きする生活をしいられる。

遠洋航海ともなれば石炭の量は莫大《ばくだい》である。燃料ばかり積んでひたすら走るという馬鹿なことになりかねない。

そのため航海の主力は帆走だった。

観光丸の航海もとうぜん帆走による。

振動するエンジンの響きがやみ、風にはためく帆の音が聞えはじめると、船内はほっとした静寂の気配につつまれる。

石炭で顔を煤《すす》だらけにした火焚役や機関室の士官達がぞろぞろと甲板へあがってくる。

水夫達も檣上からおりてきて、思い思いに船上でくつろぐ。

「いい気持じゃのう。わしら蒸気船で海を走っとるんぞ。夢のようじゃなあ」

と舷側の手摺りに凭れて鶴松が大きな溜息《ためいき》をついた。

「ああ、本当じゃ。僅《わず》か半年前、塩飽の本島でくすぶっておった頃のことが、うそのようじゃ」

と仙三郎がこたえた。

「わしも高見島にいたことが遠い昔のように思えてならん。いちどに色々なことがありすぎてのう」

と顔を煤で黒くした文七がいった。

船内雑役夫の文七は汽罐室《きかんしつ》の火焚役に狩り出されたのである。

ボイラーとエンジンに異常に執着する武家身分の伝習生達は火焚役も自分達でつとめていたが、あまりの労働に音《ね》をあげて、水夫達の協力を求めた。

三等水夫の文七達数人が臨時の火焚役となって武士達に協力した。

この初航海に参加した水夫は一等から三等までと賄方《まかないかた》を加えて三十五人である。オランダ人教官が水夫の人数不足を訴えたが、士官の乗船希望者が多すぎて、それ以上の増員はできなかった。

観光丸の定員は百名である。オランダ人教官を除いて、あと六十五名の士官伝習生が乗組んでいる。

運用方、測量方、蒸気機関方、製造方とそれぞれ専門があって、身分も一等士官、二等士官と分けられているが、いざ航海練習に出てみると、そんな身分差別は大して意味のないことがすぐにわかった。

それは水夫伝習生も同じである。賄方炊夫を含めて僅か三十五人では一等水夫だの二等水夫だのと言ってはおられない。

げんに帆走開始のさいには二等水夫で甲板作業員の仙三郎も檣上に登らされた。三等水夫の文七は火焚役に回されている。

「航海のさい船をじっさいに走らせるのは士官ではない。主役は水夫だ。君たちはもっと誇りをもて」

とオランダ人水夫の教官が口癖のように言うのが、早くもはじめての航海でみんなわかりはじめていた。

五

五島列島は長崎の西方百キロ、東シナ海に浮ぶ島々である。その数は大小合わせて百四十一。そのうち福江島は南東にあって下《しも》五島と呼ばれ、福江から遠い南西洋上に男女《だんじょ》群島がある。

男女群島を南下すれば琉球《りゅうきゅう》、中国大陸へと向う遥《はる》かな海である。

天候は快晴。風は順風なので全帆を潮風にはためかせた観光丸は、船首で白波を切り裂いて走った。

長崎港からマストの上空を追ってきた海鳥が姿を消し、舳先《へさき》のあたりに銀鱗《ぎんりん》をきらめかせた飛魚の群れが舞い踊っている。

昼食をすませた午後、観光丸の右舷側でペルス・ライケンの天測実技の指導がおこなわれた。

六分儀を持った小野友五郎、クロノメーターを手にした中島三郎助が伝習生を代表して実技指導を受け、そのまわりに生徒達が集っている。

六分儀は天測用測角器と呼ばれ、太陽の光の反射を利用して角度を測る機械である。測角範囲は百二十度。

要するに望遠鏡を右眼にあて、その視野に太陽を正確にとらえることが基本である。しかし揺れる船上で太陽を常に視野の中におさめることは、きわめて難しい。さすが秀才の小野友五郎も、視野から太陽を逃しては望遠鏡から眼を放し、肉眼で太陽を確認して、再び望遠鏡を眼にあてる。そのくり返しだった。

「角度の誤差一分は洋上では一海里の誤差を生む。これは天測の基本だ」

とペルス・ライケンが叱咤《しった》して六分儀を胸前にかまえる友五郎の両手や肘《ひじ》や肩の位置を修正する。

その横でクロノメーターを手にして時刻を読む中島三郎助も、額に玉の汗をにじませていた。

二人がひと組となって経度と緯度を算出するのが、この当時の天測実技なのである。

ペルス・ライケンに叱られながら悪戦苦闘している二人を見て、

「あの二人があれでは、わしらには無理な実習じゃなあ」

と早くもあきらめて他へ去ってゆく男達が多かった。

右舷側ばかりではなく船上のあちらこちらでオランダ人教官の周囲に伝習生達が群がっている。

船の速力をはかる測定儀、針路をはかるコンパスなど各種機械の実技訓練がおこなわれていた。

いずれも学習していたが、海上となると机上の学習とは話が違う。

みんな戸惑いながら、それでもオランダ人教官の話に耳を傾け、熱心に練習していた。

仙三郎や鶴松、文七たち水夫は甲板の船具のかげで休息しながら、士官伝習生達の訓練のようすを見物している。

「うらやましいのう。わしらもおいおい学問をしなければならんなあ」

と、溜息まじりにつぶやいたのは水夫長の辰之助である。

「学問？」

とびっくり声を出したのは仙三郎だった。

「辰之助さん、あんた今から学問をしてどうするんじゃ。士官にでもなるつもりかね」

「いや、そんなつもりはないが、蒸気船に乗組んだ以上は、やっぱりのう。せめて船の動かし方ぐらいは知っておきたいじゃないか」

「ふーん。そうか、あんたは千石船の表仕《おもてし》や時には船頭もつとめたんじゃ。あれを見ると口惜しい気がするんじゃろう」

「ああ、口惜しいなあ。わしも学問をしておけばよかった。そんな気がするよ」

そばで聞いていて鶴松は自分の心の片隅にも似たような思いがあることに気づき、自分でちょっと驚いていた。

そんな大それたことを、ちらとでも考えるような身分ではないのだ。

こうして蒸気船に乗っているだけでも、夢かと頬《ほお》を抓《つね》りたい気持なのである。

士官伝習生達の実技訓練は遥か遠くに五島列島の椛島の島影が見える夕刻までつづけられた。

その間、観光丸は快走をつづけている。

赤い夕日が西へ傾き水平線の彼方に没する前、

「帆走停止、全帆を畳め」

と艦橋から勝麟太郎の号令が艦内にひびいた。

船具のかげで休息していた水夫達がいっせいに立上り、それぞれのマストの下へ駈け集る。

練習航海は五島列島の島影が見えたところで沖がかりし、一夜を明して長崎港へ引返す予定である。

　夜走りはしない。

　畳帆作業は展帆よりさらに難しい。

　鶴松ら一等水夫がそれぞれの持場のマストに登る。

　甲板作業員の仙三郎ら二等水夫がぴーんと張った帆綱を握って少しずつゆるめにかかる。

　帆桁の足場綱に乗った一等水夫達が声を合わせて帆を畳んでゆく。

　帆は風でばたついており、気を抜くと帆にはじかれて足場綱から転落するおそれがあった。

「あわてるな！　ゆっくりたため」

　と水夫長の辰之助が甲板からマストを仰いで指示を出す。

「そこじゃ、引っ張れ！」

　揺れる船上では作業の手ぎわが悪くて思い通りには運ばない。

　ようやく畳んだ帆を帆桁にしっかりと縛りつけるまでは手を休めない。

　鶴松は主帆柱のロイヤルヤードを受持っていた。頂上に近い高みである。

　帆を畳み終えて帆桁に縛りつけたとき、ちょうど水平線の彼方に夕日が傾きながら沈んでゆくところだった。

　夕日は空いちめんに鮮烈なさいごの輝きを放射していた。海は朱く染まり、波がぶつかり合って黄金色に輝いている。青や紫、金色に彩られた流れ雲が真っ赤な空いちめんに漂っていた。

「きれいじゃのう。美しいのう」

鶴松は高いマストの上から沈んでゆく夕日の光景に見惚れてしまった。

瀬戸内海生れなので夕日などはこれまでどれほど見たかわからない。

しかし遥かに淡い島影が見えるだけで他に眼をさえぎるものもない大海原である。

真紅の円盤となってゆっくり沈んでゆく太陽の輝きは、思わず両手を合わせて拝みたくなるほど荘厳だった。

甲板に全員整列して一日の作業を終えた。

夕食後は甲板要員を船上に残して、各自の船室に入る。士官達の船室は甲板から下へおりた中甲板にある。機関室やボイラー室の当直士官をのぞいて全員が寝室の居住区に集り談笑がはじまった。

みんな初航海で興奮している。

小野友五郎は六分儀の望遠鏡で右眼のまわりに丸い痣《あざ》のような隈取《くまど》りができていて、みんなに笑われていた。

「いや、よい勉強をした。要するに船の揺れを察知するほかないな。揺れながら六分儀を上下左右に動かして、視野に太陽を捕える。逃げれば追う。それがコツらしい」

笑われても生真面目な数学者は平然としている。

そして教えを乞う者には身ぶり手ぶりで熱心に自分の学習の成果を伝える。

談笑といっても話題はしぜん六分儀やクロノメーター、コンパス、測定儀などに集中し、実技訓練の復習をしているのと変らなかった。

水夫伝習生の居住区は中甲板の下にある。ここでも全員が寝室ごとに集って話に花を咲かせている。

「いやあ、人数が足りんのう。マスト登りをさせられるわ、甲板掃除をやらされるわ、わしらはもうへとへとじゃ」

「人数の不足は最初からオランダ教官が言っておった。士官伝習生がのさばるから、わしら水夫が辛いめにあうんじゃ」

士官達は甲板作業、操帆作業に手を出さない。なかには船上を駈け走ることすら嫌う者がいて、急ぐ用のある時でも、のっしのっしと肩肘を張って歩き回る。走ったり駈けたりするのは武士の威厳を損うと本気で考えているらしい。

そんな士官達は水夫とはいっさい口をきかない。まるで路傍の石塊を見るような冷い眼を向ける。

「しかし、士官伝習生の中にもやさしい人はおるで。帆走中、わしに話しかけて生れ故郷のことなど親切に聞いてくれた人がいた。江戸の御旗本じゃということじゃった」

「へーえ、そんな人がいるのか」

「みんな人間じゃ。悪い奴もおれば良い人もおるわい」

「練習航海中は一日につき銀一匁五分の御手当が出るんじゃ。こんどは二日じゃから銀三匁ぞ。それを思えばわしらは文句を言えた義理ではない。辛抱じゃ、辛抱、辛抱……」

航海中は酒を飲めない。寝室は火気厳禁なので煙草も吸えない。

午後八時、消灯の合図と共に水夫達はそれぞれの吊袋に入って就寝した。

翌朝午前六時――。

貝、太鼓の合図で水夫達は全員起床し、吊袋を畳んで壁に納め、大急ぎで上甲板に整列。艦長役の号令で主帆柱に日の丸の国旗を掲揚した。その間、太鼓の音が鳴りひびく。つづいて操帆作業。間もなく展帆が終り、観光丸は方向転換して長崎港をめざし東へ航路を取った。

さいわい北北西の風が吹き、往路も帰路も順風に恵まれた。

天候も晴れ、波風に悩まされることもなかった。

観光丸は入港時に全帆を畳み、再びボイラーに火を点じ、エンジンを回転させ、長い煙突からもうもうと黒煙を吐いて帰港した。

大波止の波止場に残留伝習生達が勢揃《せいぞろ》いし、歓声をあげて出迎えたのは、出港のときと全く同じ情景だった。

わずか一昼夜の航海だったが、日本人の手による初航海はぶじに終った。

士官も水夫も、オランダ人教官も乗組んだ全員が満足していた。

六

観光丸の航海訓練はほぼ月に一度の割で順調に継続された。訓練海域が長崎と五島列島を結ぶ百キロ海域に限定されていたことは、伝習生にとってばかりではなく、オランダ人の教官にとっても不満だったが、幕府はそれ以上の遠洋航海を許可しなかった。

航海訓練が積み重なるにつれ、オランダ人の教官達には日本人独特の欠点や美点がよく見えてきた。

日曜日、オランダ人の教官達は出島の通商事務官（前商館長）の公舎に住むペルス・ライケンの客室に集って夕食を共にしながら、雑談と教育方針を語り合うことが、しばしばあった。そんな時はオランダ国の全権として日本との貿易交渉に当っている商務官ドンケル・クルチウスも同席した。

「日本人伝習生には艦内規律というものがどうしても判らないらしい。士官伝習生が水夫伝習生を叱るべきときに叱らない。水夫伝習生も士官伝習生とまともに口をきこうとはしない」

と甲板長のウールセンブルクが食卓のワインを飲みながらいった。

「それは身分差別のせいだ。武士と水夫の間には我々が想像もつかないほどの高い壁が横たわっていて、まともに対面できないんだ。そうとしか思えない」

と海兵下士官のシンケルンベルクがこたえた。

「それは士官と水夫だけの問題ではない。士官達と通訳官達の間でも似たようなものだ。われわれが士官を叱りつけて通訳させようとしても、通訳官は士官に遠慮してわれわれの言葉をそのまま伝えようとはしない。だから叱っても叱っても、何の効果もない。これも通訳官と士官の身分が違うからだろう」

と運用方士官のエーフが同じ意見を述べた。

全員、思いあたる顔でうなずいている。

食卓にはロースト・ポーク、チキンの丸焼き、茹《ゆ》で野菜、果物などが並んでいた。日本ではめったに口にできるものではないが、商務官には出島商館長時代からの食糧調達の特殊ルートがある。出島滞在の料理人達も前館長から引きついでいた。伝習所教官達は、ひとつはこの豪勢な晩餐《ばんさん》が楽しみでペルス・ライケンの客間に集ってくるのである。

「身分差別は日本政府の習慣と制度の問題だ。われわれの努力で一挙に解決できることではないよ」

と、一同にいったのは教師団長のペルス・ライケンだった。

「たしかに日本人の艦内規律に対する配慮のなさは眼にあまることがある。これは目撃した者が一つ一つ、指摘して改正させるほかないだろう」

「いやあ、このあいだの航海訓練ではおどろきましたよ」

と甲板長のウールセンブルクが両手を拡げて、みんなの注目をうながした。

「真夜中に甲板がさわがしいのでデッキに出てみたら、士官伝習生達が甲板に火鉢や七輪を持ち出して、網で干魚を焼いたり、薬罐《やかん》で湯を沸かしたりして、食事をしているんです。座布団まで持ち出してきて輪になって座っている」

「当直士官や夜警の水夫はいなかったのかね」

とペルス・ライケンが眉をひそめて聞いた。

「いました。当直士官はみんなの輪の中に座ってました。水夫達は遠慮して船具のかげで息をひそめていましたよ」

「で、君はどうしたんだ」

「怒鳴りつけましたよ、もちろん。通訳がおりませんので、日本語で怒鳴りました」

「へーえ、何といったんだ」

と士官のエーフが聞いた。

「オ・ロ・カ・モン！」

聞いて一同がどっと笑った。なるほどこれなら日本人にも通じるだろう。

「彼等は怒りはしなかったかね」

「いいえ、それは全くありませんでした。全員あわててすぐに解散しました」

「その点は素直なんだ」

「それは理由がはっきりしているからじゃないかな。艦内の火焚きは火事の原因になる。厨房《ちゅうぼう》以外での火は厳禁だと、これは徹底して注意している。だから彼等も納得したんだと思うよ」

「たぶん、そうだ」

と一人がうなずいた。

「道理によく従うのは日本人の特徴のようだ。理解力にすぐれていて、粗暴に振舞うことはない」

「そうだな。艦内規律はともかく、日本人伝習生の勤勉、好奇心、向学心にはわれわれも驚くことがある。とくに機械を扱う技術については天性の才能があると思うよ」

一座の話は伝習生達への不満からしだいに賞讃へと変ってきた。もっともこれはいつもの座談の流れである。

「おそろしい向学心と知識欲だ。質問されて、思わずたじろいでしまうことが多い」

と、それまで黙っていた一人がいった。

蒸気機関方士官のドールニックスである。

「技術感覚の鋭敏さはヨーロッパ人をしのいでいるのではないかね。観光丸のエンジン分解作業のあと、伝習生達が模型の木製の機関や器具をつくって私に見せてくれた。模型とは思えない精巧なもので、仰天したよ」

「それについては私も困っている問題がある」

とペルス・ライケンが口を挟んだ。

「伝習生達の熱心な意見をいれて日本政府は十五ないし二十馬力の真物の蒸気機関を製作したいと私に申し出てきた」

ほうと士官一同が教師団長に注目した。全員、初耳だったのである。

「もちろん、そんなことは無理だ。まず製鉄所を造らねば鉄材が無い。われわれは海軍の軍人であって日本人に航海術を教えにきた。蒸気機関の製造となると、これは話は別で、われわれの任務ではない。そういって拒絶したよ。しかし日本人のことだ、簡単にはあきらめないだろう」

それまでもっぱら聞き役に回っていた商務官のドンケル・クルチウスがはじめて口をひらいた。

「じつは幕府にも内密にしているが、製鉄所の建設については、私がすでに建設資材の一部をオランダに受註しているんだ」

えっ？　と一同がおどろいた。ペルス・ライケンも同じである。

「どういうことです」

「伝習所総督の永井玄蕃頭はみなさん御存じだろう。あの人は海軍を創設するには艦船修造の施設が必要だと、はっきり認識していた。幕府へそれを何度も訴えて出たが一向に返事がない。そこで永井さんは幕府の諒解なしに独断で私に註文を出したんだ。もっとも私一人にではなくファビウス中佐と私の二人だった。中佐は永井さんの独断を承知の上で長崎からオランダへ帰国して、オランダ政府の諒解を得た。だから製鉄所の建設資材は少くとも二、三年以内にはオランダからここへ到着するよ」

「そんなことをして、大丈夫ですか。永井さんの独断といっても莫大な金額のはずです。日本政府が諒解しますか」

「永井さんは全責任を負うといっている」

聞いてみんなは顔を見合わせた。

「無茶なことはファビウス中佐も私も知っているよ。本国政府も知っている。その上で受註をきめたんだ。もし資材が到着して日本政府が拒絶した場合、永井さんはハラキリするだろう」

「ハラキリ?」

「もっとも私も覚悟しているので、そんなことはさせないつもりだ。海軍があって製鉄所や修理所のない国なんて考えられない。日本政府は必ず買うさ。私が買わせてみせる。その覚悟だ」

うーんと一同は考えこんでしまった。こういうことになると、海軍軍人の口を挟める領域ではない。

「それにしても大した度胸だなあ、あの永井という日本人は」

全員、永井玄蕃頭尚志を見知っている。小柄で温和な男で、独断専行とは一見ほど遠い印象なのだ。

「信念があるんだろう」

とペルス・ライケンが畏敬《いけい》をこめた表情でつぶやいた。

「私はここへくる前に日本と日本人について書かれた十六世紀の宣教師達の著作を何冊か読んできた」

とペルス・ライケンはつづけた。

「あの当時の宣教師達は信じられないほど日本人を賞讃している。多少は眉に唾《つば》していたが、今の永井さんの話など聞くと、昔も今も評価は変らないということらしいな」

「どういう評価なんです」

「日本人は十六世紀の宣教師が遭遇した国民の中でいちばん傑出していたというんだ。名誉心が強烈で日本人にとっては名誉がすべて。大部分の日本人は貧乏だが、武士、平民を問わず、貧乏を恥辱と思っている者は一人もいない。金銭よりも名誉を大切にし、侮辱や嘲笑《ちょうしょう》に黙って耐え忍ぶことをしない。生活には節度があり、大部分が読み書きができる。……そう書いてあるんだ」

「私も読みました。聖フランシスコ・ザビエルの書翰《しょかん》でしょう」

　と砲術科士官のス・フラウエンがうなずいた。

「そうだ。他にも賞讃の言葉がきらびやかに並んでいる。よほど優秀な国民だと思ったらしいよ」

「三世紀後の今でも、その優秀さはうかがえますが、われわれと宣教師の立場は違います。たしかに日本人は好奇心も向学心も旺盛ですが、あらゆることを同時に習いたがり、極めて移り気なところがある」

　一人がいうと、即座に賛同の声があがった。

「その通りだ。彼等の知識は断片的、局部的で、知識と知識の関連がない。要するに脈絡がないんだ。そのため一定のルールに従って、順序よく物事を学ぶことができない」

「それはあるな」

　と他の一人も口を挾んだ。

「好奇心の赴くまま何でもやりたがる。そのため衝動的で無秩序だ」

「日本人の向学心には目標がないのではないだろうか。ここは海軍伝習所で航海術や運用術を学ぶところだ。それなのに騎兵や歩兵、工兵の講義をしてくれと、何回も願い出てくる。それはわれわれの専門ではないと拒絶しても、納得しない」

「同じことは私も感じている」

とペルス・ライケンもみんなの意見を引取っていった。

「伝習生達の目的は海軍の軍人になることなのか。それともここで得た知識を生かして将来の進路をきめたいのか。どうにもよくわかっていないところがある。永井さんにも私はその点で不満をのべているが、永井さん自身もはっきりしていない」

「団長、それは仕方ないのではないかね」

とドンケル・クルチウスが意見を挟んだ。

「昨年まで海軍そのものが日本にはなかったんだ。海軍軍人といっても日本人にはそれが何者なのかよく判らないだろう。日本政府も同じだと思う。とにかく西欧文明を何でもいいから取り入れたいと一生懸命なんだ。進路など考えている余裕はないのさ」

もっともな意見なので、みんなが納得した。

「そういえば団長、幕府伝習生と佐賀藩伝習生が協力して大型コットル船を一隻、新たに建造したいと協議しています。われわれに指導してほしいようですが、協力しますか」

造船科も担当しているス・フラウエンがいった。

「珍しいことがあるもんだなあ」

とペルス・ライケンが破顔した。

「幕府伝習生と佐賀藩伝習生が協力するというのかね」

「どうせまた喧嘩になるんじゃないのか」

と誰かが笑って茶々を入れた。

佐賀藩が送り込んできた佐野栄寿左衛門以下数十名の伝習生には科学化学共に他の伝習生より一頭地を抜いた者が多く、幕府伝習生は嫉妬《しっと》して、これまで仲がよくなかった。オランダ人教官が両者の間に立って苦労することも珍しくない。

「小型カッターなら幕府伝習生も佐賀藩伝習生も一艘《そう》ずつ建造して、げんに使っている。さらに大型をつくるというのなら、それは伝習生のために役立つことだ。われわれも協力しようじゃないか」

とペルス・ライケンがいい、教官一同が諒承した。

夕食後はコーヒーを飲みながら雑談し、全員が引揚げていった。

引揚げるといっても同じ出島の中である。

むかしのオランダ商館の館員宅を改造したり、新築したりした家に、士官達は分宿して暮していた。

昔と違って市中外出は自由だが、はじめはともかく、日曜ごとに外出する楽しみは市中には大してない。

みんな日本人の教育に全力を注ぎ、そのことに生甲斐《いきがい》を感じていた。

七

航海訓練によって海軍伝習生の伝習効果は着実にあがりはじめた。海軍とは何か。海軍軍人とは何者か。オランダ人教官達が伝えたい肝心な目的も、日常訓練によって少しずつ判りはじめたようである。

安政三年秋、海軍伝習の実態を知って、自ら望んで他へ転身する者があらわれた。艦長役三人のうちの一人、永持亨次郎である。

永持亨次郎は長崎奉行の徒目付在任中に職を解かれ、伝習生を監督する学生長として艦長役を命じられた。

しかし伝習所で訓練を受けるうちに海軍軍人というものの実態を知り、これは専門職に過ぎないのではないかという疑問をもった。

永持は歴とした幕府の旗本で勘定格である。専門職より幕政の中枢に参与する進路をつよく望んでいた。

そこで江戸の実兄と相談し、伝習所総督の永井玄蕃頭にも希望を申し出て、伝習所を勇退し、長崎奉行支配組頭に転任したのである。

これも伝習効果の一つの現われであるかもしれなかった。少くとも永持には海軍軍人がどういうものであるかが、判ったのだ。

永持の跡を埋める学生長兼艦長役として、江戸から幕臣の伊沢謹吾が派遣されてきた。この人物は浦賀奉行、下田奉行をつとめ現在は大目付の要職にある伊沢政義の三男である。

伊沢謹吾は補充されて長崎へ赴任するにあたり、自分の内侍として一人の若者を同行してきた。

江戸下谷御徒町の幕臣榎本園兵衛の次男で、まだ二十一歳の榎本釜次郎である。

長崎西御役所に着任した伊沢謹吾は、さっそく先輩の学生長勝麟太郎のもとへ挨拶に来た。そのさい釜次郎を従者として連れてきた。

「ほう、榎本釜次郎はあんたか」

と勝は同役の伊沢謹吾よりも従者のほうに多大な興味を示した。

「昌平黌《しょうへいこう》きっての秀才と聞いて楽しみに待っていたが、あんた若いねえ」

「はい、申し訳ありません」

「あやまることはないやね。そうか二十一歳か。うらやましいような年齢だ」

「はい」

「どうです、伊沢さん。いま大波止の造船場で幕府伝習生と佐賀藩伝習生が協力して大型コットル船を建造している。そろそろ竣工も近い頃です。さっそく見物しませんか。案内しましょう」

と勝は気軽に立って新任の二人を西御役所の外へ連れ出した。

造船場は銅座川の河口の浜に設けられてある。ここではすでに幕府伝習生の手で小型コットル船一隻、さらに佐賀藩伝習生の手で一隻、二隻の短艇が建造されていた。

どちらも生徒達の観光丸への往復に利用され、練習用としても役立てられている。

こんどはひと回り大きなコットル船である。

長さ七十二フィート、幅十九フィート、深さ十四フィート、総トン数五十トンの大型船で、十二ポンド鋳鉄砲二門を搭載することになっている。帆柱も二本で、帆走と櫓走を併用して走る船である。

大きな船台の上で堂々たる大型船が完成しかけていた。

造船場の中は駈け回って働く伝習生達の汗と意気込みで活気に満ちている。

鉋《かんな》や鋸《のこぎり》を引く音、金槌の音。

日本語も江戸弁、佐賀弁が入りまじって飛びかい、オランダ人教官のオランダ語も聞えていた。

「すごいですねえ、あれが日本人の手で造られたんですか」

伊沢謹吾も榎本釜次郎も眼を丸くしている。

「なあに練習用の小艇です。このていどの船なら大して苦労もいりませんやね」

勝は得意そうに二人にいったが、そんなことはなかった。

浦賀で鳳凰丸を建造した中島三郎助が中心となり、オランダ人教官の知恵を借り、何度も設計図を書替え、用材も近郊の山々の樹木の中から選りすぐって集めた苦心の造船である。

はじめのうちこそ幕府と佐賀藩の間で反目、諍《いさか》いもあったが、建造の半ば頃から互いに相手の身分を忘れ、江戸弁も佐賀弁もなく、一心不乱になって働いている。

武士達ばかりではなかった。水夫伝習生も狩り出され、武士達の指示を受けて駈け回っている。

その中には一等水夫の辰之助と鶴松、二等水夫の仙三郎、三等水夫の文七もいた。

全員、大型コットル船の完成、進水の日を楽しみにして、日曜日も返上して働いていた。

秋も終わりに近く大型コットル船は完成し、晨風丸と名づけられた。

日本初の戦闘型コットル船の誕生であった。

八

安政三年の暮れも押し迫った頃、海軍伝習所総督永井尚志は、長崎奉行の川村対馬守修《なが》就《たか》に立山の奉行所に呼び出された。

「江戸の御老中連名でこのような書状が届けられて参った。読んでみてくれ」

と長崎奉行は一通の書状を永井に手渡した。眼を通してみて永井はおどろき、しばらくは言葉もなく、二度、三度と読み直した。

「そういう次第じゃ。さっそく観光丸を江戸へ差し向けることと、乗艦させる面々の人選の支度をしてくれぬか。但しオランダ人の教官達には、ことを運ぶ直前までこの件は内密にしてほしい。とうぜん反対の意見も出るであろう」

「これは……」

と永井尚志は内心の怒りを押し殺しながら、つとめて冷静に奉行に聞いた。

「幕閣の命令でしょうか」

「そうじゃ。もはや決定したと思ってよい」

「理由が判りませぬ。いったい何の理由で幕閣はわれらの意見も聞かずにかような決定を下されたのでしょうか」

「金じゃよ」

と川村対馬守はあっさり答えた。

「金がかかりすぎる。幕府は目下、多事多難で湯水のように金銀が流れ出る。何とか財政緊縮をはかりたい。理由はそれしかない」

永井尚志は額を白くして考え、

「私めの一存では、この場で御受けしたとは申せませぬ。西御役所の伝習所に立ち戻って幹部達とも協議の上、あらためて御返答することに致します。それでよろしゅうございましょうか」

「協議したとて幕閣の意見は変らぬが、ま、仕方があるまい。両三日のうちには返答してくれ」

と川村対馬守は苦い顔をして告げた。

永井尚志は立山の奉行所から海軍伝習所のある西御役所まで重い足取りで歩いて帰った。戻るとすぐ伝習所学生長の三人を自室に呼び集めた。

矢田堀景蔵、勝麟太郎、伊沢謹吾の三名である。

永井の話を聞いて三人はびっくり仰天した。

「江戸に海軍伝習所をつくるなんて、幕閣は本気なんですか」

と呆れて聞いたのは矢田堀景蔵だ。

「ああ、本気らしい。但し名前は海軍伝習所ではなく、軍艦教授所とするそうだ」

「教授所といったって誰が教授するんです。オランダ人教官を江戸へ連れて行くのでしょうか」

と伊沢謹吾が聞いた。

「いや、ここの伝習生の中から熟練した学生達を人選し、それを教授方として当てたいらしい」

「無理です。伝習所は昨年の十月に開校したばかりです。教授方に回せるほどの熟練した学生はまだおりません」

「ところが幕閣は一年も学ばせたのだから充分だと考えているらしい」

聞いて三人とも黙ってしまった。それまで口を開かなかった勝麟太郎がはじめていった。

「問題は観光丸です。観光丸を江戸へ回送しろというのでは、このあと長崎の海軍伝習所は成り立ちません。この伝習所は閉鎖しろということでしょうか」

「いや、そうではないらしい。江戸へ回した伝習生の補充の生徒を明年早々に送ってくるそうだ」

「観光丸がなくて、どうやって伝習するんです」

「幕府がオランダに注文した蒸気軍艦が明年秋には長崎へ回送されてくる予定だそうだ。それを練習艦とせよという」

「だったら観光丸の江戸回送はそのあとでよろしいのですね」

「いや、明年春に軍艦教授所は開設すると決ったらしい。春には観光丸を江戸へよこせという幕閣の命令だ。教授方に回す伝習生の人選も、それまでに決めよという」

「無茶苦茶だあ、それは」

と勝麟太郎が天井を仰いで叫んだ。他の二人も同感の表情で天井を見た。

「もちろん私としては幕閣に対して抗議をしてみるつもりだ。海軍伝習の実情を御老中達は知らなすぎる。しかし一旦《いったん》、閣議で定められたことは、私ごときの抗議で覆せるものではあるまい。一応、覚悟して今後に備えることを心掛けてくれ」

「オランダ人教官達には何と申します。そのまま伝えますか」

「いや、隠す」

と永井尚志ははっきり答えた。

「明年春、直前になって事実を告げよう。ほかに手立てはない」

九

安政四年二月、永井尚志から事情を明されたオランダ教師団長のペルス・ライケンは怒った。もっとも事前の動きから、おかしい、何かあるとはオランダ人達も感じてはいた。年が明けて間もなく新しい伝習生として九十六名もの学生達が伝習所に参加してきたからである。それもオランダ人には断りもない入学であった。

「こんなに人数を増やしてどうするつもりか。これでは丁寧な指導はできない」

と教官達は抗議したが、聞き入れられなかったのである。

間もなく永井尚志から真実を打明けられてペルス・ライケンは急激な人員増加の理由を

はじめて知ったのだ。

「冗談ではない。伝習生の教育は今から本格的にはじまるところだ。僅か一年数カ月の中途半端な学生達が、どうして海軍教育の教官になれよう。しかも長崎から観光丸を引揚げて江戸へ持って行かれては乗艦訓練がいっさいできなくなるではないか」

ペルス・ライケンの怒りはもっともで、永井尚志としては一言もなかった。

「私もたびたび幕閣に意見を申し述べましたが、幕府は耳を貸してくれませぬ。幕府の財政困難を理由とされては、何を申しても通りませぬ。どうか御勘弁頂きたい」

「オランダの商船が本国からもたらした情報では日本政府の注文した蒸気軍艦はロッテルダムで間もなく完成するらしい。完成してすぐにオランダを出発したとしても、バタビヤを経由して長崎へ到着するのは八月か九月になるでしょう。その船がくるまで観光丸の江戸回送を待つことはできないのか」

「それが……」

と永井は苦しそうに眼をそらした。

「幕府は江戸の築地講武所内にて四月早々に軍艦教授所を開設することに決定しております。そのために観光丸はぜひ江戸へよこせと厳しい催促です。これは日本政府の決定なので、私ごとき軽い身分の者が何と申しても、変更は許されません」

聞いてペルス・ライケンは大きな溜息をもらした。

「政治家という人種はどこの国でも勝手なことを平気で押しつける連中だが、日本の政治家は特にひどいようだ。私があなたをいくら責めても政府の決定ならば仕方がないだろう」

「おそれ入ります」

「しかし観光丸を日本人だけで江戸へ回送せよというのも、それも政府の命令かね」

「そうです」

「おそろしいことだ！」

とペルス・ライケンは叫ぶようにいった。

「あの未熟な学生達が、ぶじに観光丸を江戸まで回送できるとは、私には考えられない。どこかで座礁したり、わるい場合は沈没する恐れもある」

「はい、私もそれを心配しています」

観光丸の乗艦訓練はこれまで十四回しかおこなわれていなかった。巡航海域は長崎と五島列島を結ぶ百キロ海上に限るとされ、せいぜい一昼夜か二昼夜の航海である。唯一の例外は三昼夜を費して平戸へ巡航したことぐらいだろう。

その程度の経験しかない連中を、オランダ人教官の付添いもなしに、はるばると江戸へ航海させるのは、観光丸はともかく学生達を死地へ追いやるに等しいと、ペルス・ライケンは本気で心配した。まだ訓練途中とはいえ、せっかく海軍軍人として鍛えてきた学生達である。ペルス・ライケンにはその一人一人に愛情もある。

「危険だよ、危険すぎる」

「教師団長、観光丸には私も乗艦致します。決して航海を急ぐことはさせず、充分に日数をかけて沿岸航海を致させます」

「え？」

ペルス・ライケンは眼を丸くして永井の顔をみつめた。

「永井さん、あなたも江戸へ行ってしまうのですか」

「はい、三月末日をもって私は長崎海軍伝習所の総督の役職を解かれます」

「あなたが総督をやめて、誰があなたの代りをつとめるのですか」

「それが決っておりません。たぶん当分は長崎奉行が代理をつとめることになろうかと存じます」

「まさか古い学生長の、矢田堀さん、勝さんまで江戸へ行ってしまうのではないでしょうね」

「それが……」

と永井尚志は口をつぐんで顔を伏せてしまった。じつは幕府は矢田堀景蔵と勝麟太郎の両名の帰還を命じているのである。

永井の表情から事情を察知したのだろう、ペルス・ライケンは顔色を変え、

「困ります。永井さん、それはいけない」

と声を高くしていった。

「私達は今年中には任期を終り、私達にかわって新任の教師団がここへやってくることになっている。新しい教官達はオランダの本国海軍が特に希望者を募集し、厳しい審査をへて選抜した優秀な軍人達です。正直なところ我々はバタビヤ駐在のオランダ東洋艦隊から適当に選ばれてやってきた。こんどの教師団は我々とは比較にならないほど精選された連中です。みんな希望に燃えて遠いオランダからはるばる日本へやってくるのです。その教師団を出迎える伝習生の中に熟練した生徒が一人もいなくて、いったいどうするつもりですか。永井さんもいない、矢田堀さんも勝さんもいないでは、新しい教師団は私達と同じ苦労を強《し》いられることになる。おそらく新しい教官達は私達の教育の成果に疑いを抱くでしょう。あなた達は私達に恥をかかせるつもりですか」

聞いている永井尚志には一言もなかった。

「わかりました。観光丸の江戸回送については私には何もできませんが、せめてその一件だけは微力を尽してみます。どうかしばらく私に時間の余裕を頂きたい」

そういって永井はペルス・ライケンとの会談を切りあげた。

そのあと永井尚志は西御役所の自室に矢田堀景蔵と勝麟太郎の二人を呼び、ペルス・ライケンとの会談の内容を打明けた。

聞かされた二人はペルス・ライケンの怒りをもっともであると考えた。

「新しい教師団を出迎えるのにオランダ人に馴れた学生長が一人もいないというのは、確かに非礼なことだと思います。永井さん、私がここに残ります」

と最初に申し出たのは矢田堀景蔵である。この男は昌平黌の出身で数学や測量の秀才として鳴らしており、伝習所へ入所してからも実力を発揮し、小野友五郎と並ぶ学習成果を挙げ、ペルス・ライケンお気に入りの学生長だ。

この男が長崎に居残れば、ペルス・ライケンが大いに喜ぶのはわかっていた。しかし、永井としては痛し痒《かゆ》しといったところだ。新しく江戸で開校される軍艦教授所の教授方として、これほど適切な人物もいないからである。

「うーむ」

と腕を拱《こまね》いて考え込む永井の顔を見て、そばにいた勝麟太郎が笑い出した。

「あっははは……」

と勝は遠慮のない笑い声をあげ、

「矢田堀さん、見ろよ、永井さんが困っていなさるじゃないか」

「いや、べつにそんな」

と慌てる永井に勝麟太郎はいった。

「そういうことは、はっきり仰有《おっしゃ》るものですよ。永井さん、私に残れとひとこと言って下されればいい」

「いや、わしはべつに……」

「私は御存じのように数理や天測などは苦手で、蒸気機関の仕組みなどにもくわしくはない。学生長とはいえ、まあ劣等生ですよ。しかし、さいわいオランダ語は人並みよりもできます。小禄の家の生れなので多少は人情の機微にも通じている。新しい教師団のために居残るとすれば、秀才の矢田堀さんより、どちらかといえば適任でしょう。伊沢さんはまだ江戸から来たばかりだし、このさい学生長の一人が居残るとすれば、この勝しかおりませんよ。違いますか、永井さん」

「いや、それは……しかし、おぬしがそう申し出てくれれば、じつのところまことにありがたい」

「じゃ、きまりました。いいですね矢田堀さん」

いわれて矢田堀景蔵も敢えて反対する理由がなかった。

確かに勝自身が言う通り、学術に関して勝はそれほど優秀ではない。しかしオランダ人教官との交渉や伝習生達を取締る手腕にかけては、矢田堀などが足もとにも及ばぬ天性の才能がある。それは三十五歳という年齢のせいもあろうが、一種の人徳といってもよいものだった。

「じゃ、さっそく江戸行きの伝習生と居残り組との人選にかかりましょう。四月に軍艦教授所を開校するとすれば、観光丸は少くとも三月はじめには出航しなきゃならないでしょう」

と勝は永井と矢田堀にいった。

「うむ、じつはその相談もしたかったのだ」

「要するに優秀な生徒は江戸、まだ半端な奴らは居残り。それを基準にしましょうや。そうすりゃあ、簡単だ。水夫は別ですがね」

あっさりいわれて永井も矢田堀も苦笑するしかなかった。

その通りだったからである。

十

二月も末近くなった頃、伝習生の江戸行き組と居残り組がそれぞれ指名されて公表された。

水夫達も同様である。江戸行きを指名された水夫達の中に塩飽諸島出身の辰之助と文七の二人の名が入っていた。

鶴松と仙三郎の二人は居残り組に指名されていた。

一昨年の十月、四人いっしょに塩飽の本島を出てきて以来、思えば十六カ月に亘って苦楽を共にしてきた仲である。

　観光丸の出航は三月四日と決定された。

　慌しい日程でろくに支度の間もなかったが二月末の日曜日、四人は連れ立って長崎の市中へ出た。

「よおし、今日は丸山じゃ。わあっと遊ぼう」

　と張り切る仙三郎に辰之助が笑っていった。

「丸山もいいが、どこか山の上に登ろうじゃないか。山の上から長崎の町並みをゆっくり見ておきたいのじゃ。今度いつ長崎へこられるかわからんからのう」

「山？　丸山ではなくて、ただの山か」

「帰りにどこかで一杯やろう。わしがおごるぞ」

「それなら仕方がない。あほらしいが山登りでもするか」

　笑って四人は長崎の東方に聳《そび》える風頭山へ登ることにした。山といっても標高百五十メートルの丘であり、長崎町民の遊楽の場所となっているところだ。

　いつぞや四人で歩いた寺町通りを通って山裾から山頂に登る。

　ここは凧揚げで知られたところで二月末というのに平坦な山頂で赤毛氈《もうせん》などを敷き、酒を飲みながら、早くも凧揚げを楽しんでいる町民達がいた。

「やっぱり豊かな町じゃのう。塩飽の島々とは大違いじゃ」

山々に囲まれた擂鉢《すりばち》の底のようなところに瓦葺きやこけら葺きの家々がびっしりと建ち並んでいる。大小無数といってよい街路が町々の間に縦横に走っており、どの街路にも道を急ぐ男女の姿が見えていた。

海が春の陽射しをあびてガラスの粉を撒《ま》いたように光っている。

たっぷりと景色を楽しんだ四人は再び寺町通りへ山を下り、橋を渡って丸山附近の居酒屋の一軒に入り、酒をくみかわした。

「おめでとう辰之助さん、文七さん」

と盃をあげて鶴松がいった。

「江戸へ行けば二人とも軍艦教授所の教授方水夫じゃ。もうわしらとは身分が違うわい」

と仙三郎がひやかした。

「ばかなことをいうな。水夫は水夫じゃ」

と辰之助と文七が照れて怒ったような顔になった。しかし二人は江戸で水夫達の育成に参加するのである。

辰之助はともかく文七がなぜ江戸行きに選ばれたのか、理由がわからない。いちばんわからずに当惑しているのは文七本人だった。

じつは文七は艦内雑役夫の代表として選抜されたのである。

江戸行きの二人は間近い出発を気にしていて落着かず、とうとう丸山遊廓には顔を出さないまま、その日は西御役所の伝習所に帰ってしまった。

三月一日、伝習所総督の永井尚志は江戸へ帰る士官伝習生、下士官伝習生、水夫伝習生の全員を引連れて出島のオランダ人教官達を訪問し、丁重な謝意を述べた。

オランダ人達も伝習生を歓待し、これが第一期伝習生の事実上の卒業式となった。

教官と学生達は握手し、肩を叩き合い、涙を流す者も少くはなかった。

安政四年三月四日、オランダ人教官達の好意によって船体や機関の整備を終えていた観光丸は、全伝習生の見送りを受け、長崎港を江戸へ向って出航した。

艦長矢田堀景蔵、以下十六名の士官伝習生、さらに下士官伝習生、水夫伝習生が乗組んでいた。

全員、日本人である。

ペルス・ライケンたち教師団が不安を隠せぬ表情で見守るうち、もうもうと黒煙を吐きながら観光丸は長崎港口の女神と神崎の間の水道を通過し、やがて沖へと姿を消していった。

「神よ、彼等を守り給え」

とオランダ人教官の一人が、右手で胸に十字を切る仕種をした。

その表情は真剣そのものであった。

しかしオランダ人達の心配は杞憂《きゆう》に終り、観光丸は二十三日間という長い航海の末、ぶじ江戸の品川沖に着いたのである。
日本人による蒸気軍艦の初航海であった。

咸臨丸

一

観光丸が江戸へ去ったあと海軍伝習所には航海訓練にあてる乗用艦が無くなってしまった。

江戸の軍艦教授所設立のため第一期の伝習生のうち熟練生が卒業して江戸へ帰ったが、学生達の人数は減るどころか却って増えていた。

第二期伝習生として九十六名の人数が伝習所へ入ってきたからである。

九十六名のうち江戸から派遣されてきた幕臣は、前年の秋に学生長としてひと足早く長崎へ到着した伊沢謹吾と従者格の榎本釜次郎の二人を含めて僅か十二名。

他は長崎奉行所勤務の地役人と呼ばれる町人身分の者達が七十三名、長崎代官所勤務の役人が十一名も参加していた。

これは江戸へ去った永井尚志が、いずれは日本の開港必至と睨《にら》み、そのさい真っ先に開かれる長崎港の海上警備を重要視したからだった。

しかし他の伝習生にしてみれば、長崎の地役人などと肩を並べたくない。姿形は武士であっても、それは長崎だけで罷《まか》り通る武士であって、本来の身分は町人なのだ。長崎代官所も同様で、あきれたことに代官自身が本来の武士とは言い難い身分である。

長崎が幕府の天領であるというだけではなく、唐蘭貿易をおこなう唯一の窓口という特殊な性格の町であるため、奉行所役人も他の天領とは全く異っていたのである。

地役人の数は長崎町民全体の十三分の一を占めるというほど多かったが、江戸からきた伝習生、学生長の勝麟太郎や伊沢謹吾にも、この役人達の実態がどうにも理解できなかった。長崎奉行自身ですらよく判らなかったというのだから、他は推して知るべしであろう。

しかしペルス・ライケン達オランダ人教官にとっては、身分の差別などどうでもよい。むしろ歓迎した。

観光丸は長崎から姿を消したので、かわりに大型コットル船の晨風丸を練習艦として使うことにした。

昨年の秋、幕府伝習生と佐賀藩伝習生が協力して造りあげた船である。

総トン数五十トンで十二ポンド鋳鉄砲二門を搭載し、帆柱も二本あった。

観光丸とはくらぶべくもないが、地役人伝習生の練習艦として長崎港内や港口付近を乗り回すには都合がよい。

年内にはオランダ本国から観光丸より一段と能力の上回る新造艦が長崎へやってくるはずである。

それまでの辛抱だとあきらめてオランダ人達は第二期伝習生の訓練に当った。

残留した第一期生も少くはない。その多くが蒸気機関を学ぶ機関方伝習生で、新造艦の新しいスクリュー・プロペラの推進装置を学ぶために居残っているのだった。

水夫伝習生も多く観光丸に同乗して江戸へ去り、鶴松、仙三郎たちは残留組に回された。

少くなった人数は長崎近辺の漁師や廻船乗りから補充された。

塩飽諸島からの補充が少かったのは、オランダ人教官が水夫の年齢に厳しい制限を設けたからだろう。

十代後半か二十代前半という年齢制限で、新しい水夫達は採用されていた。

鶴松は一等水夫の水夫長に指名された。仙三郎も二等水夫の水夫長となった。一等と二等の差はあってもそれは用向きの差にすぎず、水夫長としては同格であり、給銀も同じように昇給した。

こうなると檣上《しょうじょう》作業を主とする一等水夫より、甲板作業の二等水夫が得なようなものだが、いったん海上へ出てしまうと両者に厳密な区別はなく、何でもやらされることは、もう経験で二人ともわかっていた。

観光丸で江戸へ赴いた辰之助と文七が水夫の教授方に出世したように、鶴松と仙三郎も、水夫第二期生に対する教授方の役割をつとめさせられた。

オランダ人教官の助手として使われることになったのである。

正式には三月五日にはじまった第二期海軍伝習は、晨風丸を乗用艦として、ともあれ順調に辷《すべ》りだした。

二

安政四年六月はじめのことである。

バタビヤを出航したオランダの商船三隻が、六月三日、四日、五日と連日長崎港へ姿をあらわした。

ヤン・ダニール号五百八十八トン、アンナ・デイグナ号八百六十六トン、カタリナ・テレシア号三百四十五トンの三隻で、いずれも大型商船といってよい。

三隻とも積荷を満載していた。問題は積荷の内容である。

ヤン・ダニール号に積載されていたのは製鉄所建設用の蒸気機関や工作器械で、他の二隻の積荷はその付属機械であった。

二年前の安政二年末に伝習所総督だった永井玄蕃頭尚志が幕閣の承諾を得ることもなく、独断でオランダに発注していた機械類である。

永井と交渉にあたったのは当時在日中のファビウス中佐と商務官のドンケル・クルチウスだった。

帰国したファビウスはオランダ国王の諒解を得て、製鉄所建設に必要な機材類を集め、不足の機械はロッテルダムの工場で製作させ、ベルギーにまで発注して資材を調達した。およそ二年をへて集められた資材は、商船で次々とバタビヤへ搬送され、勢揃《せいぞろ》いしたところで三隻の商船に積み込まれて日本へと送られてきたのである。

発注した当人の永井尚志は江戸へ去ってしまって長崎にはいない。

永井にかわる伝習所総督として木村兵庫頭喜毅《よしたけ》が五月に赴任してきていたが、長崎へ来たばかりのことで何も知らない。

長崎奉行の荒尾石見守にとっても、これは寝耳に水といってよい事件だった。

オランダ商務官のドンケル・クルチウスが大活躍し、長崎奉行と江戸の幕閣との間に櫛《くし》の歯を挽《ひ》くように早馬が往来し、もちろん江戸在住の永井尚志の懸命の工作もあって、日本政府の製鉄所用材の買い取りは決定した。

ところが今度はオランダ側が日本政府に和親条約がらみの難題を持ちかけ、資材の引渡しになかなか応じない。

すったもんだで三隻の商船は莫大《ばくだい》な金額の資材を積んだまま丸二カ月も長崎の港内で立往生した。

その間に再び長崎に大きな事件が起った。

数年前、幕府がオランダに発註していた新造艦が僚船二隻を従えて悠々と入ってきたのである。

オランダでヤッパン（日本）号と命名されたこの新造艦は船長四十九・七メートル、幅八・五三メートル、排水量六百二十五トンの三檣バーク型軍艦で、六門の大砲を搭載し、百馬力の蒸気機関を据えていた。

これが外国へ発註してつくった日本最初の蒸気帆船、のちの咸臨丸《かんりんまる》である。

ヤッパン号が長崎港に入港してきたのは安政四年八月四日午後九時だった。

しかも入港するなりヤッパン号は二発の空砲を放って、寝静まった長崎の人々をおどろかせた。

艦長として乗組んでいたのはペルス・ライケンと交替して海軍伝習所の教師団長となるカッテンディーケ大尉である。

他にも次期の教師団となる士官、下士官、水兵達の全員が乗っていた。

長崎へ到着するまで教師団全員は百五十日間という長い航海を体験していた。

ヤッパン号は日本暦の三月一日にオランダのヘレフトスルイス軍港を出帆し、途中でポルトガルのリスボンに寄港、喜望峰からインド洋を渡り、バタビヤ、マニラをへて、ようやく八月四日夜、長崎へ辿《たど》り着いたのだ。

艦長のカッテンディーケはいくぶん興奮していた。

午後九時という深更の時刻もかまわずに入港し、空砲まで二発も発射させた。

本人自身がこの日のことを日記の中で次のように書いている。

「それまで外国船が夜中に湾内に来て投錨《とうびょう》するというようなことはなかった。しかるに私がこれを敢えてしたのは、つまりは夜中は何事も起らないと安心しきった気持でいるお人好しの日本人の夢を、多少とも醒《さ》まさせようとの考えからであった。見る見るうちに周囲の山の上に一面に火が点けられたが、それは実に見惚れるばかりの美しい光景であった」

この船長はあまりに長い航海の末、ようやく目的地に達して、よほどうれしかったのだろう。

翌八月五日、カッテンディーケを団長とする新来の教師団三十七名は、ペルス・ライケン達旧教師団に迎えられて、出島のオランダ人居住区に上陸を果した。

製鉄所建設を命じられて来た機関士官のハー・ハルデス、軍医士官のポンペ・ファン・メーデルフォルト、看護長で活版術の技術者でもあるインデルマウンなど多彩な顔触れが揃っていた。

これら第二次教師団は、バタビヤの東洋艦隊で選抜された第一次とは違い、オランダ本国海軍で希望者を募り、それに応募して選ばれた軍人達だった。

第一次教師団にくらべ、一段と精選された人達だったといえるだろう。

この第二次教師団の到着を待ちかまえるようにして、八月から九月にかけて江戸から若々しい第三期の海軍伝習生達が長崎へ集ってきた。

この伝習生達は江戸の旗本や御家人の子弟ばかりだったが、今回はオランダ人教師の希望を入れ、十代から二十代の若者達だけを特に選んであった。

三十数名の若者達が三三五五、前後して長崎へ到着した。

三隻の商船が満載してきた製鉄所の建設機材は、ヤッパン号が到着して八日たった八月十二日、ようやく日本とオランダの話合いがまとまり、陸揚げが開始された。

ヤッパン号の長崎到着と共に、それまで停滞していた物事が、いっぺんで動きはじめた感がある。

長崎製鉄所は来日した機関将校ハー・ハルデスやカッテンディーケの現地調査の結果、間もなく長崎の稲佐《いなさ》郷飽《あく》ノ浦《うら》に場所を定めて、十月には建設工事が起工される運びとなった。

これで外国から買入れた艦船の修理、補繕などが可能となったわけである。

製鉄所の起工のひと月前、九月十四日に西御役所でオランダ人の新旧教師団の交替と事務引継ぎが完了した。

およそ二年に亘って日本人伝習生の教育にあたったペルス・ライケン達オランダ人教師は翌々日の九月十六日、バタビヤからやってきた三隻の商船の一つ、アンナ・デイグナ号に乗組んでオランダ本国へ帰国の途に着いた。

徳川幕府は日本海軍創設の功労者といってよいオランダ人教師団に対し、多大な金品を贈って感謝の意を表わした。

団長のペルス・ライケンには日本で支給していた給銀の五年分、一等士官には四年分、他には三年分、さらに水兵一同に二年分の特別手当を今後も支給することにしたのである。

その上、ペルス・ライケンには時服二十、白銀十五枚、短刀一振などの餞別《せんべつ》を与え、他の士官、下士官達にもそれぞれ身分に応じた贈り物をした。

教師団を乗せたアンナ・デイグナ号の長崎出航に際しては長崎港内に碇泊《ていはく》していたオランダ船すべてが礼砲を撃ち、海軍伝習生の多くが小舟に分乗して港口まで見送りに漕《こ》ぎ出した。

ヤッパン号は新教師団の運転で伊王島の外海まで航行し、そこで九発の礼砲と万歳三唱をもって、旧教師団を見送った。ヤッパン号に同乗した学生長の勝麟太郎、伊沢謹吾らは商船の姿が視界から消えるまで頭上に白布を振りかざし、教師らの名を叫んで別れを惜しんだ。

ペルス・ライケンたち教師団も商船の甲板から一人も去らず、生徒達の名前を呼びつづけた。

三

ヤッパン号は間もなく日本側の意向によって咸臨丸と名を改めた。

この名は中国の四書五経のうち易経に出てくる「咸臨貞吉」の文字から拾ったもので、咸臨とは君臣相親しみ、情誼《じょうぎ》の広く厚いことを意味していた。

咸臨丸はオランダのカンテルク市で建造された木造のコルベット（一段砲装の三等艦）で、今は江戸に廻航された観光丸と船体はさして変らないが、ひとつだけ大きな違いがあった。

観光丸が船腹両脇に外車輪をつけた外輪船であったのにくらべ、咸臨丸は船尾の水面下にスクリュー・プロペラをつけた新型艦であったことだ。

プロペラとは推進装置のことである。

外車輪もその点ではプロペラの一種ではあるが、スクリュー・プロペラとは基本原理が違っていた。

スクリュー・プロペラとは螺旋《らせん》推進器と呼ばれたように水面下に装着したねじ式の船舶

推進器のことである。

観光丸のような外車輪船は、このスクリュー・プロペラの発明によって世界の蒸気船からしだいに姿を消してゆきつつあった。

外車輪は水車小屋の水車から発明された推進器械である。船の左右舷側《げんそく》に取りつけるので、船内のスペースを取らないことや、船の進退の操縦がかなり自在であるという美点があった。

しかし欠点も大きかった。外車輪船に貨物や燃料を満載すると、外車輪は深く水中に没してしまう。その逆に船を軽くすると外車輪は海面上に露出する。

車輪の水中の位置が一定しないので、推進の速度も安定せず、せいぜい十五ノット以上にはスピードが出なかった。

軍艦に関しても欠点があった。左右両舷側に取りつけた外車輪は大きすぎて、海上戦闘のさい敵艦の恰好《かっこう》な砲撃目標となるのである。推進器械は船の足なので、足を砲撃破壊されては船は動けない。

それら外車輪の欠点は船尾の水面下に装備されるスクリュー・プロペラによって克服されることになった。

水車小屋の水車とは全く異る捻子《ねじ》の原理を応用した推進器がスクリューであり、それを回転させる新しいエンジンであった。

スクリュー・プロペラとエンジンの開発によって、全世界の蒸気船は今では外車輪船の域を脱しつつあった。

咸臨丸はその意味で新しい軍艦だったのである。

カッテンディーケを団長とする新教師団三十七名は、その咸臨丸をオランダからはるばる百五十日間を費して、日本の長崎まで運航してきた。

団長のカッテンディーケは旧団長のペルス・ライケンとは異り、運用科出身の海軍士官である。ペルス・ライケンは航海科出身の士官だった。

運用科は航海科にくらべて水兵の軍規や風紀などに厳格であり、経験を尊び、老練さを重視する。科学技術や理論よりも艦内の規律、船員の心得などを徹底的に教育するのに適していた。

カッテンディーケもペルス・ライケンと同様にオランダの海軍大臣に昇進した人物で、これほどの人材を相次いで日本に送ってきたオランダの好意は、並々のものではなかったといえる。

カッテンディーケはペルス・ライケンの場合とは違い、本国で充分に準備する余裕があったので、幅広い人材を引連れてくることができた。

なかでも機関士官のハー・ハルデスは日本で製鉄所を建設することを聞き、自発的に参加を申し出てきた人材で、四十一歳になる熟練した技能者だった。

長崎製鉄所の建設はこのハルデスの尽力によって成功することができたといっていい。

軍医士官として同行してきたポンペ・ファン・メーデルフォルトについては言うまでもないだろう。

南オランダのフランドル地方の出身でユトレヒトの陸軍軍医学校を卒業し、オランダ領東インド、スマトラ、モルッカ、ニューギニアなどオランダ領の植民地の病院を転々としたあと、日本へやってきた。海軍伝習所で西洋医学の伝習に従事し、やがて長崎で医学校と附属病院を開設し、日本全国にその名を知られた。

もう一人、特筆すべき変り種は看護長のインデルマウンである。

生家の家業が活版屋であったこの人物は、本来の看護術のかたわら活版技術を日本人へ教えることになり、海軍伝習所のなかに活字版摺立所を創立させ、日本の活版印刷事業の育ての親となった。本木昌造や平野富二などの活版業者は、オランダ人の看護長の指導で活版印刷を習ったのである。

他にも陸軍騎兵の出身者で馬術に長けた算術教師のセンテユールや羊毛梳《す》きの職人であった水兵のドウウェスなど多士済々といってよい人材が、新教師団の中にいた。

この頃、江戸では築地講武所内で軍艦操練所が開始されている。

長崎の海軍伝習第一期生を江戸へ呼び戻して、後輩の教育に当らせようと幕府が意図した新学校であった。

はじめ軍艦教授所と命名されたが、すぐに操練所と名を改めた。

旗本、御家人の子弟のうち好学心のある有志を募って自由に入学させた。

軍艦操練所の総督に就任したのは永井玄蕃頭尚志である。教授方頭取となったのは矢田堀景蔵で、共に長崎海軍伝習所の総督であり学生長だった。

オランダ人から見ればおそろしく気の早い、かつ危っかしい学校設立であったろうが、とにもかくにも長崎と江戸の双方で日本の海軍教育が実施されることになったのである。

四

江戸の軍艦操練所は築地鉄砲洲にある講武所の中に設けられた。

鉄砲洲は江戸湾の船着場として知られたところだが、ここには千石船を横づけできるような岸壁はなく、諸国から江戸へ集る廻船はやや沖合の佃島《つくだじま》、石川島のあたりに犇《ひしめ》き合って錨をおろしていた。

永井尚志や矢田堀景蔵が長崎から二十三日間の航海の末、ようやく回航してきた蒸気船観光丸は、廻船の群れから離れた品川沖に錨をおろしていた。

多くの見物客の眼にさらされている。

ペリーの浦賀沖来航以来、蒸気船はもうさほど珍しくはなかったとはいえ、江戸湾に姿を見せた船は少く、舷側に外車輪を備えた観光丸は、物見高い江戸の男女にとっては恰好の好奇心の対象となった。

教授方水夫として艦内寝泊りを命じられている一等水夫長の辰之助や三等水夫長の文七は、観光丸のまわりに集ってくる小舟の群れを見て、はじめは得意だった。

文七などは檣上訓練の落第生のくせに一番低いロアヤードなどへ昇って立って見せ、見物客に胸を張ったりした。

他の水夫達も同じような真似をして威張っていたが、やがて倦《あ》きてしまった。

見物客のほうも錨をおろしたまま一向に動きそうもない観光丸にあいそをつかしたのか、めったにやってこなくなった。

「いつになったら伝習稽古《けいこ》がはじまるのか。このままでは退屈でやりきれぬわ」

「稽古がはじまるまでは艦内当番を申し渡されておる。稽古になったら上陸させるという話じゃ。やれんのう」

と水夫達はぼやきはじめた。同じ思いは艦内当番役の武士達にもあった。

「築地の講武所といえば、もともと武術振興のために開設された学校じゃ。槍術、剣術、柔術などを統合して、武道を振興し、外圧に対抗させる目的で設けられたと聞く。すればオランダでいう陸軍の学校ではないか。陸軍の学校の中にわれら海軍の学校を設けるというのが、そもそもおかしい。幕府のお偉い連中にはそのへんが、判っておらぬのではないか」

と不平を言いだす者達もいた。

それはまんざら当っていないこともなかった。

そもそも講武所設立の構想はペリー来航の翌年の嘉永七年に老中首座の阿部正弘が立てたものである。

この老中は頭脳が柔軟で、国家の未曾有《みぞう》の危機をよく認識し、配下の意見をよく汲《く》み入れて、当時としては思い切った対策を講じようとした。

講武所については、次のように申し出る幕臣の意見を入れたのである。

「そもそも幕府は文武兼備の人材の育成をめざし、文学とともに武術を奨励して参りました。文学に関しては去る寛政年間に昌平坂学問所を設け、手厚く漢学の興隆を保護しております。しかるに肝心の武術は如何《いかん》。剣術といい槍術といい、さらに柔術、砲術に至るまで、いずれも各派各流の師範のもとで、てんでばらばらに学ばせるのみでござる。このさい幕府自らが武術学校を起し、幕府直営の講武所を創立すべきでござりましょう」

いわれてみればその通りなので阿部正弘はさっそく閣議にはかり、学校の用地選定などに手間取ったあげく、安政三年三月になって鉄砲洲築地に講武所を創設した。ここは御府内からやや遠いので他に筋違橋《すじかいばし》御門外の空地、四谷御門外の空地、さらに神田橋御門外、一橋御門外など五カ所に講武場を設けることにした。

これらがのちに幕府の陸軍の基礎となるのである。

この構想と同時に着手されたのが長崎の海軍伝習所の開設であり、こちらは着々と進んで安政二年末には早くも開校に漕ぎつけた。

オランダ人を教官として一年四カ月の勉学をさせた末、その第一期生を早くも江戸へ呼び戻し、軍艦操練所を築地講武所の中へ創立し、海陸双方の学校設立を果すことにしたのである。

いささか性急にすぎる話だったが、幕府としてはそれなりに当初の構想を実現させたといってよく、当時の幕閣も、後世にいわれるほど無能ではなかった。

さて、築地の講武所に設けられた軍艦操練所だが、観光丸が江戸湾へ到着しておよそふた月後の安政四年六月八日、幕府はようやく「御軍艦操練稽古規則」を設け、七月十九日から海軍伝習を開始した。

稽古課目は次の通りである。

一　測量並びに算術
一　造船
一　蒸気機関
一　船具運用
一　帆前調練

一　海上砲術
一　大小砲船打調練
入学してくる学生に関しては広く旗本、御家人の子弟から希望者を募集し、諸大名の家来についても、主家を通じて入門を許した。

海軍という目新しいものが人々の興味をひき、蒸気船への多大な関心もあって、若い武士達がぞくぞくと入学を申し出てきた。

この学校の総督は長崎の伝習所総督の永井玄蕃頭尚志であり、教授方の頭取は伝習所学生長の矢田堀景蔵がつとめることになった。

教授方は八人であり、その中にはペルス・ライケンの折紙つきの秀才の小野友五郎がいた。異色の人材は漂流してアメリカの捕鯨船に乗組み、ジョン万次郎として知られた中浜万次郎である。英語や航海術の専門家として教授方に加わっていた。

教授方手伝いが八人、いずれも長崎の伝習所で修業した一期生であった。

僅か一年数カ月ていど、長崎でオランダ人教官の指導を受けた学生達が、こんどは教官として、人材の育成にあたるのである。無茶といえば無茶な話であったが、ともかく江戸の海軍学校は発足した。

辰之助や文七なども水夫の教授方として、品川沖に浮ぶ観光丸と陸上の講武所との間を往復し、忙しい日々を送ることになった。

五

長崎の海軍伝習所ではカッテンディーケをはじめとする新教師団による猛訓練がはじまっていた。

練習艦はもちろんオランダからはるばるとやってきたヤッパン号、今は日本名の咸臨丸である。

但し新教師団はかるがるしく咸臨丸を運航することを許さなかった。

安政四年八月から翌安政五年はじめの冬の季節まで、咸臨丸は長崎港内に碇泊したまま、錨を上げることがなかった。

新教師団長のカッテンディーケは第一期の残留組、第二期伝習生、江戸からやってきた第三期伝習生達の日常を観察し、航海訓練を施すには早過ぎると判断した。

まず座学、とくにオランダ語の教育を徹底させねばならないと思った。

言葉が通じなくては何事もはじまらないではないか。

日本人学生にオランダ語を覚えさせるのも大切だが、何よりも地役人の通詞を養成するのが先決である。そのため若い稽古通詞三十人を選抜して伝習所内に一学級を設け、通訳の養成をはじめた。

この学級の教官には普通学及び乗馬術教師のセンテユールを当てた。

第一次教師団の中で只ひとり留任し、一階級昇進して船匠長となったヘルフインにも、この学級の補助教官を命じた。

座学の中心となったのは、やはり日本人の勉学熱意を汲んで蒸気機関の講義である。

第一次教師団の機関術講義が機関方のドールニックス一人であったのにくらべ、今回の教師団には機関士官のハルデス、機械方のファン・アーケンとスコイト、さらに汽罐《きかん》方のアンドリーセンの四人の専門家が揃っていた。

日本人伝習生はこの四人の教師によって新型のスクリュー・プロペラとそれを回転させるエンジンの構造を学ぶことになった。

カッテンディーケは日本人学生の興味関心が、座学の一部に偏っていることを知り、全生徒の乗艦訓練を重視した。

士官、下士官、水夫を問わず碇泊中の咸臨丸に乗船させ、檣上訓練、甲板清掃、雑役業務などを徹底させたのである。

「何でわれらがかような真似をせねばならんのじゃ」

「水夫にやらせればよいではないか。そのために傭《やと》った水夫であろうが」

伝習生達は口々に文句をいい、なかには甲板作業を拒否する者もいたが、カッテンディーケは容赦しなかった。

あくまで拒否する者は第二代伝習所総督として赴任してきた木村喜毅に対し、

「あの男は海軍士官として不適格である。退学を命じてほしい」

と強硬に主張した。

そんな者は総じて大身の旗本の子弟であったりする。

困っている木村総督とカッテンディーケの間に立ち、互いをなだめる仲介の役を演じたのが勝麟太郎である。

勝麟太郎は測量や数学、航海術などの教科では学生長の中でも劣ったが、人心収攬、社交性などに長け、おまけにオランダ語だけは達者だった。

そのためカッテンディーケ、木村喜毅の双方に信頼され、本領を発揮した。

カッテンディーケのなだめ役としては、勝麟太郎ほどの適役はいなかった。

ケは前任者のペルス・ライケンとは肌合いの違う軍人だった。

ペルス・ライケンがオランダ海軍航海科の出身将校だったのにくらべ、カッテンディーケは運用科出身である。

天測、測量などの技術を重視するペルス・ライケンにくらべ、運用科出身将校のカッテンディーケは、艦内規律や操帆訓練などの体験、熟練の度合を重く見る習慣があった。

「理屈を言うより実行せよ」

「叱《しか》って従わぬ者は撲り倒して教え込め」

というやや乱暴な実践家である。

しかもオランダ本国から直行して日本にやってきたので、東洋人に対する理解もペルス・ライケンにくらべて少かった。

そのため伝習生達としばしば悶着《もんちゃく》を起したが、そのたびに勝が仲介役として働いた。カッテンディーケはのちにオランダ海軍を退役して政治家となり、海軍大臣、外務大臣をつとめた男である。

明治新政府の海軍卿となった勝麟太郎とは、どこか似通ったところもあったのだろう。この二人は急速に打ちとけて仲好くなった。

勝が訓練中にカッテンディーケを見ていて感心したのは、その厳格さである。オランダ人と日本人の区別なく、おそろしく厳格に訓練させる。

のちのことだが、カッテンディーケは素行不良と見たオランダ人教官を二人も罷免して本国へ強制送還させた。

さらに操帆訓練中、ヤードから転落して重傷を負い、本国へ帰っていったオランダ人水夫もいる。

厳格なかわりに、この海軍将校は日本人の身分や階級差別を無視して、水夫達にはやさしかった。

「日本人水兵は穏やかで気がきき、しかも頭がよく、本当によく働く」

と大いに賞讃し、もっと好遇せよなどと勝や木村に忠告したりして、身分差別の意識の抜けぬ二人を戸惑わせた。

新任オランダ人教官の団長は水夫達にとっては、頼もしい味方といえた。

六

辰之助や文七が江戸へ去ったあと、一等水夫長、二等水夫長にそれぞれ任命された鶴松と仙三郎は、新教師団の来日とともに俄然忙しくなった。江戸へ行ってしまった水夫の欠員補充のため新たに採用された水夫達が伝習所入りしてきたからである。

第二期までが塩飽諸島や浦賀、江戸など遠方の者が多かったのにくらべ、今回の第三期は地元長崎近辺から選ばれた若い廻船乗りや漁師上りが目立っていた。塩飽諸島の水夫達はオランダ人達から何となく敬遠され、年々採用者が少くなっている。それでも鶴松や仙三郎のように伝習所に居残ったり、江戸へ回された者などを合計すると、その数はいちばん多かった。

鶴松と仙三郎はオランダ人教官の助手として新規採用水夫の指導に当らされた。水夫の訓練はまだいい。問題はカッテンディーケの厳命で檣上訓練や甲板作業をやらされる武士達への扱いだった。

オランダ人水夫の教官には日本人の身分階級の差別がわからない。

檣上作業も甲板作業も武士に関しては、残留組の武士が指導にあたることにしていたが、残留組とはいえ、第一期の伝習生はこれらの作業を嫌って、ろくに訓練をしていない者が多かった。

そのためオランダ人教官が、鶴松や仙三郎を武士達の指導に当らせようとする。

本来なら、まともに口をきくこともかなわぬ間柄である。

鶴松も仙三郎も、他の水夫達も武士には遠慮して腰がひける。

とくに檣上訓練を受け持つ鶴松は仕事が辛かった。

「おーい、慌てるな、ゆっくり登れ」

「そうれ。もうひと息じゃ、早くこいっ」

などと縄梯子《ばしご》の上段から下の武士を見おろして、声をかけるのがためらわれる。

そのていどならまだいい。帆桁《ほげた》から手摺り綱をつかんで、帆桁の下に張り渡された足場綱へ乗り移るときなど、ぶわんと綱が揺れて武士とはいえど、

「うわっ」「ひえっ」

などと悲鳴をあげる。もっとも危険な瞬間だ。

そんなときに遠慮はしておれない。

「下を見るな！　声を出すな、歯を喰いしばれっ」

と大声で叫ばざるを得ない。

失敗すれば落下して大怪我をしてしまうのである。

帆桁の上に立てば、もう武士も町人もない。士官も水夫もない。そんな身分差などは通用しない世界である。

さすがに武士の多くはそれを判ってくれるが、なかにはあとになって文句を言う者も、けっこういる。

夜の乗艦訓練の宿泊のさい、鶴松は昼間に訓練指導をした武士の一人に甲板へ呼び出された。

「おい、おぬし鶴松とか申すそうだな」

まだ二十二歳のその武士が鶴松をにらみつけていった。

「今日のおぬしの悪口雑言、聞き捨てならん。わしを直参旗本千二百石名取平蔵の三男平三郎と知っての上のことか」

「いえ、そんな……滅相もございませぬ。御無礼の段は承知しております。御気にさわりましたら、堪忍して下さいませ。この通りお詫び申します」

「黙れ！　詫びてすむと思うか」

「御役目の上の御無礼でございます」

「なにい」

と武士は鶴松の胸襟を右手でつかんで引寄せ、ぺっと唾《つば》を吐きかけ、

「詫びるなら、もっと丁重に詫びろ。まっとうにあやまれ」

「はい」

と鶴松は仕方なく甲板の上に土下座して額を床につけた。

そこへ長身の男が走り寄ってきたのである。

オランダ人教官で一等水兵のウエイカントだった。オランダ人は艦内宿泊はせず、出島の住宅へ帰るのだが、あとで聞くと、何か気がかりで一人艦内に居残っていたのだという。

ウエイカントは六尺豊かな大男だった。

先ほどから二人のやりとりを船具のかげで見ており、事情を察して駈けつけたらしい。

大声で武士を怒鳴りつけて右手で武士の胸を突き飛ばし、左手で土下座した鶴松の腕を取って立たせた。

たたらを踏んでよろめいた武士が、腰の脇差《わきざし》の柄へ手をかけたのを見て、とっさに鶴松がウエイカントの前に出て両手を広げた。

「やめて下さい」

と鶴松が大声で叫んだ。ウエイカントがもっと大声をあげた。

その声を聞きつけて、船具のかげでくつろいでいた水夫や伝習生達が駈け寄ってきた。

伝習生達が武士を取り囲んで口々になだめ、水夫達は水夫達で鶴松とウエイカントを守るように輪になった。

やがて当番艦長役の伊沢謹吾が姿を見せ、鶴松の話を聞くと、つかつかと武士達の輪の中へ入っていった。

伊沢謹吾はものもいわずに武士の顔面を平手打ちした。

ぴしっと頬が鳴る音がした。一度ではなく左右両手で平手打ちをくり返し、

「退艦せよ!」

と武士に命じた。

そしてウエイカントの前へ歩み寄ってきて、深く一礼した。

鶴松は甲板に佇立《ちょりつ》したまま茫然としていた。

いつまでこんなことがつづくのか。海軍伝習所に採用されて、はじめて泣きだしたいような気持になっていた。

七

「我々の業務がいったん規則的な歩みを始めると、時間は存外はやくたっていった。それにはおそらく出島の単調な今までの生活が大いにあずかって力があったと思われる。十二

月一日にその最後の便船がジャワに向って出帆した。われわれはこれでまた長い間、外界と消息を絶たれるのだということがはっきり判ると、痛々しい感じを受けずにはいられなかった。そうしてこれまでも、ヨーロッパからの便りが届くまで過さねばならぬ八カ月の間、私は幾度かなぜこんな任務を引受ける気になったのかと、自分自身を恨んだ」

　安政四年八月四日、ヤッパン号（咸臨丸）で日本へやってきたオランダ人の新教師団長、カッテンディーケの日記である。

　東洋の果ての島国に取り残された思いが、胸をしめつけていたに違いない。

　しかし、幕末開港以前に長崎の出島に滞在したオランダ商館員達にくらべれば、カッテンディーケらは信じられぬほど恵まれた立場だった。

　外出は自由だし馬の遠乗りだって長崎の十里四方へ出ることができた。

　日記によると日本の四季の変化には当惑したらしい。

　春夏秋冬の季節のめぐりは日本人にとっては自慢の風物だが、本国からはるばる海を渡ってやってきたオランダ人には、

「気持ちのわるい時候、気流の激変、天候不順」

としか映らなかった。

　あいにく同行した教師団のうち二人の水兵が十二月に病気で死亡したりしたので、軍医のポンペ・ファン・メーデルフォルトですら、

「これは気温が激変する日本の気候のせいではないか」

と疑った。むしろ本国から日本への百五十日間に亘る長い航海の疲労のせいだろうが、そうは思わなかったのである。

しかしカッテンディーケもポンペも日がたつと共に日本の四季折々の風物の移り変りの美しさに眼ざめてくる。

「私は後に馬でだんだん遠くまで乗り出せるようになって以来、四囲の情勢が変りさえすれば、こんな美しい国で一生を終りたいと、何度思ったことか。これらの地に住む人々こそ、地球上最大の幸福者であるとさえ思われた」

がらりと別人のように変ってしまうのだ。

ようやく日本の風土に馴れてきたのだろうが、それにしても大変りといえよう。

はじめて東洋の土を踏んだカッテンディーケには驚いたり、当惑したり、あるいは怒ったりすることが多かった。

前任のペルス・ライケン団長にくらべて多感というか、やや感情家のこの団長は日本政府にさまざまなことを進言しては退けられ、苛立《いらだ》ったり怒ったりしては疲れ果ててしまうのだった。

この団長の提案に対する唯一の日本政府の回答は、本人にいわせれば、

「いつまでたっても破られない沈黙」

だったらしい。日本人が問題の軽重をわきまえず、非常に大切な問題をいともあっさり扱い、反対に何でもないことにだらだらと数カ月も時間を費す態度を見て、地団太踏むこともあったらしい。

こういう性急な性格のオランダ人を、じつにあざやかな手際であしらったのが伝習所学生長の勝麟太郎だった。

ある日、勝はカッテンディーケと雑談しながら、ひょいと言った。

「はじめて蒸気船で日本へやってきたアメリカのペリー提督の印象は忘れられませんな」

といったのである。

「ほう、君はアメリカ人のあの有名な提督に会ったことがあるのかね」

その問いには、あるともないとも勝はこたえず、

「まあ彼は悪い人間ではなかった。善い人間ではあったが、大そういらいらした、そして不作法な妙な男でしたよ」

どうやら勝はペリーに仮託して、自分のことを言っているらしいとカッテンディーケは察した。

のちにオランダで政治家となり外務大臣にもなった男である。勝が自分に忠告しているのだと察し、

「お互い将来出世しても、そんな提督にはならないようにしよう」

といって右手を差しのべ、勝はその手をつよく握り返して笑った。

この二人は妙にウマがあったのである。

カッテンディーケは理論家というより実務家だった。第一期の残留組、第二期、第三期の学生達の学力を見て座学の伝習はそれなりに評価したものの、乗艦訓練の不徹底には大いに不満を抱いた。

全学生に乗艦訓練を強要した。

檣上作業もやらせれば、甲板掃除もやらせる。特に将来の士官候補である旗本出身の学生達には航海学のあらゆる教育を徹底させようとして、容赦しなかった。

「拙者は運転技術の習得に参った者で操帆技術などは学ぶつもりはない」

という旗本もいれば、

「拙者は海上砲術と造船術を学ぶために長崎へ参った。馬術なら多少の興味はあるが船の運転には全く関心がない」

などと平気で主張する旗本もいた。

「そんなことならわざわざここへくる必要はない。すぐ退学しなさい」

とカッテンディーケは言い、それを伝習所総督の木村喜毅に報告し、生徒の退学処分を要求する。困った木村は学生長の勝麟太郎に相談し、勝が教師団長と生徒の双方をなだめて、何とか丸くおさめるというのが、日常の習慣のようになってしまった。

カッテンディーケがその日記の中で日本政府と長崎のために心配していたのは、長崎港の防衛の手薄なことである。それだけではなく日本人全般に祖国防衛の意識が全く行き亘っていないことに呆れていた。

「一旦緩急の場合には、祖国防衛のために力をあわせなければならぬという義務は、他国少くともヨーロッパでは、いや洋の東西を問わず、到る所の国々の臣民に課せられるところであるが、どうも日本人には、その義務の観念が薄いようである」

と述べたあと、カッテンディーケは長崎の一商人と歓談し、この件について疑問を投げかけ、その商人の応答にびっくり仰天したことを日記に書いている。

「何のあなた、そんなことは私ら商人の知ったことではございまっせん。それは幕府がやることでございます。私らには関係なか」

聞いてカッテンディーケは次のように日記に書く。

「そんな具合だから、もし艦長が一名の士官と四十五名の陸戦隊を率いて上陸すれば、おそらく一発の砲弾を放つことなくして、幕府の役所をはじめ海岸に面した町々は苦労なしに占領することができるであろうが、そうした場合にも、市民は或いはその陸戦隊の上陸を、知らぬ顔で見て過ごし、幕府を窮地に陥れるかもしれない。これはもちろん、幕府に加え得る最大の侮辱である。敢えて奥地へ深く攻め入る必要はなかろう」

日々、階級意識の抜けぬ伝習生達と接し、ときにはおそろしく呑気な町人達とも接し、日本という奇妙な東洋の島国の風俗習慣におどろきながら、カッテンディーケも少しずつ馴れてゆく。

安政四年秋から翌年冬の季節まで長崎の沖合に碇泊させ、一度も出航させなかった咸臨丸を、カッテンディーケは、ようやく航海訓練に使用する決心をした。

第一期伝習生の航海訓練が長崎から五島まで僅か百キロメートルの海域に限定されていたことを聞き、カッテンディーケは木村総督を介して幕府に強く抗議をした。

「僅か百キロ海域の往復では庭の池を泳ぐ魚と変りがない。航海は天候の変化と波浪の高低を知り、風波と戦ってはじめて覚える技術である。せめて九州の近海一円を練習海域としてもらいたい」

長崎奉行所は幕府と相談し、やむなしとして、新教師団長の要求を容れた。

八

「出航はじめ、エンジン始動」

「エンジン始動！」

「エンジン始動！」

艦橋から甲板へ、甲板から船内、そして船底へと、乗組員たちの声が伝達されてゆく。

船の中央の低くて目立たぬ煙突から黒い煙が吐き出され、同時にスチームパイプの汽笛が高く鳴りひびいた。

船尾下のスクリューの回転で船体が振動し、六百二十五トンの蒸気帆船咸臨丸はゆっくりと前進しはじめた。

安政五年二月十六日の早朝である。

長崎へ到着して以来、およそ半年間も錨をおろしていた軍艦がようやく動きだしたのだ。

乗組員は大目付格伝習所総督の木村喜毅、艦長役は学生長の勝麟太郎、さらに伊沢謹吾をはじめ伝習生十六名、水夫五十名である。もちろんオランダ人教師団も選抜されて同乗していた。

咸臨丸は黒い煙を棚引かせながら長崎港の細長い水路を微速前進し、左舷前方に伊王島を眺めながら港口の島々の間を通過して、いよいよ外海へ乗り出した。

目的地は百キロメートルの西方海上に浮ぶ五島列島である。この海域は観光丸もしばしば航海練習で往復したところだった。

外海へ出て間もなく、

「エンジン停止、帆走用意！」

の号令が艦内にひびき渡った。

士官候補生を交えた水夫達が三本の帆柱のまわりに駈け集り、

「ようし、登れ」

の合図と共にいっせいに縄梯子に取りついて登檣をはじめた。

号令をかけているのは水夫長であり、命令に従って登ってゆくのは武士達である。

陸上では考えられない奇妙な景色といえた。

武士を交えた水夫達はロアヤード、トップスルヤード、ロイヤルヤードとそれぞれ持場の帆桁に待機して、次の号令を待った。

エンジンが停止したのを確認し、

「帆走開始！」

と艦長役が艦橋から叫ぶ。

「帆を展《ひら》け！」

と水夫長が下から大声で手ぶりと共に怒鳴り、檣上で待機していた男達が畳まれていた帆綱を解いて、展帆をはじめた。次々とひらかれた真っ白な帆が潮風を一杯にはらんではためきはじめる。

紺一色の洋上にとつぜん一羽の白鳥が舞いおりたようだった。

華やかな白鳥と化した咸臨丸は順風をはらんで鋭い舳先《へさき》で白波を左右へ切り裂き、ゆったりと上下動しながら北西をめざして走りはじめた。

五島列島は大小百四十一の島々から成る。そのうち人の常住する島は三十三である。

この列島は島々をまとめて領主の五島氏が支配し、百四十一の島を一藩として五島藩と称している珍しい土地柄だった。

五島氏の居城の石田城は福江にある。

咸臨丸は帆走をつづけて福江港の北東に浮ぶ椛島へ到着した。

もう夜になっていた。

翌朝、カッテンディーケが、指呼の間に見える五島藩の福江港に赴くことを提案したが、伝習所総督の木村喜毅が反対した。

「福江に到る航路は遠浅の浅瀬のため咸臨丸が座礁するおそれがある。観光丸もそのため一度も訪れてはおりません」

「しかし、せっかくここまで来たのです。五島藩の殿さまの港町を見てみましょう」

「だめです。危険です」

と木村喜毅はうんといわなかった。

福江港が浅瀬であるのは本当だが、咸臨丸が座礁してしまうほどではない。

木村が入港を避けたい理由はほかにあった。五島藩は海防のためと称して去る嘉永二年から新城の築城をはじめている。許可した幕府も幕府だが、この時代あらたに築城を思い立ち、築城工事は延々とつづいて今に至っても完成していない。

石田城という名のその城はようやく文久三年に完成するのだが、今どき築城に精出しているような藩ならば、攘夷《じょうい》一辺倒の排外思想も濃厚に違いない。

もし福江に入港すれば、オランダ人教師団は上陸したいと言い出すだろう。外国人を見たこともない五島藩の武士達がオランダ人とアメリカ人、イギリス人の区別もつかず、襲撃してくることがないとはいえない。いや、大いにありうるだろう。

木村喜毅はそれを恐れたのである。

カッテンディーケは不満そうだったが、やむなく承知し、椛島近辺にカッターをおろして漕ぎ回り、水深をはかり、島の見取り図を作成することで満足した。

木村喜毅は練習航海を楽しみにしてきたオランダ人教官達を失望させ、気の毒に思ったのだろう。

「どうです、対馬へ回ってみませぬか」

とカッテンディーケに思いがけぬ提案をした。

「ツシマ?」

カッテンディーケは三年前に発行されたフォン・シーボルト編の日本地図をオランダから携えてきていた。かなり杜撰《ずさん》なものらしいことは、現在滞在している椛島が五島列島のどこにも記載されていないことでもわかる。

その地図を拡げて木村喜毅に見せると、木村はためらわず北の細長い島を指差した。

「ここです。ツシマは五島藩と同じく一島が一藩として認められ、大名の宗《そう》家が領主として島内を支配しています。しかし五島藩と違い日本の対朝鮮貿易を幕府にゆだねられ、将軍の代替りには朝鮮通信使を日本に迎えて江戸まで連行するなどの外交の仕事に長らく携わってきた土地柄です。咸臨丸が訪問しても、たぶん喜んで迎えてくれるでしょう」

と木村は保証した。じっさい外交上手の対馬藩なら、入港上陸してもさして問題はあるまいと思ったのである。

カッテンディーケはじめオランダ人教師団は大いに喜んだ。日本人伝習生も遠距離の航海練習ができると知って喜び合った。

咸臨丸は早々に抜錨して五島列島を離れ、まっしぐらに北上しはじめた。

北上するさいできるだけ島寄りに岸辺伝いに航行するように命じたのは、艦長役の勝麟太郎だった。

操舵《そうだ》室に航海士官のウイツヘルズがやってきて、

「どうしたんだ。沿岸航行は危険じゃないか」と注意すると、勝は陸上を指差してみせた。

島中の住人が集ったと思われるほど多くの男女が沿岸に切れ目なく並び、驚愕した顔で咸臨丸を喰い入るようにみつめている。

「あの島民達は蒸気船を見るのはたぶんはじめてでしょう。こうやって幕府の威光を見せつけておくのも悪くはない。そう思いませんか」

と勝が笑っていったのでウイツヘルズも苦笑しながら納得した。

しかし船が五島列島を離れ、対馬海峡へさしかかると海の色が黒ずみ、強い潮流に押し流されて帆走はむつかしくなった。

対馬暖流である。日本で黒潮と呼ばれるこの暖流はフィリッピン諸島のあたりから台湾、沖縄を通過して東シナ海を北上し、日本へやってくる。

日本の奄美《あまみ》大島に達して大きく二つに分かれ、一つは日本列島の太平洋岸を熊野灘、遠州灘と北上してゆき、三陸沖あたりで迂回《うかい》して日本を去る。他の一つは九州の西海岸をへて玄界灘の壱岐と対馬の間を通り、山陰沖から日本海へと向う。

五島と対馬との間では黒潮は海峡を東側へ流れていた。

そのため帆走はできず、蒸気機関とスクリュー・プロペラによって突破することにした。

「エンジン点火！」

の号令と共に水夫も武士も船底に集り、蒸気釜に石炭をくべる作業に専念した。檣上作業をいやがる武士達が、もっとも辛い釜焚《かまたき》作業をすすんでやるのが、オランダ人達にはふしぎだった。

釜焚専任の水夫達を押しのけ、石炭の粉塵《ふんじん》にまみれながら、熱心に働く。

「そういえば先任の教師達がいっていた。日本人学生は蒸気機関がよほど好きなんだ。航海にはさして関心を寄せぬ者でも蒸気機関となると眼の色を変えて働くとね。全くその通りだ」

とオランダ人士官の一人が言い、教師達は笑ってうなずきながら、船底の釜焚作業を見物していた。

ほぼ一昼夜、二十四時間に亘ってエンジンは回転をつづけ、一刻も休むことはなかった。

咸臨丸が対馬の南端にある府中の港外へ辿り着いたのは夜明け方だった。

山々が多く、全島が山岳に蔽《おお》われた島らしいことは、薄明りのなかでもわかった。

咸臨丸が船足を落して静かに府中の港内へ入りはじめたとき、南東の突風が吹きはじめ、とつぜん大雨が降り出した。

まるで鉄砲の一斉射撃を連想させる大粒の激しい雨足は南洋のスコールのようだった。

海は篠《しの》つく大雨をあびて、まるで沸くような光景を呈した。

九

降りしきる大雨の中を咸臨丸が対馬の府中へ入港したとき、それまで港内に点在していた小舟の群れが一艘《そう》も見えなくなっていた。

とつぜんあらわれた異形の船に仰天して、姿を消してしまったらしい。

カッテンディーケはじめオランダ人達は雨に濡れるのもかまわず甲板へ出て、島の珍しい景色を眺めた。

「私は船をできるかぎり港内深く入れ、錨を二挺《ちょう》おろさせた。この港から眺めた町の光景は満更でもない。町は奇妙な形をした嶮《けわ》しい山の中腹に位置している。それゆえ遠くから眺めると、ちょうど玩具の時計や風車や、競技場や噴水などを列べた子供の遊び道具を飾ったような、また油絵でも見るような気がする」

カッテンディーケが府中の城下町を眺めた第一印象が、このように書かれている。

府中は現在の厳原《いづはら》である。対馬藩十万石宗家の城下町だった。十万石といってもそれは家格のことであって、実際の米穀の収入は二万石にみたない。

対朝鮮貿易を独占することで長く命脈を保っている独立大名なのだ。

翌日、雨がようやくあがったのでカッテンディーケはじめオランダ人教官、日本人学生が連れ立って海岸に上陸した。

全く人の姿が見えない。

「おかしいな。出迎えの人数が顔を見せてもよいはずだが」

とみんな首をかしげながら海岸から城下町への道を歩くと、木戸があって、その門がかたく閉じられていた。

学生長の伊沢謹吾が進み出て木戸を叩き、身分姓名を声高く名乗ったが、木戸の反対側はしーんと静まり返って、誰も返答する者がない。

そのとき同行の学生の一人で機関方の榎本釜次郎が、みんなの注意を促した。

「キナ臭いにおいがする。火薬じゃ。どこかで火縄銃がこちらを狙っておるぞ」

そういえばそんな臭いがすると、一同慌てて周囲を見回したが、やはり人の姿は見当らなかった。

「これはいかん。一旦、船へ引揚げて再度の使者を送り、返答を待とう。上陸はそのあとにする」

と伊沢謹吾が一同を促し、咸臨丸へ引返した。

さっそく同乗していた伝習所総督の木村喜毅に伊沢謹吾が事情を告げた。

「海岸には人っ子一人見えず、城下は静まり返って不気味な気配です。昨日、藩主へ差し出した使者の返答は参りましたか」

木村喜毅は入港早々、金石城の対馬藩主に使いを走らせ、全員の上陸許可を乞い、できれば伝習所総督として藩主と面談したい旨を申し出ていた。

「いや、一向に返答がない。そのような不穏な気配なら、しばらく上陸は見合わせよう」

と木村喜毅は心外そうにいった。朝鮮貿易で対外交渉に馴れた藩であれば、もっと気楽に咸臨丸を迎えてくれると信じていたのだ。

夕刻になって対馬藩の藩旗を舳先に立てた一艘の小舟が咸臨丸へやってきた。

家老と名乗る妙に若々しい男が乗艦してきて、木村喜毅に面会し、

「藩主は只今病気療養中のため御面談は致しかねます。御先触れもなく突然の御来島は当

方と致しましては迷惑でござる」

と、にべもない口調で告げた。

それだけいうと対馬藩の使者は早々に席を立ち、逃げるように帰っていった。

世論はいまや攘夷、開港の二派に分かれ、武家の間では攘夷が華々しく喧伝《けんでん》されている。外国人を夷狄《いてき》として憎む武士は増える一方なのである。

「この島もそうか」

と木村喜毅は心外な気がした。

しかしオランダ人教師達にはあからさまには告げられない。

先方の事情で上陸許可が出ない旨を述べた。

「仕方がない。せっかく来たのです。島の周囲を見物し、地図の誤りを訂正しましょう。府中港の水深を測量して帰りましょう」

とカッテンディーケは言い、翌朝、咸臨丸が抜錨する前に甲板からカッター一隻を海上へおろした。

乗船したのは一等士官のファン・トローイエンと機関士官のハルデス。オールの漕ぎ手は日本人学生八名。指揮官として舳先に学生長の勝麟太郎、舵手として一等水夫長の鶴松が最後尾に乗っていた。

府中は東西を山に囲まれた細長い城下町である。ふた筋の川が町を貫いて海へと注ぎ、その川に沿って武家屋敷や町家が建ち並んでいる。

上陸を許されなかった不満は日本人の学生達にもある。オランダ人教官二人が測量をするのにまかせながら港内を心ゆくまで漕ぎ回った。

そのうち町の中心から南へくだった久田川の河口にやってきた。

この河口をさかのぼれば藩船の船着場である御船江《おふなえ》に達する。

オランダ人達は水路を上流へさかのぼることを求めた。みんな町を見物できず眼隠しされたような気分だったので、オランダ人の命令通りにオールを漕いで上流へカッターを漕ぎ進めた。

水路は船が進むにつれて狭くなってきた。

両岸に葭《あし》や葦《よし》が生い茂って風に揺れている。

舳先に立っていた指揮官の勝麟太郎は水路がますます狭《せば》まってくるのを見て、「まずいな」と思い、引返せと声をかけようとして、前方左岸の葭や葦のかげにひそむ人の姿に気づいた。

ぷーんと火縄の焦げる匂いがした。

「あっ」と勝麟太郎は棒立ちになった。

銃口が見えたのである。銃口は船内に立っているオランダ人に向けられていた。

「待てい！」

大声を発しながら勝麟太郎はひらりと、川の中に飛び込んでいた。

つづいて高い水音がしたのは船尾に座っていた舵手の鶴松が飛び込んだからである。

測量に熱中しているオランダ人二人とオールを漕いでいる学生達には両岸を見渡すゆとりがなかった。

船首と船尾の二人が、ほとんど同時に葭や葦のかげにひそむ狙撃者の姿に気づいたのである。

二人が殆んど同時に川へ飛び込んだのは偶然だった。

「早まるな！　日本人じゃっ」

と勝麟太郎は川の中で立泳ぎをしながら大声で怒鳴った。

「日本人じゃあ、幕府海軍伝習所の勝麟太郎じゃっ」

その声につづいて、鶴松の叫び声がひびいた。

「やめろーっ、やめてくれーっ」

鶴松は泳ぎながら両手を頭上で振り回していた。

カッター船の全員がぎょっとして両岸へ眼をやったとき、葭や葦のかげから人の姿は消えていた。

火縄銃は発射されないですんだのである。

すぐ咸臨丸へ引返した。ずぶ濡れになった勝麟太郎から事情を聞いた伝習所総督の木村喜毅は、「ふーむ」と腕を拱《こまね》いて首をかしげた。

「開明的と信じた対馬藩にしてそれだとすれば、他藩はおして知るべしじゃな。アメリカ人やロシア人とオランダ人の区別もつかぬ武士が多い。今後は用心することにしよう」

安政五年二月のこの時点で日米修好通商条約はまだ締結されていない。

幕府は諸大名を集めて条約調印の可否を諮問したり、京都の朝廷に工作を試みたり、懸命になっているところだった。

世論の大勢は条約調印に反対である。

対馬藩の見せる反幕府的な態度も、そんな世論を背景にしてのことだろう。

木村喜毅は長崎へ引返すことにした。

事情を知らないカッテンディーケやオランダ人達は納得しない。

やむなく滞在を一日のばし、対馬の南部沿海と浅茅《あそう》湾へ船を乗り入れ、観測と測量をさせることで、満足させた。

オランダ人達は持参した地図を修正し、対馬の全体図をスケッチしたりして一日を過ごした。

翌日、咸臨丸は抜錨し、長崎への帰路に平戸港を通過したが、こんどは上陸せず、六日間の航海を終えて、どうやらぶじに長崎へ帰り着いた。

十

咸臨丸の初の練習航海は伝習所内では大成功と評価された。オランダ人達もほぼ満足していたし、はじめて蒸気を焚いて船を走らせた学生達も、大いに自慢した。

しかし初航海に参加できなかった学生達も多い。居残り組に回された学生達は団結して学生長の勝麟太郎や伊沢謹吾に抗議しにきた。学生ばかりではなく、オランダ人教官達まで教師団長のカッテンディーケに抗議した。

「参ったなあ、これでは早晩、もういちど練習航海をやるしかないか」

と木村喜毅は勝と伊沢を呼び寄せて相談した。

「やむをえんでしょう。居残り組が不平を言うのはもっともです。できるだけ早いうちにもういちど出かけましょう」

と勝麟太郎はこたえた。

「しかし、どこへ行く。対馬藩の態度を見てもわかる通り、この時期われわれを歓迎してくれるところは少ない。上陸するとすれば事前に慎重に打診しておかねば、オランダ人の教官達があぶない」

「練習航海はやはり九州沿海でなければなりませぬか」

と伊沢謹吾が木村に聞いた。

「うむ。それは長崎奉行との約束じゃ。守らねばならんだろう」

「とすれば……」

と三人は九州の地図を眺めて咸臨丸の訪問先を検討したが、九州沿海諸藩の動静がわからず、目的地を定めかねた。

三人が迷っているところへ、思いがけぬ申し出があった。

諸藩からの留学伝習生のうち、成田彦十郎、加治木清之丞と名乗る二人が学生長の勝麟太郎を訪ねてきたのである。

「次回の練習航海にはぜひ当藩を訪問していただきたい。只今、帰国中の藩主が咸臨丸を見たいと申しておられます」

二人は薩摩藩の海軍伝習生だった。

帰国中の藩主といえば開明派で名を知られた島津斉彬である。その養女の篤姫は将軍家定の御台所《みだいどころ》で、将軍家にとって養父にあたる大大名だった。

「それはありがたい。願ってもない話だ。さっそく総督の木村さんに話し、次回は必ず鹿児島へ行くようにすすめよう」

と勝麟太郎は薩摩藩の二人に返答した。

勝の話を聞いた木村喜毅は訪問先を薩摩と聞いて必ずしも喜ばなかった。

「先方から招きがあったのはさいわいだが、薩摩を訪ねて長州を無視するのも公平を欠く。このさい長州の下関をついでに訪問してはどうか」

「それは先方が承知ならまことにけっこうなことですが」

「すぐ連絡を取ってみよう。ついでに平戸へも立寄ってみるか」

「はあ、もちろんけっこうですが」

「但し、わしは行かんぞ」

と木村喜毅はにやりと笑っていった。

「え？」

「わしは伝習所総督、幕府の大目付格じゃ。わしが乗艦しては幕府の名が表立ち、各地でややこしいことになりかねん」

「はあ」

「このさい練習航海はおぬしと伊沢謹吾の学生長両名にまかせる。伝習所学生の訪問なら、迎えるほうも気が楽であろう。さよう心得てくれ」

木村喜毅は対馬藩主のそっけない応対に対して考えるところがあったらしい。

「わかりました。練習航海は本来そのようなものでありましょう。私ども学生とオランダ人教官のみで実行することに致します」

「うむ、そうしてくれ。但し長崎奉行所がそれでは黙ってはいない。奉行所の目付役二人を監視役として乗艦させるが、それは承知してくれ」

「やむをえませぬ」

と勝は承諾した。

木村が同行しないと聞いてオランダ人教官達はむしろ喜んだ。

謹厳実直な木村はオランダ語が話せず、オランダ人達は苦手としていたのである。

教官達がもっぱら頼りとしていたのは、学生長で艦長役の勝麟太郎だった。

カッテンディーケはその日記に書いている。

「大目付役はどうもオランダ人には目の上の瘤《こぶ》であった。おまけに海軍伝習所総督は、オランダ語を一語も解しなかった。それにひきかえ艦長役の勝氏は、オランダ語をよく解し、性質も至っておだやかで、明朗で親切でもあったから、みな同氏に非常な信頼を寄せていた。それゆえ、どのような難問題でも、彼が中に入ってくれればオランダ人も納得した。しかし私をして言わしめれば、彼は万事すこぶる怜悧《れいり》であって、どんな具合にあしらえば、我々を満足させ得るかをすぐ見抜いてしまったのである。すなわち我々のお人好しを煽《おだ》てあげるという方法を発見したのだ」

　第二回の練習航海は意外にも早く実行されることになった。

　三月八日長崎出航、回航先は肥前平戸、長州下関、薩摩鹿児島である。

ペルス・ライケンの第一期では考えられない長途の航海であった。

乗組員は艦長役勝麟太郎、伊沢謹吾をはじめ旗本出身の幹部学生十六人、オランダ人教官十九人、他に伝習生、水夫を含めて百二十人が乗艦した。

一等水夫長の鶴松、二等水夫長の仙三郎も前回につづいて乗組みを命じられた。とくに対馬でオランダ人教官を銃撃から守るため、勝麟太郎と共に川へ飛び込んだ鶴松は、日本人からもオランダ人からも賞讃され、今回は名指しで乗艦を命じられていた。

咸臨丸は予定通り三月八日早朝に長崎を出航、玄界灘を北上して平戸へ向った。

夕刻前に平戸島の北端の平戸港に着いた。港外に案内の小舟が出迎えていて城下町へではなく、咸臨丸を北方の田助《たすけ》湾のほうへ案内する。

上陸してみると田助湾の周辺は鄙《ひな》びた漁村で、大勢の男女が集り、オランダ人を珍しがって、ぞろぞろとついてくる。その群衆の中に服装は漁師並みだが妙に眼つきの鋭い男達が数人いて、油断のならぬ気配である。

対馬藩の例でこりているので、日本人伝習生がオランダ人のまわりに輪になって、しばらく散策した。

上半身裸体の海女達の一団が胸乳もあらわな姿で伝習生の輪の中に割り込んできて、おそれるふうもなく笑顔で話しかけてくる。教官の一人がおもしろがって一人に指環を与えると、女達はわれもわれもと押し寄せてきて、伝習生達を困らせた。

「この女達はなぜ裸体なのか。胸を隠さないで恥かしくはないのか」

とオランダ人に聞かれ、海女という職業を伝えようにもオランダ語でその言葉がわからず、伝習生達は説明するのに冷や汗をかいた。

田助湾周辺は城下町から遠い。オランダ人達はすぐに退屈して咸臨丸へ戻り、平戸港へ入って城下町を見物したいと案内役に申し出たが、案内役はうんとはいわなかった。平戸港内に碇泊させるなと命じられているらしい。

やむをえず二隻のカッターをおろし、オランダ人達を分乗させて城下町の港へオールを漕いで行った。

オランダ人達は全員、平戸にオランダ人の商館が設けられていたことを知っている。それは二百数十年前の十七世紀のはじめ頃のことだ。

カッテンディーケもその事実に興味を持ち、平戸城下に旧蹟が残ると聞く商館の跡をひとめ見たいと願っていた。

全員、上陸すると藩士らしい武士の一団が、上陸を拒むように立ちふさがった。

勝麟太郎が進み出て挨拶し、カッテンディーケを紹介した。

「お城下にかつてのオランダ商館の旧蹟が残されていると聞く。ぜひ一見したいとオランダ人が申している。御案内いただけないか」

と勝が丁寧な物腰でいうと、武士の一人が進み出てきて、

「かつてオランダ人が住んでいたのはここではござらぬ。城下からはるか南方の口津《くちのつ》の港

でござる。ここにオランダの旧蹟はいっさいござらぬ」

と、ぶっきらぼうに答えた。

それをカッテンディーケに伝えると、本人は信じられぬように首をかしげ、

「私はたしか平戸の町にオランダ商館があり、その頃のオランダ塀がいまも保存されていると聞いている。これは長崎の商人が教えてくれたので確かなことです。もういちど確めて下さい」

と勝に頼んだ。勝が通訳して再び同じことを問いかけた。

「それは口津でござる。オランダ塀などここにはござらぬ」

そういわれては問い直しもできない。

「では城下町をしばらく見物したい。よろしゅうござるな」

「はや、夕刻でござる。手早くすませて頂きたい」

藩士達がぞろぞろついてくる。一行は黄昏《たそがれ》どきの町並みを歩いたが、とくに見物するほどの賑わいもない町なのに失望し、これでは自分達が見物されるだけだと気づいて、早々に引揚げることにした。

翌日、咸臨丸は抜錨して、再び玄界灘を北上し、関門海峡を通過して長州の下関港に到着した。

ここでは宿舎なども用意され、意外にも手厚いもてなしを受けた。

西廻り航路の寄港地として栄えているところだけに、旅客の扱いには馴れている印象だった。

外出や散策も自由にできた。大勢の野次馬がぞろぞろついてくるのは仕方がなかった。

天候が思わしくなく、鹿児島へ向う順風を待って一行は下関に三日間滞在した。

そして三月半ば、咸臨丸はいよいよ九州の南端鹿児島をめざして下関を出発した。

十一

この第二回目の航海についてカッテンディーケは、その手記に次のように述べている。

「私はこの航海によって如何に日本人が航海術に熟達したがっているかを知っておどろいた。ヨーロッパでは王侯といえども海軍士官となり、艦上生活の不自由を忍ぶということは、決して珍しいことではないが、日本人、たとえば榎本釜次郎氏のごとき、その先祖は江戸において重い役割を演じていたような家柄の人が、二年来一介の火夫、鍛冶工及び機関部員として働いているというがごときは、まさに当人の勝れたる品性と、絶大なる熱心を物語る証左である。また機関将校の肥田浜五郎氏も特筆さるべき資格がある。オランダや他のヨーロッパ諸国では、とても望まれないようなこと、すなわち機関将校がまた甲板士官でもあって、甲板士官の代役をつとめ得るというようなことが、日本では普通におこなわれるのである」

士官伝習生の資質が一段と向上しつつあったことが、この手記で知られる。

長州下関を出航した咸臨丸は下関から東へ向い周防灘を瀬戸内海へ進み、姫島沖で南下して、四国と九州を距てる豊予海峡を通過した。

この海域は風波が激しい。さいわい航海には都合のよい北東風だったが、強い風のため海上一面に白い兎《うさぎ》が飛びはねるような三角波が立ち、咸臨丸は大波に弄《もてあそ》ばれて大揺れに揺れた。

船首の三角帆が吹き千切れて舞い飛んでしまったほどである。

「帆をおろせ！　登檣せよ」

と士官の一人が水夫達に命じて、オランダ人の教官に叱られた。

「君は水夫たちの命を何と思っているのか。このような強風のときに縄梯子を登らせて、風に吹き飛ばされたら命はないぞ」

「では、どうすればよいのですか」

「帆綱を調整して風をそらし、舵を操作して横波を避けるんだ。横波さえ注意すれば船が転覆することは絶対にない」

「しかし、そんなことは水夫達にはできません」

「われわれがやる。よく見ていろ」

とオランダ人はいい、教官全員が甲板へ出てきて、それぞれの持場の帆綱を握り、力一杯に引いたり、あるいは緩《ゆる》めたりしながら全帆を自在に風向きに合わせて操作した。団長のカッテンディーケ自身が舵輪《だりん》を握り、全帆の動きに合わせて船を右へ左へと方向転換する。

日本人伝習生一同は、きびきびと立ち働くオランダ人教官達の一挙一動を見守って、尊敬の念をつよくした。

咸臨丸は帆布が吹き千切れるような強風を、ぶじに乗り切って大隅《おおすみ》半島の沿岸へ達した。錦江《きんこう》湾の入口へやってきたとき、北東風はおだやかな東風に変っていた。

咸臨丸は三月十五日午後、薩摩半島の南東端にある山川港へ到着した。

山川港は琉球船などが発着する薩摩藩の貿易港である。

港の周囲はおよそ一里、最大水深が百六十八尺もある天然の火口港で、その形が翼をひろげた鶴の姿に似ているので鶴の港と呼ばれていた。港の西岸に聳える断崖は火口壁である。

桟橋はその火口壁の近くにあった。

咸臨丸が港内に錨をおろして間もなく、丸に十の字の小旗をはためかせた小舟数艘がやってきて、歓迎の言葉を述べた。

薩摩藩主島津斉彬の使者であった。

「殿さまは只今、ここから程近い指宿《いぶすき》の温泉に御滞在でごわす。御一同の到着を聞き、大層およろこびでございもす。明朝には御自ら御出迎えに参られるとの仰せでごわすので、今日はごゆるりと御休息なされたい」

珍しく丁重な挨拶だったので、咸臨丸の乗組員一同は喜んだ。

この航海に先立ち薩摩への回航を提唱した伝習生の成田彦十郎、加治木清之丞を案内役にして、オランダ人達はボートでさっそく上陸した。

桟橋付近は津畑と呼ばれるところだった。見渡す限り一面の田圃《たんぼ》で、小さな森が点在しており、小川が流れていた。

オランダ人達はその絵のような景色を見て喜び、夜になるまで周辺を歩き回った。

しかし見物の群衆が行く先々で立ちふさがり、あるいは追尾してきて、何やら口々に叫びながら、草履を投げたり、丸めた手拭を投げたりする。

どういうつもりか鰻《うなぎ》を投げた者がいて、蛇のような長い魚が、オランダ人達の頭上を飛んでいった。

「これは歓迎のしるしだろう。ここでは鰻が祝いの魚なのではないか」

などとオランダ人達はのんびりと話し合ったが、同行した日本人伝習生達は緊張して教官達の周囲をかためた。

薩摩藩の警護の役人達はもっと緊張していた。押し寄せる群衆を必死になって制止し、オランダ人に近づけまいと汗みどろになっていた。

長崎とは違い外国人の上陸は薩摩では前代未聞の出来事である。

しかも時期が時期であった。安政五年のこのとしは日米修好通商条約の調印をめぐり、江戸の幕府と京都の朝廷が対立し、世論も攘夷と開国の二つに割れて、騒然としていた。公武合体を推進してきた開明派の島津斉彬の薩摩藩でも攘夷を唱える過激な志士達は少なくなかった。

外国人に対する反感は武士はもちろん町民の端々にまで及んでいる。

夜になってオランダ人達がようやく船に引揚げた時には警護の役人達だけではなく、伝習生達までがほっとしていた。

翌朝、薩摩藩主島津斉彬が自ら山川港へやってきた。

島津斉彬はこのとし五十歳である。三百諸侯のうち英明第一と評されている大名だった。江戸で生れ江戸で育ち蘭癖大名と呼ばれていた祖父の影響で早くから蘭学や洋学に興味を抱いた。文武全般に亘って博覧強記である。世界情勢にも注目を怠らず、その思想の広さと大きさは当時の国持大名としては一頭地を抜いていた。

つねに日本全体の利害を考慮に置き、一藩の盛衰や幕府のそれなど、大きな視野から一段下に見るほどの見識を持っていた。

しかも自分の養女を将軍家定の夫人として大奥へ入輿《にゅうよ》させ、将軍の岳父として幕府政治への発言力をつよめている。

当時、第一級の人物といってよかった。

その島津斉彬が咸臨丸へやってくる。

日本人伝習生達は緊張した。

全員、まだ夜明け前に起き出して甲板掃除、船具の手入れ、さらに饗応《きようおう》用の料理や炊事に天手古舞いした。

それを見ていたカッテンディーケが呆れて手記にこう書いている。

「帆柱の前はあたかも台所へ入ったようだった。日本人たちは薩摩侯を極力歓待しようとしていた。それは同侯がただに将軍の義父にあたられるばかりでなく、また社会改進論者でもあったからである。藩侯は莫大な費用も投じ、大いに芸術、科学の振興を奨励している。藩侯が船に着いたのは、午前九時であった」

艦長役勝麟太郎、伊沢謹吾が甲板に整列して高名な大名を出迎えた。

島津斉彬が桟橋に姿を見せたとき、咸臨丸は二十一発の礼砲を数分間に亘って鳴りひびかせた。

オランダ人教官達は緊張して控え室にいたが、間もなく艦長用の客室に呼びだされてこの高名な大名と顔を合わせる。

島津斉彬の容貌については、親交のあった宇和島藩主伊達宗城《むねなり》の談話がある。

「余、七十歳の今日に至るまで上下貴賤《きせん》内外を問わず幾多の人に接したるも、未だかつて島津薩摩守の如く、常に春風駘蕩《しゅんぷうたいとう》たる風采の人あるを見しことなし。いちどその謦咳《けいがい》に接すれば敬慕の念まことに禁じがたきものあり。今日に及んでその徳音を説かんとするも、これを説くの辞なきをいかにせん」

同じような談話は越前藩主の松平春嶽も、その著書の中で残している。

「斉彬公は治世以来はじめて見たるの英主なり。松平定信公は英明の人たりしと聞くも、我れその人を見ず。斉彬公を見てはじめて、英明の主とは此の如き人を指すならんかと信じたり」

オランダ人達は何の偏見もなく、この日本の代表的な国持大名を見た。

カッテンディーケは、その感想を次のように述べる。

「藩侯はこのとき四十四歳であったというが、見たところ老けていた。人づきは非常によかった。彼は至って人なつこかったが、或る人の言うところによれば、その感情をありのままに現わす癖があった。それゆえ将軍とは近親関係でありながら、幕府の役人中には敵が多かった」

カッテンディーケは斉彬の年齢を間違えて聞いている。文中のある人というのは誰を指すのかわからないが、ひょっとして勝麟太郎あたりであったのかもしれない。

島津斉彬はカッテンディーケや勝麟太郎に案内されて咸臨丸の船内を隈《くま》なく見学した。

そして航海の作業を検分するため咸臨丸に錨をあげさせ鹿児島城下の前の浜へ到着するまで同乗した。

朝食は幕府艦長役二人だけを傍に呼んで、船内の客室で取った。

そのさい身分の低い長崎奉行所の目付役二人がすぐそばにいて、藩主と艦長役の話をひとことも聞きもらすまいと緊張して耳を傾けている姿を見て、カッテンディーケはおどろいている。

目付役という奉行所の職種がわからなかったのだろう。

咸臨丸は午前十二時、鹿児島城下の海岸沖に碇泊し、島津斉彬はカッターボートで送られて上陸した。

「藩侯は我々にぜひ一度鹿児島の砲台や、いろいろの工場を仔細に視察し、我々の意見を遠慮なく聞かせてくれるようにと勧めて船を下りていった」

とカッテンディーケは書き記している。

十二

鹿児島といえば九州南端の土地なのでオランダ人達は小さな田舎町だと思いこんでいた。

それだけに上陸してみて驚いたらしい。

到着した教官も伝習生も当直を残して全員上陸したが、カッテンディーケはあいにく風邪を引いて船内に残っていた。

艦長役の勝麟太郎が心配して居残ったので、ぜひ上陸せよとカッテンディーケはすすめたが、勝は聞かなかった。

「これは艦長役の義務である」

といって、そばを離れない。

風邪といっても寝込むほどの病状ではなかったので、カッテンディーケが提案して咸臨丸のすぐ近くに碇泊している奇妙な印象の蒸気船を二人で見物しにいった。

それは薩摩藩が自力で建造した外輪式の蒸気船万年丸だった。

今から四年前、牛根の有村造船所で建造された四隻の中の一隻である。

万年丸には図面だけを参考にして日本人が製造した蒸気機関が据えつけてあった。

突然の訪問にびっくりしている船長の案内でカッテンディーケと勝は船内を見て回り、カッテンディーケは蒸気機関をしみじみと眺めておどろいた。

「これを図面だけを頼りにしてつくったのですか」

と何度も案内の船長に聞き、大きな溜息をついた。

「大したもんだ。うーん、大したもんだ」

褒められた船長はうれしくて、

「ありがとごわす。ありがとごわす」

と礼をのべた。

「しかし、これでは推進力が出ないでしょう。勝さん、よく見なさい。このシリンダーの長さからすれば、この蒸気機関は十二馬力のはずです」

「はい」と勝はうなずいた。

「コンデンサーに問題があるのです。他にもいろいろと欠陥がある。勝さん、わかりますか」

「はい」とうなずいたものの勝麟太郎は機関などの点検は得意ではない。

カッテンディーケが船長に熱心に説明しはじめ、船長が感心して聞き、いろいろと質問をはじめたので、もっぱら通訳に回った。

間もなく帰ってゆく二人を万年丸の乗組員達は感謝して総出で見送ってくれた。

翌十七日、カッテンディーケは回復し、鹿児島市中を見学に出かけたところ、先に出発した一行が引返してくるのに出会った。

もの凄い群衆が見物に集り、こちらが見物するどころか、見物されてさらし者になるだけだという。

「相変らずいろんな物が飛んできます。あれで歓迎しているつもりでしょうか」

とオランダ人達は閉口していた。

藩の警備役人も万一を案じて、市中見物はやめてくれと申し出てきたという。やむを得ず一旦は咸臨丸に引揚げた上、こんどは藩役人達の案内で、一同は薩摩藩の誇る祇園州《ぎおんのす》の砲台へ案内され、いろいろと意見を求められた。

二十四ポンド砲から百五十ポンド砲まで秩序よく据えつけられ、いつでも戦争ができるように準備されてあったのにはオランダ人達も感心した。

長崎の砲台とはかなりの違いである。

台場の設置場所についての意見を求められたので、カッテンディーケが、

「ならば市内の地図も見せてくれ。地図を見なければ何とも言えない」

と答えたところ、役人達は顔を見合わせて黙ってしまった。

砲台見物のあと一同は磯《いそ》の別邸近くの工場群の中へ連れて行かれた。

島津斉彬が心魂を傾けて造成した集成館である。

銅鉄の鋳造場、製鉄炉、錬鉄場、製陶場、硝子工場などこの時代では最新の工場がここに集められていた。

電信機まで見せられておどろいた。

どれもこれもオランダ人には不満があったが、みんな固く口をとざし、あからさまな批判は控えた。

西洋文明から甚しく立ち遅れたこの国で、これだけの事業を試みる勇気と努力には敬意

を払わねばならない。

オランダ人達は皆、そう思っていた。偽らずに何もかも見せてくれるのも、珍しくてうれしいことだった。

ときどき嘘《うそ》がまじった話も聞いたが、それは聞き流した。

たとえばオランダ人士官が砲台見物のさい、

「この砲台の守備兵の人数はどれくらいか」

と聞いたところ、

「五万人」

と案内役はこたえた。

その直後に守備兵の宿舎へ案内してくれたが、せいぜい数百人を収容できるかどうか、と疑わせるような小屋であった。

オランダ人達は顔を見合わせ、宿舎の中は見て見ぬふりをした。

工場見物のあと、集成館日記所の広間で一同は、心づくしの酒肴の饗応にあずかった。名産の泡盛というつよい酒が出てオランダ人には甚だ美味に感じられた。日本人伝習生達の中ではひと口飲んで眼をむく者もあり、多くは長崎同様の日本酒のほうを飲んでいた。

帰路につく前に乗組員全員に藩主からの贈り物が配られた。工場で製造された硝子器具と陶器である。

これほどの待遇を受けるのははじめてなので、カッテンディーケが全員を代表して感謝の言葉をのべ、勝麟太郎が通訳して、藩役人達を満足させた。

そのとき藩主が明十八日、もういちど山川港に立寄ることを希望していると伝えられ、カッテンディーケは承諾した。

島津斉彬は山川港から鹿児島まで三時間の航海に満足し、その速力におどろいて、再度、咸臨丸を見たいというのである。

翌十八日、咸臨丸は午前八時に出帆し、正午前に再び山川港に入港した。

島津斉彬は間もなく本当に姿をあらわし、咸臨丸に乗り込んできた。

勝と伊沢の二人がそばに寄り添い、カッテンディーケをはじめオランダ人士官を一人ずつ客室に呼びだして、この大名はあらゆる質問をあびせてきた。

カッテンディーケは鹿児島の防備について、くわしく尋ねられた。

「半月形の砲台場の位置はたいへんよろしいかと思います。但し地図を見なければ正確なことは申せませぬ。眺めましたところ御城の後方の山が手薄のように見えましたので、そこへ十二ポンド砲を十門ほど配備なされればよろしいかと思います」

「港の防備についてはどうか」

「それは港内を精しく測量しなければ何とも申せませぬ」

「いずれ余も長崎へ立寄って、いろいろと相談したいと思うが、知恵を貸してくれるか」

「はい、喜んでおこたえします」

とカッテンディーケは応じたが、客室の隅でこちらを凝視して身じろぎもしない目付役二人を、ちらと見て、うかつなことは言えないなと思った。

目付役がどうやら奉行所のスパイであることに気づいたのである。

カッテンディーケは士官の船室へ戻ると士官全員に注意を促した。

「われわれは幕府に手当てをもらって教官をつとめている身分だ。幕府のスパイ二人がわれわれを監視している。それを忘れないようにしてほしい。そしてもう一つ、あの薩摩の殿さまに質問されたら、いいかげんな返答をしてはならない。知らぬことは知らぬ、出来ぬことは出来ぬとはっきり言うことだ。嘘や法螺《ほら》話が通用する人間ではない。よく覚えていてほしい」

果して士官達は一人ずつ名を呼ばれて斉彬の待つ客室へ赴いた。

その日、島津斉彬は上機嫌で夜の九時まで咸臨丸に滞在した。

夕食も船内で艦長役やオランダ人士官と共にした。カッテンディーケは少し酒に酔っていたので、勝麟太郎にすすめられて得意のバイオリンを演奏して、斉彬に聞かせた。

大いに喜んだように見えたが、それは斉彬の好意だったのかもしれない。

島津斉彬はこの日から四カ月後の安政五年七月十六日に病歿する。死因は赤痢であった。

三月十八日、咸臨丸は山川港を出発し、順風で船足も早く、翌日午前三時に長崎の出島沖へ帰り着いた。

十三

咸臨丸が鹿児島から長崎へ帰港した当日の夜、伝習所の水夫部屋で早々と寝ていた一等水夫長の鶴松は、夜更けて訪ねてきた二等水夫長の仙三郎に揺り起こされた。

「すまん、ちょっと話がある」

「どうしたんじゃ」

水夫部屋は水夫達の雑居房である。水夫長はいちばん奥の衝立の仕切りの内に寝ているが、個室ではないので、密談にはふさわしくない。

鶴松は起き上って手早く衣服をまとい、仙三郎に促されて食堂の広間に向った。

広間の四隅に行灯《あんどん》が置いてある。その一つのそばへ座り込むと、

「塩飽本島の人名年寄吉田彦右衛門殿の手紙じゃ。わしらが鹿児島に行っておる留守に届いたらしい」

と仙三郎は一通の書状を鶴松に手渡した。

宛名は長崎海軍伝習所内原田仙三郎殿となっている。裏返すと人名年寄吉田彦右衛門の名が見えた。

鶴松は書状をひろげて読んだ。島にいた頃から達者ではないが読み書きはできた。伝習所へ入所してから必要に迫られて、一段と上手になっている。

「こりゃあ、大変じゃないか」

と書状を読み終えて鶴松は仙三郎をみつめた。

「うん、こうやって人名年寄が知らせてくるところを見ると、おやじどのの病気は相当に悪いんじゃろう」

手紙は仙三郎の父で本島の泊浦庄屋原田仙兵衛の病状を伝えるものだった。仙兵衛は学問庄屋と綽名《あだな》されるほどの書物好きで、大坂で書物を買い集めて読みふけり、廻船業の問屋の株を他人に売り渡し、庄屋の仕事だけに専念していた。

その仙兵衛が先々月、とつぜん倒れ、命はとりとめたが、手足の自由を奪われて寝た切りの状態だという。

今日、明日という病状ではないが、折を見ていちど島へ帰って父親を見舞ってはどうか。つもる話もあるだろうという手紙の内容だった。

「庄屋さんはもう六十の坂をこえなさった頃じゃ。書物ばかり読んで体を動かさぬ人じゃったのう」

と鶴松が眼を細めて懐しそうにいった。

島を離れて三年目になるが、自分を幼い頃から住み込み奉公の下男として傭《やと》い、息子の仙三郎と変りなく可愛がってくれた。

　鶴松は仙兵衛を実の親のように慕っている。

「仙三郎さん、どうする。いちど帰って見舞ってきたほうがいいんじゃないか」

　いやあと仙三郎は首をひねった。

「帰ったらそれきりになりそうな気がする。わしは一人息子じゃ。泊浦庄屋の跡をつげと親戚によってたかってせがまれるにきまっておる。海軍伝習がようやく面白くなってきたんじゃ。いまさら塩飽の庄屋におさまってはおれんわい」

「人名年寄じきじきのすすめだぞ。素知らぬふりはできまいが」

「鶴松、わしのかわりにお前が島へ戻ってみてはくれんか。お前なら、庄屋の跡をつげとは誰もいわんじゃろ」

「そりぁあ……しかし、そうもいくまい。わしは只の奉公人じゃが、庄屋さんはあんたの実の親ぞ」

「それはわかっとる。しかし何やらいやな予感がするんじゃ。縁談でも持ち寄られて……」

「縁談？」

「ああ、嫁でも取らせてがんじがらめにしようという、そんな気配がある」

「呑気なことをいうな。それは考えすぎというものじゃ。とにかく明朝、学生長の勝麟太郎さまに相談して一時帰郷をお願いしてみよう。大丈夫じゃ、わしもついてゆく」

鶴松にすすめられて仙三郎はしぶしぶ承知した。

翌朝、二人は肩を並べて伝習所の門を外へ出た。

鹿児島から艦長役をつとめて帰ったばかりの勝麟太郎は今日は出仕せず、長崎の北西のはずれ西坂の宿舎にいた。

大乗院という寺の離れ座敷である。

二人が玄関口へ立つと若い女が迎えに出てきた。

裕福な商家の娘といった印象の女だ。

女が奥へ消えると着流しの勝麟太郎がのっそりとあらわれ、

「ほお、珍しい客じゃな。まあ、あがれ」

と、笑顔を見せた。

狭い座敷だがきれいに整頓され、壁の衣桁《いこう》には勝の紋服と並んで華やかな女の着物が掛っていた。机の上には花など活けてあり、若い男女の新世帯のように見える。

勝が宿舎に女を置いて身の回りの世話をさせていることは、伝習所では有名だった。

もちろん鶴松や仙三郎も知っていたが、女とくつろいでいる勝を見ると、何となくこちらが面映ゆくてどぎまぎした。

「どうした。二人とも妙にかしこまって何の用だね」

と勝は艦上と変らぬ磊落《らいらく》な表情だった。間もなく女が茶を運んできて、二人は恐縮しながら茶を飲んだ。

「じつは……」

と先に口を切ったのは鶴松である。あらましの事情を語り、人名年寄吉田彦右衛門の書状も差し出してみせた。

「今日、明日というわけでもなさそうだが……」

と書状を読み終えて勝はいった。

「こりゃあ、一度は帰って親父さんの容態を見舞ってきたほうがよさそうだな」

「はい、わしもそう思います」

と鶴松が賛成した。

「すぐに帰りたいかね」

と勝が仙三郎を見た。

「いえ、別に……今は水夫の手が足らず、練習航海もたびたびのことですので、いつか暇を見て、しばらくの休みを頂ければと思います」

「五月はじめではどうだ」

「は？」

と二人は勝をみつめた。

「五月なら、べつに休みを取らなくても大丈夫だ。公用で、ちゃんと練習航海の日当を貰って瀬戸内海へ行けるぜ」

二人はけげんな顔を見合わせた。

「五月のはじめ、咸臨丸は江戸へ行くことに決っているんだよ」

「は？」

「江戸の御老中が新しい軍艦を見たいんだとさ」

「ほんとですか、それは」

「ああ、ほんとだ。但しオランダ人の教官はまだ知らぬ。相談すれば観光丸のときと同じで、反対されるに決っている。御老中がたは日本人伝習生だけ乗組んで江戸までやってこいと仰せなんだよ」

「瀬戸内を通りますんで」

「ああ、そのつもりだ。航程は下関から瀬戸内海を通り、お前たちの故郷の塩飽本島へ立寄ることになっている」

「えっ」

と二人は声をあげた。

「そして紀州沖から遠州灘、駿河灘《するがなだ》をへて下田、浦賀へ行き、さいごに江戸の品川沖へ辿り着く。そういう航程も定まっているのさ」

「知りませんでした。私らも連れてってもらえるんでしょうか」

「当り前だ。塩飽へ立寄るときめたのはお前達塩飽諸島出身の水夫達のためだよ。ちょっとばかり故郷に錦を飾らせてやろうって、じつは俺が言い出したことさ」

「ありがとうございます」

仙三郎と鶴松は思わず平伏した。

「しかし、これはまだ内緒だ。だれにも言うんじゃねえぞ。オランダの教官達に知られたら、こんな話はつぶされてしまうからな」

「はいっ」

と二人は声を揃えた。あんまりうまい話なので、狐につままれたような思いだった。

十四

安政五年五月はじめ——。

咸臨丸は江戸品川をめざして長崎の出島沖を出港した。

カッテンディーケはじめオランダの教官達は直前に事情を聞かされて猛反対した。

「日本人だけでそれほどの航路を航海できるはずがない。できたとしても大変危険だ。せっかく買ったばかりの咸臨丸を沈没させたり座礁させたら、元も子もない。しかも咸臨丸を江戸へ取られれば、長崎の海軍伝習はどうなるのか。われわれの練習艦がなくなるではないか」

責め立てられて困っている伝習所総督の木村喜毅を例によって学生長の勝麟太郎が救った。

勝はカッテンディーケはじめ教官達の間を泳ぎまわるようにして説得した。

「咸臨丸は江戸に取り上げられるわけではない。要するにスクリュー・プロペラの新しい蒸気軍艦を江戸の将軍や御大老達がちょっと見たいというだけのことです。日本人だけ乗組んでこいというのは、長崎の海軍伝習の成果を世間に広く見せて、莫大な伝習所の経費を反対者達に納得させるためなのです。これは航海技術の問題ではなく、まことに政治的な問題です。従って教官達が反対しても、われわれがもっともだと思って教官の意見に賛成しても、それで変更できるということはありません。将軍と御大老の命令に反抗することはできないのです」

「咸臨丸が沈没、もしくは座礁すれば、どうするのかね」

「艦長が腹を切ります。伝習所総督も同じでしょう」

「そんな、馬鹿な！」

とカッテンディーケは吐き捨てたが、この人物も後にオランダで政治家に転身した男である。

やむを得ないと判断したらしく、あきらめて日本人伝習生達に猛訓練をはじめさせた。

咸臨丸の航路についても海図を拡げて危険水域を点検し、

「港々の出入り以外、いっさい蒸気機関を動かすな。とくに沿岸航海では全航路を帆走せよ。咸臨丸を蒸気船とは思わず、帆船と思って航海せよ」

と日本人達に厳しく言い渡した。

全航海帆走といわれて大いに不満の者もあったが、全員が取りあえず納得した。海上へ出てしまえば、こっちのものだと思ったからである。

観光丸は長崎を出発して二十三日間で品川に到着している。

それとほぼ同じくらいの期間をかけよと、カッテンディーケはいい、日本人伝習生をがっかりさせた。

「千石船の航海と変らんじゃないか」

と反撥《はんばつ》するものもいたが、勝麟太郎が日本人達の不満をおさえた。

「要するに慎重にしろということだ。オランダ人達は遠いヨーロッパからインド洋をへてあの船をはるばる日本へ運んできたんだ。咸臨丸がわが子同様に思えるのさ。その気持を察してやろうじゃないか」

すったもんだの揚句、どうやら五月はじめ、咸臨丸は長崎を船出したのである。

艦長は伊沢謹吾、他に榎本釜次郎、柴弘吉、春山弁蔵などが乗組んでいた。勝麟太郎はオランダ人と日本人との調整役として、今回も江戸へ行くことはできず、留守番組に回された。

鶴松や仙三郎はじめ塩飽諸島出身の水夫達は全員、乗船を許された。

浦賀から回されてきた者を加えれば、塩飽出身の水夫は今でも三十人近い。

全員大喜びで張切って乗艦していた。

咸臨丸は平戸島を通過して玄界灘へ乗り出し、さらに響灘をへて周防灘へと入った。教官の指示を守り殆んど全帆を展げて帆走した。

一等水夫長の鶴松、二等水夫長の仙三郎は大活躍した。

とくに鶴松は夢のようだった。三年前の安政二年の秋、十五人の仲間達と共に大坂からきた五百石積の樽廻船《たるかいせん》に乗せられ、同じ航路を逆に辿って長崎へやってきたことを思いだす。

あのとき鶴松は船のことをまるで知らず、きびきびと働く仙三郎や辰之助を見て、泣きたいような心細い思いをした。

和船の操法を何も知らなかったことが、西洋帆船ではむしろ好都合であるなどとは、夢にも思わなかった。

鶴松は同じ水夫仲間では出世頭といわれる一等水夫長として、今や日本最新の蒸気船咸臨丸に乗組んでいるのだ。

咸臨丸がいよいよ伊豫灘へ入り大小百余の島々が散在する芸豫叢島《げいよそうとう》へさしかかったとき、鶴松はたまらず縄梯子を這い上ってフォア・マストのトップへ登り、腰をおろした。

瀬戸内独特の素晴らしい眺めが眼前にひらけていた。

天からばら撒《ま》かれたような無数の島々が見え、その島々の間を縫って千石船や五百石船の白帆が往き交っている。

和船をかもめにたとえるとすれば、三本帆柱に全帆を展げた咸臨丸は、さしずめ白鳥といっていいだろう。

白鳥が堂々と羽を拡げて進むのを見て、往き交う和船はおどろいて左右へ道をあける。どの船も船乗り達が舷側に顔を並べ、こちらを指差して、何やら口々に叫んでいる。

「黒船だあーっ」

とでも言っているのかもしれない。

鶴松はそれを見ると得意で嬉しくて、嬉しさのあまり涙ぐんでしまうほどだった。

フォア・マストだけではなく、メイン・マスト、ミズン・マストのそこかしこに水夫達がこれ見よがしに登っているのは、みんな鶴松と似たような思いだからだろう。

島々の眼をおどろかせながら咸臨丸は悠然たる船足で瀬戸内海を走りつづけた。

帆走七日目、燧灘を横切って、とうとう塩飽諸島へやってきた。

塩飽の本島を眼前にしたとき、艦長役の伊沢謹吾が艦橋に立ち、

「入港開始！　エンジン始動！」

と大声で呼ばわった。すでに咸臨丸は全帆をおろし、ボイラーには一時間以上前から火を点じ、船の中央の短い煙突から黒煙をもうもうと吹き出していた。

エンジンはいつでも回転できる状態になっている。

本島への入港にエンジンを使い、この島出身の水夫達の帰郷に花を添えてやろうという艦長の心遣いだった。

「前進はじめ！」

船尾のスクリューが唸りをあげて回りはじめる。

スチームパイプが白い蒸気を吹きあげて汽笛が鋭く鳴りひびいた。

咸臨丸は微速前進して塩飽本島の泊浦の中へ入ってゆく。

泊浦の浜辺には島の人々が総出で並んで両手を振っていた。

こちらの舷側の甲板にも塩飽出身水夫達が上陸の身支度を終えて居並んでいる。

咸臨丸は泊浦の沖合でエンジンをとめた。

他の水夫達がおろしてくれたボートに塩飽の水夫達が次々と乗組み、陸をめざす。

鶴松と仙三郎もそのボートの中にいた。

浜で手を振っている人々の中に羽織袴《はかま》で盛装した人々の一団が見える。

人名年寄と庄屋達だろう。

「仙三郎さん、あれを見ろ」

ボートの舳先《へさき》に座っていた鶴松が陸地を指差して振返った。

「庄屋さんじゃないか。あんたのおやじさまだ」

「まさか」

泊浦庄屋の仙兵衛は病臥しているはずである。手足が不自由で歩行もできないと、確か人名年寄の手紙に書いてあった。

「間違いない、庄屋さんじゃ」

鶴松は大声で叫んでボートの舳先に立上り、

「庄屋さあーん」

と大きく両手をかざして左右へ振った。

仙三郎も出迎えの人数の中に交るその人が、おやじの仙兵衛であることを確認していた。

仙兵衛は羽織袴で盛装していた。しゃんと立っているように見えるが、そうではなかった。他の庄屋達二人が仙兵衛の左右に立ち、腕をのばして仙兵衛を支えているのである。

ボートが浜へ着くと人々がわあーっと出迎えに駈け寄ってきた。

互いに名を呼び合って肩を叩き、手を握りしめ、泣いている者もある。

ボートはすぐに咸臨丸をめざして引返してゆく。

仙三郎と鶴松は羽織袴の一団の前へ歩み寄った。

人名年寄吉田彦右衛門、宮本伝右衛門、宮本伝太夫、宮本清三郎の四人の顔が見える。

四人の背後に立っているのは十八人の庄屋達である。

その庄屋の中に泊浦庄屋の仙兵衛も参加して立っていたのだ。

仙三郎がさすがに父親をめがけて走り寄った。

「どうしたんじゃ、おやじどの。大丈夫なのか。立って歩けるのか」

「ああ、だ、だいじょぶじゃ」

その口ぶりでは言葉も怪しくなっているらしい。顔は青白くやつれ、頬の肉がげっそりと削げ落ち、十歳ぐらいも老けて見えた。

「庄屋さん、鶴松でございます。御病中の御出迎えありがとうございます」

と鶴松が歩み寄って頭を下げた。

「おお、おお、り、りっぱになった」

それだけ答えるのに唇がわなないている。

「仙三郎さん。どうしてもあんたを迎えにゆくと言い張って、このお人は聞かんのじゃ」

「出歩けるような体ではないんじゃ」

と他の庄屋も横から口を出した。

そのとき人名年寄達が振返って、し―っと一同を制した。

艦長役の伊沢謹吾が甲板士官らを従えて、ボートで漕ぎ寄せてくるところだった。

十五

艦長役の伊沢謹吾が榎本釜次郎、柴弘吉、春山弁蔵などの士官伝習生を従えて上陸してくると、人名年寄四人、さらに十八人の庄屋達が出迎えて、さっそく泊浦の塩飽勤番所へ案内した。

堂々たる長屋門、本館、奥座敷などの連なる勤番所には江戸の旗本達も大いに興味を示し、豊臣秀吉、徳川家康などの御朱印状を納めたという御朱印蔵《ぐら》などを見て回った。

本館の広間には艦長と士官達を迎える宴席がすでに用意されていた。人名年寄四人の食膳《しょくぜん》も揃っていた。広間の襖《ふすま》障子を取払って見晴らしをよくした庭に蓆《むしろ》が敷き並べられ、そこには出身水夫達の食膳が並んでいた。十八人の庄屋も庭先で水夫達と同席した。

伊沢謹吾が思わぬ歓待におどろきながら適当に挨拶をすると、こんどは人名年寄を代表して吉田彦右衛門が長々しい謝辞を述べた。

退屈ではあったが水夫達にとっては懐しい故郷である。気分がよかった。

とくに鶴松はうれしさのあまり涙ぐんでいた。半年もつとまるかと案じた海軍伝習所で足かけ四年の勤務に耐え、今は一等水夫長として夢のような蒸気船に乗組んで帰ってきたのである。

　岸辺に出迎えていた人の輪の後ろに鶴松の弟妹達の顔も見えていた。

　この島では他所《よそ》から移住してきた門男《もうと》として漁師や小作百姓をして暮している貧しい一家である。

　鶴松は長崎から給銀の半ば以上を送りつづけたので、一家は住居を新築し、以前より多少は楽な暮しをしているはずだった。

　酒宴がはじまった時には泊浦庄屋の原田仙兵衛の顔は宴席に見えなかった。

「無理して迎えにきたらしい。屋敷に戻ったということじゃ」

　と仙三郎が鶴松に耳打ちし、

「すまんが、今夜、わしの家へきてくれぬか。たぶん庄屋の跡取りの件で、わしとおやじどのの話がもつれるじゃろう。親戚の者達に詰め寄られたら、多勢に無勢、わしの旗色がわるくなる。お前に加勢にきてほしいんじゃ」

「わかった」

　と鶴松はうなずいた。下男だった自分を海軍伝習所へ送り込んでくれたのは庄屋の仙兵衛である。父親同然の恩人なのだ。鶴松が幼いときに住み込み奉公に出たのは、実父を早く失ったからだった。

　母親の手もとに鶴松はじめ四人の兄弟姉妹が残り、長男の鶴松は庄屋の情けで口べらしのために引取られたのだ。

「わしも一旦、家へ戻るが、頃合いを見て必ず庄屋さんへ挨拶にゆく。口下手なんで頼りはないが、できるだけあんたの加勢をするよ」

「頼む」と仙三郎は笑顔を見せた。

広間の宴席でも話がはずんでいるらしく、笑い声があがったりしている。

そのうち士官達が両手に徳利を提げて庭の水夫達の席へおりてきて、盃をやりとりして興じはじめた。

二時間あまりが過ぎた頃、艦長役の伊沢謹吾が立上り、水夫達のくつろぐ庭に面した広縁に出てきた。

「水夫諸君、じつは人名年寄、庄屋どの達のたっての懇請により、明日午後二時、十名に限って咸臨丸の艦内見物を格別に許可することになった。諸君のうち一等水夫長、二等水夫長、三等水夫長、さらに希望する者があれば、同時刻より一時間前に艦内へ戻ってきてもらいたい。出発は予定通り明後日早朝じゃ。よろしいか」

聞いた水夫達一同は喜んで応じた。

十名だけに限らず、もっと見せてやってほしいという声も出たが、伊沢謹吾は取り合わなかった。

賑やかな宴会の間、島の人々は珍しがって勤番所の周囲に集り、肉親の水夫達が出てくるのを待っていた。

人名年寄達に見送られて艦長役はじめ士官伝習生達が姿をあらわすと、群衆達の中から「うわーっ」と歓声があがった。つづいて水夫達の姿が見えたからである。

「お兄ちゃーん」

そのなかに鶴松の一番下の妹がいて素早く兄の顔を探し出し駈け寄ってきた。

鶴松は生れて一度も島から出たことのない弟妹達に手を取られ、誇らしさに胸を躍らせながら、母親の待つ山麓《さんろく》の小さな生家へ戻った。

仙三郎は屋敷の使用人と親戚の若者達に連れられて、泊浦庄屋の立派な家へ戻った。

父親の仙兵衛が奥座敷の病間で寝具に横たわって待っていた。

学問庄屋と綽名されるだけに病間にも書棚を設け、書物が山積みに重ねられていた。

家人に支えられて寝床に半身を起すと、

「よ、よく帰ってきた。今生でお前の顔を見ることはあ、あきらめていた」

と原田仙兵衛は大袈裟《おおげさ》なことをいい、三年ぶりの息子の顔をしみじみとみつめ、

「り、立派になった。ど、道楽息子のお前が、さ、三年も長崎で御用がつとまるとは思わなかった。あ、ありがたいことじゃ」

はらはらと涙をこぼした。

仙兵衛は昨年の春、脳卒中で倒れ一時は命も危ぶまれたが、助かった。かわりに左半身

が麻痺《まひ》して、手足の動きが不自由になっていた。言葉もつれて思うように話せないようだ。

「お前を日本海軍へ差し出したわしの判断に狂いはなかった。手に負えなんだ道楽者が、こんなに立派になって戻ってきた」

道楽者、道楽者と呼ばれて仙三郎は閉口したが、父親の喜びはまっすぐに胸につたわり、仙三郎は涙ぐんだ。

夜になると親戚縁者がぞくぞくと集ってきて、仙三郎の歓迎の宴がひらかれた。

仙兵衛も病床を離れて宴席に姿を見せた。

開宴のさい仙兵衛は親戚一同に挨拶をした。

「ごらんの通り仙三郎は何とか一人前のまともな船乗りとなって帰ってきた。わしは皆も知る通り明日をも知れぬ体となり、仙三郎の帰りを待って庄屋の名跡をつがせるつもりじゃった」

——そらきた……。

仙三郎はひそかに緊張した。

「しかし、皆も見たであろう。わしは今日、泊浦の沖合に錨をおろした幕府の蒸気船を眺めて、自分の考えをあらためた。あれほどの船で立派に御役目をつとめている仙三郎を、この小さな島の庄屋の屋敷へ引き戻すことはない。もし日本海軍が今後も使って下さるなら、仙三郎は日本のお国のために喜んで差しあげたい。わしはそう思うた」

不自由な言葉で一生懸命に語る庄屋の言葉を親戚一同は黙って聞いていた。

みんな、島の入江に入ってきた咸臨丸の堂々たる船容におどろいていたので、仙兵衛の気持が判らぬでもなかった。

「しかし、庄屋さん」

と年配の一人が仙兵衛にいった。

「それはまあ、よいとして、長く続いてきた泊浦庄屋の跡目はどうなさるおつもりです。仙三郎さんはこの家の一人息子じゃありませんか。日本海軍もけっこうじゃが、泊浦庄屋の跡目も大切でしょう」

「なあに、庄屋の名跡は実の息子にかぎるとは決められておらぬ。養子をとってもよいと、わしは今日、考えた」

「養子？」

親戚一同がびっくりして仙兵衛をみつめた。

「ああ、考えてみれば先々代の原田仙兵衛もじつは笠島浦から迎えた養子じゃった。そのことをわしは今日、思い出したんじゃ」

思いがけぬ一座のやりとりに、仙三郎はおどろいていた。

父親が島内で変り者と評判されていることは昔から気づいていたが、やっぱり本当だった。

咸臨丸をひとめ見ただけで、息子に家の名跡をつがせることを、すっぱりあきらめてしまったらしい。やっぱりおかしい。

しかし仙三郎には願ってもない父親の変心であった。

親戚衆には不満の者もあっただろうが、めでたい歓迎の宴のことでもあり、その話は一応耳にとめておくという態度で、酒盃をやりとりし、歌も出た。

座敷が賑わいはじめた頃、鶴松がやってきた。勝手口から遠慮がちに入ってくるのを家人の一人が見て、座敷へ案内してきたのである。

「つ、鶴松か」

仙兵衛は喜んで、

「お、お前はもう日本海軍の伝習生じゃ。しかも身分は仙三郎より上の一等水夫長というではないか。な、何で勝手口から入ってこねばならん。ど、堂々と大手を振ってやってくるんじゃ」

そうだ、そうだと一座の者に囃《はや》され、鶴松は大いに照れ、右手を後頭部にあてがい、小腰をかがめて誰彼となく挨拶しながら、ようやく仙三郎の隣席に落着いた。

「一等水夫長どの、まア飲め」

と差し出される盃を受けて酒を飲みながら、予想してきた事態とは座敷の雰囲気がまる

で違っていることに気づき、

「えらい賑やかじゃのう。どうなっとるんじゃ」

と仙三郎に耳打ちして聞いた。

「わしも驚いとる。おやじどのはわしに庄屋の名跡をつがせる気などないらしい」

「ほんとか」

「ああ、今日、泊浦に投錨した咸臨丸を見て、とつぜん気が変ったらしいんじゃ」

「へーえ」

「わしのかわりに養子を取ると言い出して、みんなびっくり仰天しとるところじゃ」

「養子？」

と鶴松が耳を疑って聞き返した、ちょうどその時だった。

「つ、鶴松」

と上席で脇息《きょうそく》に凭《もた》れて横座りしている仙兵衛が鶴松の名を呼んだ。

「へい」

とこたえて鶴松は盃を膳の上に戻して置いた。

「お、お前にはたしか三つ違いの弟が一人おったの」

「へい。乙松と申します。十九歳になる弟です」

「その乙松は今は何をしておるんか」

「何って……その、もちろん庄屋さんからお預りした田畑の小作百姓をしとります。小舟を持っていて、漁にも出たりしとるようです」

「そ、そうか。これからわしのところへちょくちょく顔を見せろと言うておいてくれぬか」

「へい、ありがとう存じます」

「仙三郎」

と仙兵衛は息子の名を呼んだ。

「はい」

「鶴松はわしが幼い頃から手もとに置いて面倒を見た。先々見込みのある奴じゃと内心思うておったが、こやつはわしの見込んだ以上に成長しおった。まさかお前より身分の高い一等水夫長になろうとはのう」

「ち、違います、庄屋さん」

と鶴松は慌てて右手を顔の前で左右に振り、食膳を脇へのけて前へ進み出た。

「海軍伝習所の水夫には一等、二等、三等と名前の違いがあるだけで、身分の差はないんです。給銀も同じ、待遇も同じです。仕事向きの分担の違いは多少ありますが、一旦、海の上へ出ればその違いもなくなってしまいます。そんなもんです。だからわしが仙三郎さんより身分が上なんて、そんなばかなことは一切ありません。これは皆さんにも知っておいて頂きたいです」

「ほお、そんなものか」

と感心してうなずく者もいた。

「それにしても鶴松、お前はこの家で下男奉公をしておって、長崎へ行くまで一度も島を離れたことがなかった。もちろん大船にも乗ってはおらん。何の経験もない者が、蒸気船でどうして水夫長にまで出世したんか」

「それはなあ」

と、それまで黙っていた仙三郎がはじめて口を出した。

「何の経験もないから鶴松はよかったのじゃ」

「え？」

「蒸気船は和船とは運用操作がまるで違うのじゃ。帆柱ひとつを見てもわかるじゃろ。下から綱を引いて帆を上げ下げする和船と違い、蒸気船の帆柱には何段も帆桁がついておる。その帆桁へ登るための縄梯子がある。帆の上げ下げは水夫達が帆柱の上に登り、帆桁の上に立ってやることになっとるのじゃ」

「ほう」

「それは序の口での、蒸気船と和船は同じ帆船とは思えぬくらい違うのじゃ。鶴松はこの国の船の運用操作は何も知らなかった。知らなかったから蒸気船では御役に立ったのじゃ。

なまじ和船に馴れていたら、鶴松のように素直にオランダ人教官のいうことを、温和《おとな》しく守れなかったじゃろう。鶴松が一等水夫長に出世したのは、そういうわけじゃ」

へーえとみんな、判ったような判らないような顔で鶴松に注目していた。

酒のせいもあって鶴松は首筋まで赤くなり、まるで悪いことをした子供のように小さくなって正座している。

「い、いずれにしても、鶴松の出世はよいことじゃった」

と仙兵衛が一座の皆にいった。

「この男は小さい頃から悧発な働き者じゃった。ひょっとすると、弟の乙松とやらも鶴松に似た利口者かもしれん。わしがよく見て気に入れば、その乙松をこの家の養子に迎えてもよい」

ええっと全員がびっくり仰天した。

鶴松はもちろん仙三郎も呆れて父親をみつめた。

「庄、庄屋さん、そんな」

鶴松は目をまん丸にして言葉もない。

「ど、どうじゃ。おどろいたか」

と仙兵衛は胸をそらして一座の呆れ顔を見回したが、ふいにうっとうめいて前のめりに倒れた。

みんなが慌てて駈け寄って抱き起すと、

「つ、疲れた。わしゃあ、横になりたい」

と仙兵衛は告げ、一同をほっとさせた。

翌日の午後一時、鶴松や仙三郎ら塩飽諸島出身の水夫達は約束通り咸臨丸に戻り、甲板掃除や船具のつや出し、その他一切の作業をすませて客達を待った。

午後二時、艦長役伊沢謹吾、士官伝習生ら自身のボートに出迎えられ、吉田彦右衛門をはじめとする年寄や庄屋十人がボートで咸臨丸の見物にやってきた。

その見物客のなかに足腰の不自由な泊浦庄屋の原田仙兵衛が両手を左右の人の肩にまわし、担がれるような恰好でまじっていた。

水夫一同は上甲板に整列して十人の客を出迎えた。

鼓手十人が太鼓を打ち鳴らし、喇叭《らっぱ》手が高らかに喇叭を吹き鳴らしたので、十人の客は乗船早々、度肝を抜かれたようだった。

塩飽諸島出身水夫は手ぎわよく分担して客一同を船内くまなく案内した。機関室、ボイラー室、ガンデッキの砲列、さらに艦長室、士官室、操舵室など、いっさい隠さずに何でも見せた。

オランダ人教官の日頃のやり方をまねたのである。

十人の客は珍しい艦内を隅々まで見せてくれるとは思わなかったらしく「ほう」「はあ」

といちいち声をあげながら艦内を見て回り、

「すごいもんじゃのう」

「なるほどわしらの千石船とは大違いじゃ」

と口々に感想を述べあった。この島の年寄の多くは和船の知識にくわしいのである。

艦内見物の最後に一等水夫長の鶴松と二等水夫長の仙三郎の号令で、島出身水夫三十人がメイン・マストの登檣訓練を実施して見せた。

全員が縄梯子を駈け登りトップ・マストからロア・マストまで各ヤードの帆桁に一列に並び、両手を拡げて直立して見せたのである。

帆柱の下では鼓手と喇叭手が勇しく演奏して、華をそえた。

十人の客の中には島の若者達の見違えるような姿を仰ぎ見て、涙を流す者達もいた。

泊浦庄屋の仙兵衛などは真っ先に泣き出した一人である。

登檣訓練の見物が終ったあと、一同は船内の広い食堂に案内され、水夫達から日本茶の接待をうけた。

「船上での飲酒は厳禁されておりますので、茶の振舞いしかできませぬ」

と伊沢謹吾が詫びをいうと、

「そうでございましょうとも、そうでございましょうとも」

と客全員が大いに納得し、一杯の茶に満足しきっていた。

二時間後、伊沢謹吾と士官達は甲板に立ち、島の水夫達に送られて岸へ戻るボートを見送った。

ボートが艦を離れるさい、士官の一人が、

「出発は明朝午前七時じゃ。今夜はゆっくりくつろいで戻って参れ」

と水夫達に告げ、全員が感謝の声を発して士官に応じた。

ボートはゆっくり岸へと戻って行った。

十六

泊浦の港内に碇泊していた咸臨丸のスチームパイプから蒸気の噴き出す音が、笛が鳴るように聞えた。

「出港開始、エンジン始動！」

「エンジン始動！」

艦長役伊沢謹吾が立つ艦橋から甲板士官へ、甲板士官から船底のエンジン室へと命令が次々と伝達されてゆく。

「微速前進！」

「微速前進！」

船尾のスクリューが回転し、船は振動し、煙突から黒い煙を吐き出しながら、ゆっくりと動きはじめた。

「うわーっ」

と岸壁に並んだ島民達が喚声をあげて、頭上で手を振った。

咸臨丸の舷側に整列していた三十人の塩飽諸島出身水夫が、いっせいに手を振って島民達の喚声にこたえる。

僅か二日間の滞在だった。水夫達と肉親にとっては物足りぬ思いが濃い。

甲板に整列している三十人の中には一等水夫長の鶴松と二等水夫長の仙三郎もいた。

岸辺の群衆の中に人に体を支えられて立っている父親の仙兵衛の姿を見て、仙三郎は涙ぐんでいる。

あの頑固な父親が自分の息子の跡目相続をあきらめ、養子を取るなどと言いだすとは、考えもしなかった。

ましてや下男にすぎなかった鶴松の弟の乙松を養子にしてもよいとは、名門意識のつよい島の庄屋の言葉とは、とても思えない話である。

「ひょっとして、おやじどのとは今生の別れかもしれんな」

と、仙三郎は胸が痛むような予感がしていた。

鶴松も涙ぐんでいる。群衆の中にまじる母親と弟妹の姿をみつめて、わけもなく涙が出てきた。

二人は塩飽本島の岸辺が遥かに遠ざかるまで、甲板の舷側に立ちつくしていた。

しかし、長く感傷にひたっている暇はなかった。

視界から島の姿が消えると殆んど同時に、艦橋から艦長の声が聞えた。

「エンジン停止、帆走用意！」

水夫達は慌てて散り、それぞれの持場の帆柱の回りに駈け寄った。

鶴松と仙三郎も走った。

「ようし。登れ！」

水夫達はいっせいに縄梯子に取りついて登檣しはじめる。

「帆走開始、展帆せよ！」

三本の帆柱のロアヤード、トップスルヤード、ロイヤルヤードの帆が次々と展かれて、あっという間に咸臨丸は、一羽の白鳥の姿に変った。

順風の南西風である。

エンジンの音は消え、咸臨丸は満帆に風を孕《はら》んでゆったりと走りはじめた。

長崎を出発するさい、艦長役の伊沢謹吾と士官伝習生達は、カッテンディーケから厳しく言い渡されている。

「港々の出入り以外、いっさい蒸気機関を動かすな。とくに沿岸航海では全航路を帆走せよ。咸臨丸を蒸気船とは思わず、帆船と思って航海せよ」

　言われたときは不満だったが、海上へ出て咸臨丸がいかに人々の注目を集めるかを痛感し、士官達は今ではオランダ人教官の言葉を納得していた。

「この船は幕府、いや日本の宝なのだ。座礁させたりしてはならない。エンジンに寸傷も負わしてはならない」

　その自覚が士官はもちろん水夫達全員の胸に湧いてきていた。

　やがて波静かな備讃諸島を過ぎて咸臨丸は快走した。

　帆走は蒸気動とは違い、何ともゆったりとした快さである。

　水夫達は甲板の船具のかげに思い思いに寝ころんで青い空を見あげる。

　雲が飛ぶように走り、大小の海鳥が群れをなして渡ってゆく。

　船首で切り裂かれる波の音がしだいに伴奏音のように聞え、水夫達は子守歌にあやされるように眠り込んでしまう。

　急ぐ航海ではなかった。観光丸が長崎から江戸へ向ったさい、到着するまでに二十三日間を費している。

　それより多少は早めに江戸湾へ入ればよいのである。

　原則として夜間航海は避け、和船と同じ沿岸航海をつづけた。

　その夜は小豆島の土庄《とのしよう》の港に錨をおろし、翌日早朝に出港して、島々の姿が消えた茫洋と広い播磨灘を横断する。

この海の行手には瀬戸内海を東西に遮って横たわる大きな島が見えている。淡路島だ。内海一番の大きさである。

島が見えはじめると水夫達が舷側に顔を並べて緑の色濃い美しい海岸に見惚れた。なかでも熱心なのが、鶴松である。

鶴松は瀬戸内海の東の海を見たことがない。長崎へ行ったおかげで、西国の海岸や島々をはじめて見たが、それは航海訓練のおかげだった。

まさか咸臨丸に乗って江戸へ行くことになろうとは想像もしていなかった。

見るもの、聞くもの全てが珍しい。

ちょっとしたことにも興奮し目を輝かせて喜ぶので、仙三郎は呆れ気味で、

「お前はしあわせな男じゃのう。何を見ても珍しくうれしいとは、全くうらやましいかぎりじゃ。子供の遠出とひとつも変りはせん」

と、ときどき皮肉をいった。

咸臨丸は淡路島の一宮の港に錨をおろし、翌日は島の西岸を北上して明石海峡に向った。

幅約四キロメートルで、本州と淡路島を距《へだ》てる波静かな海峡である。淡路島の南端と四国の鳴門岬を距てる鳴門海峡は、潮流の激しい渦巻きで知られており、一般の和船が大坂をめざすには、総じて明石海峡を利用する。

明石海峡から大坂湾へ入って兵庫港に一泊した。

大坂へは立寄らず、兵庫港から大坂湾を南下して紀淡海峡を通過し紀州の由良の港へ入ったのは、夜である。

その夜、艦長役伊沢謹吾が乗員一同を甲板に呼び集めた。

「明日、いよいよ熊野灘に達する。存じておるように昔から航海の難所としておそれられたところだ。避難港はないではないが、ここには日本海流とも呼ばれる黒潮が幅四十里にわたって流れており、潮流も速い。もしあやまって黒潮に運ばれると、船は陸地を離れて遠く太平洋へと流される。とくに志摩半島の南東端大王崎の沖合は昔から千石船の遭難の名所として知られたところだ。その手前の尾鷲《おわせ》湾まで明日は一気に走る。大王崎の沖合を翌日越えるが、その先はこれも名だたる海難の名所の遠州灘だ。ここは御前崎まで七十五里に亘り避難港は一つもない。しかも天竜川の河口は大王崎に劣らぬ海難の名所だ。明日から数日間に亘って熊野灘と遠州灘の二つの難所を乗り渡らねばならん。全員、一睡もできぬ日もあろう。覚悟してくれ」

甲板士官も水夫達も一同しーんと静まって艦長の話を聞いていた。

甲板士官の一人が手を挙げて、艦長役に質問した。

「もし本艦が黒潮に流されて陸を離れそうな場合、エンジンは使用してよろしいのですか」

伊沢謹吾はしばらく宙をみつめて考えていた。

「できれば帆走で通したい。エンジンを使って蒸気走するのは、よくよく危険の場合だけだと思ってもらいたい」

「観光丸はエンジンで走ったと聞いておりますが」

「いや、観光丸は長崎から江戸まで二十三日間を費している。おそらく蒸気走はしていないだろう」

と伊沢謹吾はこたえた。

「とにかく明日から数日間、諸君は休む間もないだろう。今夜はゆっくり寝てくれ」

水夫達も甲板士官も緊張して互いの顔を見合わせた。

十七

紀州の由良を出発して四日目、咸臨丸は遠州灘を東へ走っていた。

紀伊水道を南下して熊野灘へ達した頃から海の色は黒々とした色に変り、その黒潮は遠く水平線の彼方へまで幅広く流れていた。

尾鷲の港へ一泊してから三日間はどこへも碇泊せず、三本の帆柱にはもっぱら半帆を掲げて走りつづけている。

もし暴風雨に出会えば西欧型全装帆船は和船のように自在に下から帆を引き降ろすことはできない。

暴風雨の中で縄梯子を伝い登って帆桁の足綱の上に立ち、帆を巻きあげる作業は危険でできないからである。

船足は多少鈍くなっても操作の可能な低いヤードの帆を掲げて走るほうが安全であった。

黒潮の流れは速い。満帆をあげなくとも早い潮流にうまく乗れば、遠州灘はおろか遠い三陸沖まで船はしぜんと運ばれてゆく。途中に潮の逆巻く難所、岩礁の多い危険海域もあるが、咸臨丸は慎重に走り、三日目には熊野灘の大王崎の沖もぶじに通過して、遂に遠州灘に達したのだった。

遠州灘の難所は天竜川の河口ふきんであった。川の水が海に流れ込み、川の流れと黒潮がぶつかり合って大きな渦とうねりを巻きおこす。

海流が複雑になって船はうねりとうねりの間に巻き込まれる。

咸臨丸は遥か遠い駿河湾をめざし、ゆっくりした船足で慎重に走った。

大王崎沖を通過する頃から甲板士官も水夫達もろくに眠っていない。

このあたりはヤマセと呼ばれる突風が吹き、一気に沖へ押し流されたり、陸へ吸い寄せられる危険があった。

一等水夫の鶴松や仙三郎達は風がつよい中を縄梯子を伝ってロアヤードへ登り、帆を畳んだり、展帆したりの面倒な作業を絶えずくり返した。

風に応じて帆桁を前後へ動かす作業も油断なくつづけた。

四日目の午後、咸臨丸は遂に駿河湾口の御前崎に達した。

ここも遠州灘七十五里の航程で最大の難所といわれるところだ。

何しろ陸から一里も離れたところに長さ四十町、幅三十間余の大岩礁があり、荒れぎみの海では岩礁は波間に隠れて見えないのである。

「あれだ」

さいわい晴天の昼間だった。このあたりの航海には若い頃から馴れている仙三郎が波間に白い飛沫をまとわせて立つ岩礁を指さして、鶴松に教えた。

「あれにぶつかった日には、どんな船でもぶっ壊れてしまう。咸臨丸でも少々の怪我ではすまないだろう」

昔からどれほどの数の廻船がこの岩礁のおかげで沈没したかしれないのだと、仙三郎はいうのだった。

しかし咸臨丸は御前崎を迂回して、ぶじに駿河湾口を横切り、伊豆の下田へ入ることができた。

その夜、一同は甲板に集められ、艦長役の伊沢謹吾からねぎらいの言葉があった。

「よくやった。一度もエンジンを使わず熊野灘と遠州灘の二つを乗り切ったのは正直なところ望外の上出来じゃった。もう江戸は近い。下田には二泊の予定だ。上陸して遊びたいものは遊んでこい。とくべつに許す」

うわーっと水夫達が歓声をあげた。

ペリーが上陸して日米和親条約を結んで以来、下田は全国の注目をあび、賑やかな港町になっている。

その夜は仙三郎と鶴松も遊里にくり出して、ひさびさに畳の上で一夜を明かした。

「どうだ。もう女が怖くはなくなったか」

と翌朝、顔を合わせて仙三郎がひやかすと、鶴松はまじめにうなずいて、

「いいもんじゃ。何やらこう赤児の頃の昔にもどったような気がしてのう。よく眠れる。ふしぎじゃのう」

といった。

仙三郎は呆れたようにまじまじと鶴松をみつめ、

「阿呆か」

といった。

咸臨丸は下田から浦賀へと相模湾を横切って安政五年六月十七日、ぶじに江戸湾の鉄砲洲の沖合に重い錨をおろした。

鉄砲洲は幕府の軍艦操練所が設けられているところである。

岸辺には操練所の伝習生達が待ちかまえており、数隻の短艇が出迎えの人数を乗せ、咸臨丸をめざし、長いオールを漕いで、近寄ってきた。

咸臨丸の全員が舷側に顔を並べて手を振った。

先頭の短艇には伝習所総督の永井尚志、教授方頭取の矢田堀景蔵が乗り組んでいた。懐しい長崎海軍伝習所の生徒の面々である。

さいごに漕ぎ寄せてくる短艇に操練所の水夫長辰之助と文七の顔が見えた。

「おーい」

「おーい」

と鶴松と仙三郎は二人に向って手を振った。

二人ともこちらへ笑顔を向けている。

この日六月十七日は、日本中を動乱の渦中に巻きこむことになる日米通商条約調印の二日前であった。

さらば長崎

一

咸臨丸の到着によって江戸湾の品川沖に浮かぶ蒸気帆船は咸臨丸と観光丸の二隻となった。幕府は最小の海軍ながら、近代の軍艦と呼べる蒸気船をペアで揃《そろ》えたわけである。これまで塩飽諸島の廻船に依頼していた重要人物の移動や緊急の荷物の運搬は、この二隻を活用することで自前でできることになった。

咸臨丸が到着してしばらくは幕府老中達の見学や軍艦操練所の伝習生の試乗やらで、水夫長の鶴松や仙三郎は上陸もできないほど忙しかった。

ひと息ついたのは七月に入ってからである。

観光丸も日米通商条約の調印後、外国奉行などの要人達を乗せて下田や神奈川へ往復しており、辰之助と文七も水夫長として乗船していたので、ひさびさに顔を合わせた四人の水夫長は、江戸でゆっくりと語り合う時間もなかった。

四人は七月半ば、ようやく築地講武所の軍艦操練所で顔を合わせ、南小田原町の講武所からちょっと足を伸ばして、鉄砲洲の小料理屋で一夕の宴をひらくことができた。

鉄砲洲は昔ながらの江戸の船着場で、南北八町にわたって伸びた石築地の河岸には浜仲仕と呼ばれる荷揚げ人足や船乗り達が賑やかに往来し、江戸でも独特の雰囲気をかもし出している。

廻船問屋、船宿のたぐいが多く、それにまじって炭や薪、石などの色気のない問屋が並び、往来する海の男達の汗と体臭が潮風に吹かれて匂う、どことなく殺風景な土地柄である。

海の男達を相手にする盛り場も多く、飲み喰いの茶屋や料理屋が河岸の一角に軒を並べている。

四人はそんな盛り場の小料理屋の小座敷に腰を据えて久しぶりに飲み、しゃべった。一年三カ月ぶりの再会である。

とくに咸臨丸が江戸への航海中、塩飽の本島へ立寄ったことで、ひとしきり故郷の話題で話がはずんだ。

仙三郎と鶴松が故郷のことを話して聞かせたあと、こんどは江戸に常住している辰之助と文七が話す番だった。

この二人の話題には仙三郎と鶴松はびっくりさせられた。

「お前達にはつつまずに言っておくが、長崎の海軍伝習、果していつまでつづくかわからない情勢らしいぞ」

えっと二人は耳を疑って辰之助をみつめた。

「ことしの四月、彦根藩主の井伊直弼《なおすけ》さまが幕府の大老に就任なされたことを知っているか」

「いや、知らん」

「この御仁が大変な西洋嫌いらしく、西洋の兵術はすべて取りやめて、日本古来の武術に戻せという方針らしい。とくに長崎の海軍伝習などは費用が嵩《かさ》みすぎるので、廃止せよと主張しておられるらしい」

「しかし、おかしいじゃないか」

と仙三郎が反撥《はんぱつ》した。

「そんな御仁が幕府の大老なら、日米通商条約の調印など、幕府がなさるはずがあるまい」

通商条約の調印は先月の六月十九日のことで、目下この調印のために世間が大騒ぎしていることぐらいは鶴松や仙三郎も知っている。

「幕府はよろこんで条約に調印したわけじゃない。外国に押し切られて仕方がなかったんだ。いまアメリカやイギリスと合戦することになれば、幕府が太刀打ちできないことぐらい、誰にだってわかっているのさ」

うーんと考えこんでいる新来の水夫長二人に、こんどは文七がおそろしいことを告げた。

「江戸の将軍さまは死んじまったという噂《うわさ》だぜ」

「えっ？」

「御跡目がきまらないから幕府が将軍の死をひた隠しに隠しているというんだ」

と辰之助が口を添えた。

「ほんとか、それは」

「わからない」

と文七が首を横にふった。

「しかし、士官伝習生がそんなことを話し合っているのは本当だよ。わし、何度も耳にしたから」

仙三郎と鶴松は顔を見合わせて、眼を丸くしているだけだった。

「とにかくいろんなことが耳に入ってくるんだ、江戸にいると。お前達もすぐに馴れてくるさ」

と辰之助が二人にいった。

「将軍さまはともかく、長崎の伝習所が廃止になるとすれば、長崎へ来たばかりの伝習生やオランダ人の教官達はどうなるんだ」

と仙三郎が聞いた。

「わからない」

と辰之助はこたえた。

「江戸から長崎へ出向いた伝習生は引揚げてきて、ここの軍艦操練所に入ることになるんだろう。しかしオランダ人の教官達はそうはいかない。オランダへ帰るほかないんじゃないか」

「一年前に来たばかりだぞ。帰れといったたって、江戸へくるようなわけにはいかんだろう。あんまり勝手すぎる話じゃないか」

「その通りだが、なんせ幕府の大老が西洋嫌いなんだ。何をやるかわからんさ」

「怒るだろうなあ、教官達は」

「団長のカッテンディーケは気が短いからな。江戸へやってきて蒸気船の大砲をぶっ放したいと思うだろうが、肝心の蒸気船が長崎にはもういない。観光丸も咸臨丸も江戸へ取り上げられてしまったからな。幕府が二隻の蒸気船を江戸へ呼びよせたのは、長崎の伝習所を閉鎖する下心あってのことだと、士官伝習生たちは噂しているよ」

そうだったのか、そんなことがあったのかと仙三郎と鶴松はうなずき合っていた。

観光丸はともかく咸臨丸まで江戸へ廻航させ、長崎には一隻の蒸気船ものこさず、それで伝習をつづけさせるのは、不自然で、おかしい話だったと、納得したのである。

「ま、こんな話はもうやめよう。せっかく江戸へきたんだ。ぱあーっと遊ぼうじゃないか。おもしろいところへ連れてゆくよ」

「女か」

と仙三郎が膝を乗り出し、目を輝やかした。

「深川の岡場所というのを聞いたことはあるか」

「あるとも」

「じゃ、案内するよ」

四人は盃を置いて立ち小料理屋を出た。勘定は辰之助と文七が支払った。

「今日はわしらにまかせろ。観光丸が忙しく航海するんで、わしらは日当だけでもけっこう稼ぐんだ。ふところは充分あったまって、遣い道に困るぐらいさ」

と辰之助が胸を叩いてみせた。

二

長崎の海軍伝習は江戸からの第三期生、長崎の地役人など多数の伝習生を迎え入れて、日々の学習に天手古舞いのありさまだった。オランダ人の教官達は文字通り忙殺されている。

　しかも肝心の蒸気船は一隻もいない。さいわい英国のカテリナ・テレジア号という三檣《しよう》帆船がオランダから佐賀藩の註文した工作機械を積んでやってきたので、長崎奉行所が練習船としてこの船を買いあげ、鵬翔丸と名づけた。

　鵬翔丸は普通の帆船であって蒸気船ではない。しばらくはこの帆船を利用して海軍伝習の実地訓練をしていたが、この船も江戸へ廻航を命じられて長崎を去ってしまった。

「日本政府はいったい何を考えているんだ。われわれから練習船をすべて取り上げて。どうやって講義をつづけよというのか」

　オランダ人教官達は憤慨し、団長のカッテンディーケが長崎奉行に何度も抗議したが、長崎奉行はぬらりくらりと逃げるばかりで、まともに聞こうとはしなかった。

　伝習所総督の木村喜毅や学生長の勝麟太郎もカッテンディーケに同意して、その抗議を後押ししたが、どうにもならない。

「おかしいな、幕閣は長崎の海軍伝習に及び腰になっているようだ。観光丸、咸臨丸はともかく、買い入れたばかりの鵬翔丸まで江戸へ廻航させるとは、長崎の伝習をやめろと言っているようなものだ」

　と木村喜毅は勝麟太郎にいった。

「私もそう思います。五月に大老に任じられたのが守旧派の彦根藩主井伊直弼どのです。

長崎の伝習に費用が嵩《かさ》みすぎるという声は、以前から幕府の守旧派の老中達にありました。大老はひょっとして長崎の伝習の廃止を考えておられるのかもしれません」

「カッテンディーケが日本へ参って、まだ一年にも満たぬ。第二期伝習は緒についたばかりだ。長崎伝習を廃止するというわけには到底参らぬだろう」

「私もそう思います。オランダに対してもそんな非礼なことはできません」

と二人は首をかしげてしばしば語りあっていた。

しかし、七月に入ると長崎には思いがけない災厄がおとずれた。

コレラの大流行である。この年五月末に中国経由で長崎に入国したアメリカ軍艦ミシシッピ号が船員のなかにコレラ患者を含んでいたため、コレラは長崎に上陸し、あっという間に長崎市中に拡がった。

長崎ばかりではない。長崎から西日本一帯に蔓延《まんえん》し、ついには江戸へ波及して、江戸でも数万人の死亡者を出すというほどに猖獗《しょうけつ》をきわめたのである。

海軍伝習所でも数名の罹患者を出し、講義や実地訓練もしばらくは休まざるを得なかった。

このコレラ騒動で大活躍したのは、伝習所医学教官のポンペ・ファン・メーデルフォルトである。

ポンペは来日後間もなく、医学伝習生の増加のため西御役所の教室では学生を収容できなくなり大村町の長崎町年寄の私邸の一棟を借り、そこで講義を授けていた。

ポンペは一八二九年（文政十二年）生れで三十歳、オランダのユトレヒト陸軍軍医学校を卒業し、以後オランダ領東インド、スマトラ、モルッカ、ニューギニアと軍医として働いてきたベテラン医師である。

基礎医学、臨床医学の双方の知識豊富な優秀な医官で、幕医の松本良順、司馬凌海《りょうかい》をはじめ各藩の藩医など多数の日本人医師が、その門下に参集した。

コレラ大流行のこの年、ポンペの医学伝習所は総力をあげて患者の治療に尽力し、長崎奉行にコレラ対策を進言し、その伝染予防を市中に布告させた。

「罹患者は大村町医学伝習所に申し出て軽症のうちに診療を受くべし。食品に注意せよ。イワシ、サバ、サワラ、マグロ、タコなどの魚類を食すべからず。野菜についてはカボチャ、ナス、トウキビ、キウリ、シマウリ、その他果物いっさいを食すべからず」

ポンペのコレラ治療薬は硫酸キニーネと阿片であった。さらに温い風呂への入浴をすすめた。

当時としては初期症状への常識的な対症療法である。

ポンペはもちろん松本良順ら伝習生らも寝食を忘れて患者の治療、往診に市中を駆け回った。

ところが長崎市中では、町民達の間で、

「あの医者はコレラの種子を井戸に撒《ま》き散らして回っている」

という奇妙な噂が拡まった。

この病気が近頃、頻繁に入港する異国船がもたらしたものと町民達には判っており、その怒りのトバッチリがポンペ達医者のほうへ向ってしまったのだろう。

町民達は厄払いのほうに熱心で、行列をつくり、鉦《かね》や太鼓を打ち鳴らして歩き回った。

それを見てオランダ教師団長のカッテンディーケはおどろいた。

「長崎市およびその付近でコレラ病が発生し、莫大な犠牲者を生じた時でも、住民は少しも騒がなかった。それどころか彼等は町中に行列を作り、太鼓を叩いて練り歩き、鉄砲を撃って市民の気持を浮き立たせ、かくして厄除けをしようとしていたようであった」

と、その手記の中で書いている。その厄除けの騒ぎは別として葬列の賑やかさにもびっくりしたらしい。

「私は長崎の町の付近で散歩の途次、たびたび葬儀を見た。すこぶる著名の士のそれさえも見たが、棺はわれわれの考えでは、非常に嫌な方法で担がれ、あたかもお祭り騒ぎのように戯れていた……。日本人の死を恐れないことは格別である。むろん日本人とても、その近親の死に対して悲しまないというようなことはないが、現世から彼の世に移ることは、ごく平気に考えているようだ。彼等はその肉親の死について、まるで茶飯事のように話し、地震火事その他の天災をば茶化してしまう。だから私は仮りに外国人が、日本の大都会に砲撃を加え、もってこの国民をしてヨーロッパ人の思想に馴致《じゅんち》せしめるような強硬手段をとっても、とうてい甲斐はなかろうと信ずる。そんなことよりも、ただ時を待つのが最善の方法であろう」

カッテンディーケは日本人の死生観について、深刻に考えさせられてしまったようだった。

練習艦は江戸に奪われ、コレラ騒ぎで休講のつづいた長崎海軍伝習所に一陽来復の喜びが訪れたのは、同じ年の九月三日のことである。

コルベット艦エド号の到着であった。

幕府がかねてオランダに依頼していた二隻の軍艦の残りの一隻で、先に到着した咸臨丸の姉妹艦といってよい。

この船は長さ百六十三フィート、幅二十四フィート、百馬力の三檣スクーナーの蒸気船で、先にやってきた咸臨丸と形はそっくりだった。

オランダのカンテルク市で建造され、エド号と仮名をつけられていたが、日本へ到着すると間もなく、改名されて、

――朝陽丸

と名乗ることになった。

命名の由来はよくわからないが、詩経の一節から採ったものらしい。

この朝陽丸は到着以来、しばらく長崎に繋留《けいりゅう》され、海軍伝習所の練習艦として大いに活用された。

カッテンディーケはじめオランダ人教官も喜んで伝習生徒の実地訓練に精を出し、しばしば九州周辺の海域の航海にも乗り出した。

十月を過ぎた頃になると、大流行したコレラもしだいに下火となり、伝習所の講義も順調に再開された。

すべてがうまくゆくように見えたが、練習航海で立寄った港々で、オランダ人教官達は不愉快な扱いを受けることが多くなり、カッテンディーケなどは憤慨した。

日米通商条約が勅許なしで調印されたため、全国の攘夷《じょうい》論が津々浦々にまで高まってきていたのである。

長崎も江戸も大きな時代のうねりの中で、翻弄される時がやってきていた。

ひとり海軍伝習所だけが孤高を保って技術を磨くわけにはゆかなかった。

オランダ人教官達にはそうした日本の国内の事情は、よくわからなかったのだ。

三

日米通商条約が調印された安政五年六月、長崎のオランダ弁務官ドンケル・クルチウスは江戸へ登っていた。

世界各国に先駈けて条約調印に成功したアメリカ総領事のタウンゼント・ハリスに会ったところ、ハリスから意外なことを忠告された。

「オランダは本国から海軍軍人を招き寄せて海軍教育を施しているそうだが、この時勢にいかがなものだろうか。イギリスやロシアなどの列強が条約調印を望んでぞくぞくと日本へやってくることは間違いない。私も品川沖に碇泊する観光丸や咸臨丸を見たが、日本人が単独で蒸気船を運航している。誰が運用術を教えたか、どの国も注目して不思議に思うだろう。そして列強はオランダが日本人に軍事教育を施して、世界各国に敵対行為を敢えてやらせようとしているのだ、と誤解するだろう」

「そんな馬鹿な……、オランダは長年にわたる日本との交際から、利害損得抜きの親切心で日本人に西欧諸国の技術を学ばせようと、手を貸しているだけだ」

「利害損得抜きなどといっても、この時期、誰も信じはしない。このまま日本に軍艦を売りつけ、海軍教育をつづけてゆけば、あるいは日本と外国との関係が悪化する事態が起きるかもしれない。そのときオランダは諸外国に何といって自分の立場を説明するのかね。日本人を煽動《せんどう》して外国に敵対させたと必ず非難される。このことはよく覚えておいたほうがいいだろう」

タウンゼント・ハリスは滞在三年、十四回にも及ぶ粘りづよい外交交渉で条約調印を徳川幕府に承諾させた辣腕《らつわん》の外交官である。

長崎にいてハリスに遅れをとったオランダ弁務官のクルチウスには、油断のならぬ相手だった。しかしその忠告はまんざら当っていないこともなかった。

クルチウスから見れば、オランダは確かに当初は純粋な親切心から日本に西洋文明を伝えようとした。とくに日進月歩する船の技術を教えてやりたかった。

結果、諸外国から見れば軍艦や造船所、製鉄所を含めた「海軍」そのものを日本に売り込むことになっている。

軍事小国の日本をそそのかし、軍備を整えさせ、外国と対抗させせようとしていると、誤解されてもやむをえないところもあった。

ドンケル・クルチウスはさっそく外国奉行の永井玄蕃頭尚志を訪ね、ハリスの意見を伝えた。

永井尚志は長崎海軍伝習所の元総督である。老中の堀田正睦《まさよし》の信任を得て外国奉行に抜《ばっ》擢《てき》されていた。

「ハリスの意見はもっともなところもある。同じことを井伊大老にも具申したと聞いている」

「御大老に？」

「うむ。御大老は守旧派でな、金のかかりすぎる長崎伝習など即刻やめて、海軍教育は江戸の軍艦操練所に一本化せよと仰せなのだ。観光丸や咸臨丸が長崎から品川へやってきたのを見たときは大層に喜ばれて、海軍教育はもうこれで充分じゃと申された」

「充分？　そんなことはありません。教育はまだこれからです」

「わかっている。しかしハリスの意見も気になるな。諸外国の誤解をとき、伝習教育をつづけるには、どうすればよかろうか」

「私もそれを考えました。やはりオランダ政府から海軍軍人を招いて教官とすることに問題があります。現在伝習所の教官をつとめている者達の軍役を解き、民間の志望者として残留させるのがいちばんでしょう。但しこれは本人達の意志によります。本国政府やバタビヤ総督府の意向も聞いてみなければなりません」

「むつかしいことになるな。そちらもたいへんじゃが、幕府も今はむつかしい。井伊大老と堀田老中の仲もかんばしくない。わしらも大老からどのような扱いを受けるか甚だ危い。せめて長崎の海軍伝習だけはつづけたいものじゃが……」

永井尚志も幕府で難しい立場にあるらしく、海軍伝習について積極的な意見は述べなかった。

クルチウスは日蘭通商条約調印に成功したあと、年末には長崎に帰って第二次教師団長のカッテンディーケを呼び、その意見を求めた。

「なるほど……」

とハリスの意見に耳を傾けていたカッテンディーケは、

「一理あるかもしれません。しかし私達は長崎へ着任してまだ一年数カ月です。海軍教育が完了したとはとても言えません。軍役を辞退して一民間人となり、日本人の教育係を志望せよといわれても、教官達は迷うばかりでしょう。私自身も同じです」

「やむを得ん。本国政府へ問い合わせてみよう」

「時間はもっと切迫しているのではありませんか」

のちに海軍大臣に昇進した男だけにカッテンディーケは政治的なカンがよかった。

「バタビヤ総督府に報告してはいかがでしょう。われわれは総督府の意見に従います」

「わかった。そうしよう」

とドンケル・クルチウスはうなずいた。

四

アメリカ総領事のハリスの予告した通り、日米通商条約の調印のあとは、イギリス、ロシア、フランスなど諸外国の使節団が次々と日本へやってきて、条約調印を幕府に迫った。早かったのはイギリスで、安政五年七月四日に使節団長エルギン卿《きょう》が軍艦フューリアス号外《ほか》二隻を率いて来日し、品川沖に投錨《とうびょう》した。

そのさい使節団は一隻の蒸気船を伴ってきて、幕府へ献上した。快遊船と呼ばれるヨットでエンペロール号という名のこの船は、のちに蟠龍丸と命名され、幕府海軍に編入された。

これで徳川幕府は五隻の船を確保したことになる。

蒸気船観光丸、咸臨丸、朝陽丸、三檣帆船鵬翔丸、ヨットの蟠龍丸である。

朝陽丸は海軍伝習所の練習艦として長崎で活用されていたが、他の蒸気船の観光丸と咸臨丸は幕府要人や外国使節の乗用艦として江戸と下田、さらに長崎へとめまぐるしいほど往来した。

観光丸水夫長の辰之助と文七、咸臨丸水夫長の鶴松と仙三郎は、身分は共に伝習生ではなく軍艦操練所の御傭《おやと》い水夫となり、同じ築地講武所に所属していたが、いつも海上に出ていて、めったに顔を合わせることもなかった。

水夫とはいえ四人は伝習所第一期生なので、幕府海軍ではもはや古参といってよく、もっぱら新参の水夫達の教育係をつとめさせられていた。

海上ではもちろん帆走作業や甲板作業の責任者である。

四人がひさびさに操練所で顔を合わせたのは、九月はじめだった。

揃って鉄砲洲の馴染みの小料理屋へ飲みにいった。

お互いの近況を語り合ったあと、

「聞いたか、幕府が蒸気船一隻をアメリカへ渡海させることになったらしいぞ」

と辰之助が声をひそめて告げた。

「アメリカへ？」

目を丸くしたのは鶴松である。

「まさか、そんな」

「と、思うだろ。しかし本当らしいんだ。どの船をアメリカへ渡らせるか。操練所の教授方や外国奉行が相談をなさっているようだ」

「どの船って……それは咸臨丸や観光丸のことかね」

と仙三郎が膝を乗り出して聞いた。

「うん、ほかに長崎の朝陽丸もある。アメリカへ渡るとなれば、この三隻のうちのどれかを選ぶほかないだろう」

ちょ、ちょ、ちょ……と鶴松が舌をもつらせていった。

「ちょっと待ってくれ。ということはつまりわしらがアメリカへ行くということか」

「そうらしい」

辰之助が重々しくうなずいた。

「観光丸にせよ、咸臨丸にせよ、たとえ朝陽丸と決ったところで、わしらは水夫の教授方だ。乗り込むことになるのは間違いないだろう」

「そ、そんなばかな」

　鶴松も仙三郎も絶句してしまった。

「アメリカへ渡るなんて、そんなばかな……」

　みんなに告げた辰之助自身も、じつは同じ思いである。

　しかし辰之助の言っていることは事実なのだった。

　アメリカ総領事のハリスと幕府が調印した日米通商条約は十四カ条から成っている。その末尾に、条約批准の項目があった。

「日本政府より使節を派遣して米国ワシントンに於て本書を交換すべし」

　という箇条である。

　ハリスが設けたこの一条のために真っ先に条約調印を果したアメリカは、イギリスやロシア、フランス、オランダの四カ国にくらべて批准交換がいちばん遅れてしまっていた。そのためハリスは本国へ迎え船の派遣を促し、同時に幕府の外国奉行に来年早々には迎えがくるので、米国へ派遣する日本人使節を早く人選しておくよう申し入れてきたのである。

　幕府側は慌てて人選をし、使節代表に水野筑後守、永井玄蕃頭、津田半三郎、加藤正三郎の四人を選び、四人の随行者として七十数名、計八十名を人選してハリスに名簿を呈出した。

その人数にハリスはおどろいて使節は正使と副使の二人、もしくは一人でも充分だと申し出たが、幕府側はゆずらない。日本国使節を派遣する以上、最低でも八十人くらいは必要だと言い張った。

アメリカから迎えにくる船は一隻である。相当に大きな軍艦であるにせよ、八十人の乗客を乗せ、しかも使節にふさわしく個室などを与えて渡海させることには無理がある。元長崎海軍伝習所の総督であった永井玄蕃頭などはそれをよく知っていて、選ばれた使節四人が相談の上、このさい幕府軍艦の一隻をアメリカの迎え船に同行させ、余分の人数や荷物食糧などを運搬させることにしたいという結論を出し、それを幕府老中に上申した。

老中会議では検討したものの、老中達は首をかしげた。

確かに長崎では三年余にわたりオランダ人教師から海軍の実技を学び、今では築地の軍艦操練所で教授方をつとめる武士や水夫達も生れてきた。

しかし教授方とはいえ、修業中の航海はせいぜい長崎近海、長崎から江戸への距離ぐらいである。それを俄《にわ》かに数千里の遠い外洋へ派遣するのはいかがなものか。せっかく幕府が海軍を取り立てている今、外洋で転覆、沈没などされては諸外国への外聞にもかかわり、日本の恥となるだろう。

「再考せよ」という差し紙を添えて老中会議の結論を四人の使節候補達に差し戻した。

永井玄蕃頭達は再度、四人で相談の末、あくまで幕府軍艦の派遣を老中達に申し出た。

「このたび亜国の船のみ御頼みに相成り、御当国よりは一船の御仕立てもこれ無きと申し候ては後々の御声聞にも拘り、まことに残念の儀に存じ奉り候」

というのが四人の使節候補者達の主旨だった。せっかく三年有余もオランダ人達から航海術を学んだのに、それを活用しないという法があるか、というのである。

老中会議はこの四人の再三の熱心な申し出に負けて、幕府軍艦の派遣を許すことにした。

そんな事情があって、目下は三隻の所有軍艦のうちどの艦を選んでアメリカへ渡海させるか、検討している最中だったのである。

「たぶん観光丸にきまるのではないかという、もっぱらの噂だぜ」

と辰之助は目を丸くしている三人の仲間達にいった。

「観光丸？　あれはいちばん古い外輪船だ。どうしてアメリカへ行くのが、古い船なんだ」

と仙三郎が聞いた。

「大きいからだろう。船型はいちばん古いが人数や荷物を乗せるには観光丸がいいんじゃないか」

といったのは文七である。船内雑用の水夫長なので、そうしたことにはくわしいのだ。

「しかし大きいといったところで大して変りはしない。速さと安全さという点では新型の朝陽丸がいちばんじゃないか」

「うん、わしもそう思う」

と辰之助はうなずいて、

「ともかく、わしらがアメリカ行きの水夫のなかに選ばれることは間違いないだろう。あの広い外海へ出てぶじに行き着けるか、行き着いたところで、ぶじに日本へ帰ってこれるか、わかったもんじゃない。たぶんどこやらで海の藻屑《もくず》と消えちまうんじゃないか。お互い覚悟しておこうぜ」

といい、四人は思わず顔を見合わせた。

たびたびの日本近海の往来で、海の恐ろしさは四人とも充分に知っていたからである。

幕府軍艦をアメリカへ派遣するという話は、それから間もなく長崎奉行を通じてオランダ教師団長のカッテンディーケの耳にも入った。幕府老中から内々でオランダ人の意見を聞いてみよという話が長崎奉行にもたらされたからである。

「何だって?」

カッテンディーケも教官達も呆れて耳を疑った。正気の沙汰とも思えない。

「おそらく何かの間違いだろう。こんなことは日本ではよくある話だ。いちいち取り合っては馬鹿を見る」

とカッテンディーケは色をなしている教官達に言って、慰めた。

もちろんカッテンディーケの奉行への返答はノーだった。

しかし幕府内部では、使節船の派遣は決定し、乗用艦として観光丸がほぼ選ばれることになりそうだった。

この件に関しては、すべてが内密に運ばれていて、当事者以外の耳にはまだ入らなかった。オランダ人教官達もいつの間にかそんな話を忘れてしまった。

安政五年十一月、その観光丸が故障した機関の修理のため、久々に長崎へやってきた。艦長役は矢田堀景蔵である。

長崎には先月の十月五日、佐賀藩がかねてオランダに註文していたコルベット艦のナガサキ号が到着していた。

幕府の咸臨丸、朝陽丸と同じ型の姉妹艦である。

佐賀藩はこの日を待ちかねており、艦名もすでに定めていた。

「電流丸」である。

長崎には九月に到着した朝陽丸が練習艦として碇泊している。そこへ機関修理のため観光丸がきて、さらに佐賀藩の電流丸が加わった。

観光丸はすぐに長崎製鉄所の船舶修理場に入ったが、朝陽丸は電流丸と協力して航海訓練をはじめた。

佐賀藩の持船とはいえ電流丸の乗組員の多くが海軍伝習所の一期生、二期生、三期生だったのである。

機関将校として日本にやってきたハルデスの指導で、長崎製鉄所は着々と設備を整えていた。

安政四年八月に起工式をおこなった長崎製鉄所は日本人達のたゆみない努力で、オランダ人達が驚くほど早く内容を充実させ、一年後の今では暴風で損傷したロシア軍艦アスコルド号の修理を請負って立派に成功する実績をあげていた。

観光丸はかねてオランダから到着していた新しい機関との取換え作業のため、しばらく長崎に滞在して、越年することになった。

しかし同艦の乗組員達を長崎で遊ばせておくわけにはゆかない。

そのため江戸から咸臨丸が乗組員達を出迎えにやってきた。

修理中の観光丸、練習中の朝陽丸、佐賀藩の電流丸、加えて咸臨丸の蒸気船四隻が長崎で一堂に会したのである。

日本人伝習生はもちろんオランダ人教官達も大喜びし、長崎の港は活気にみちみちて、今を盛りという印象がつよかった。

五

慌しかった安政五年の暮れ、オランダ教師団長のカッテンディーケはかねて念願していた中国視察のため上海へ赴いた。

適当なオランダ商船がなかったのでイギリスの商船にスペイン貨三百ドルで便乗した。

このところ海軍伝習所の雲行きがあやしい。江戸から帰ってきた弁務官ドンケル・クルチウスの話では、現在のような形式のまま海軍伝習をつづけることは、イギリスやアメリカ、ロシアなど列強が黙ってはいないだろうという。

オランダ海軍軍人の軍籍を抜き、一民間人有志として日本政府と雇傭《こよう》契約を結べば、列強国の非難の鉾先《ほこさき》をかわせるのではないかとクルチウスはいっているが、どうもあてにはならない。

日米通商条約の調印後、日本の国内は攘夷、開国の両派に分裂して大揺れに揺れ、政情は明日をも知らぬ不安定な状況らしい。

カッテンディーケは政治家の素質のある男である。めったにない中国視察の機会は今を措いてないだろう。

そう判断して教務を放棄し、年の瀬のどさくさにまぎれて、単身で上海へ渡航したのだった。

上海には十日間滞在し、往復の船旅の日数も加えて日本へ帰ってきたときは、年が改まり、日本暦の安政六年正月となっていた。

伝習所では日本人伝習生達がカッテンディーケの帰日を待ちかまえていた。

なかでも待ちかねていたのは学生長の勝麟太郎である。

「昨年暮れ、幕府から江戸へ戻るよう命ぜられました。朝陽丸艦長として江戸へ向います」

「朝陽丸？」

「はい」

「しかし咸臨丸の姿が見えない。朝陽丸が江戸へ行ってしまえば、伝習所の練習艦がまた無くなってしまう」

「はい。咸臨丸は伊沢謹吾君が艦長として年末、江戸へ向いました。製鉄所で修理中の観光丸乗組員達を乗せて、江戸の軍艦操練所へ戻ったのです」

このところ幕府の所有軍艦の動きはめまぐるしい。外国人使節を乗せたり老中や外国奉行を乗せたりして江戸や横浜、神奈川などを暇なく走り回っていた。現在、所在がはっきりしているのは長崎製鉄所で修理中の観光丸と練習艦の朝陽丸くらいである。

その朝陽丸に乗って伝習生活四年の長期にわたる勝麟太郎までが、長崎を去るという。

「どうなっているのかね、日本政府は。長崎の海軍伝習はどうするつもりなのか」

「わかりません。幕府の大老に就任した彦根藩主の井伊というお人が、西洋の軍事や操練に反感を持っている人物なので、幕府の老中や諸奉行なども前途をはかりかねています」

「しかし、通商条約を調印したのはその大老ではないかね」

「そうです。諸外国に迫られて、仕方なく調印したのです」

ふーむとカッテンディーケは耳を傾けて、しばらく考えていた。

「朝陽丸で江戸へ去るというが、士官や水夫が不足なのではないか」

「はい、不足です。熟練した者の多くは江戸の操練所に引揚げていますから」

「艦長は君か」

「はい」

「朝陽丸の江戸航海ははじめてだ。心配だな」

「いえ、大丈夫です」

「いや、あなたはオランダ語は達者だし、人心の収攬《しゅうらん》には長けているが、軍艦の実技には不安がある」

と、カッテンディーケは言い、勝麟太郎を苦笑させた。

「やむを得ん。甲板士官二名と三、四人のオランダ人教官をあなたに貸そう。もし朝陽丸に何事かあれば、日本政府にとっては大変な痛手だ」

「いえ、大丈夫です」

「大丈夫ではない。軍艦もだが、勝さん、あなたは将来の日本にとってきわめて大切な人材だ。私はあなたを尊敬もしている。万が一でも海で遭難させるわけにはゆかない。同行する教官の人選は私にまかせてくれ。誰にせよ江戸へ行けるとなると喜ぶだろう。私自身が行きたいところだが、上海から帰ったばかりだ。自分ひとりが楽しい思いをするわけにはゆかぬ」

カッテンディーケのつよいすすめで、朝陽丸はオランダ人数名を乗せて江戸へ向うことになった。

安政六年正月五日。

勝麟太郎を艦長とし伝習生達を乗せた朝陽丸は佐賀藩の電流丸に乗組んだカッテンディーケらオランダ教官に見送られて長崎を出発し、江戸へ向った。

高鉾島の沖合で両艦が別れるとき、朝陽丸の艦長勝麟太郎は七発の礼砲を放って、恩師の教官達に別れを告げた。

カッテンディーケはその手記にいう。

「私は汽船ナガサキ号（電流丸）に乗って、艦長勝麟太郎を見送ったが、この尊敬すべき日本人とは、おそらく二度と会う折もあるまい。私は同人をただに誠実かつ敬愛すべき人物と見るばかりでなく、また実に真の革新派の闘士と思っている。要するに私は、彼を幾多の点において尊敬している」

前任の教師団長ファビウスと違い、カッテンディーケは勝麟太郎を高く買っていた。ファビウスは技術を重んじる海軍軍人で、カッテンディーケは多分に政治家だった。その点で同じ政治家としてウマが合ったのであろう。

朝陽丸は翌日正午には早くも下関を通過し、翌々日には塩飽本島に投錨した。修理中の観光丸から朝陽丸に乗替えた辰之助と文七はひさびさに故郷の島へ戻り、親戚縁者の歓迎を受けた。

しかし鶴松や仙三郎の帰郷のときと同様に長居はできず、二日後の十一日には江戸へ向って出航したのである。

六

安政六年二月七日、長崎奉行岡部駿河守に対し、江戸の幕閣から長崎に於ける海軍伝習の中止、長崎海軍伝習所を閉鎖すべしとの通告がとどいた。

寝耳に水というわけでもなかったが、長崎奉行は伝習生はともかくとして、はるばるオランダからやってきた教師団への通告に苦慮した。

幕府の文書はごく簡単である。

——蒸気船の運用あらまし成業の姿に相成り候については、この地伝習の儀は差支へ筋少なからず候につき、伝習人帰府致させ候筈《はず》にこれあり、教師一同にも帰国の用意致され候様、存じ候。

つまり蒸気船の操縦は満足な進歩を遂げたようだから、生徒は江戸へ引揚げ、オランダ人教師は帰国せよという甚だ一方的な命令であった。但し建設途上の長崎製鉄所、医学伝習所の教官だけは残れと、勝手なことを言ってきている。

カッテンディーケはじめ教官一同は長崎奉行から通告されて、きわめて不愉快な思いをした。

第二次教師団が本国オランダから遥々《はるばる》と日本へやってきて、ようやく一年半である。海軍伝習が満足な進歩を遂げたなどとは到底いえる状態ではない。

なるほど観光丸や咸臨丸は日本人伝習生の手で日本国内をかなり自由に往来している。しかし運用技術が拙劣なので、両艦ともひっきりなしに故障したり破損したりして、なま傷の絶え間がない。

げんに観光丸は現在、長崎の製鉄所でドック入りしている。間もなく汽罐《きかん》そのものを取り替える予定である。

「日本人のわるい癖だ。ちょっと航海してみると、何でもやれるとすぐに思い込む。われわれの援助も教育も、もはや無用だというのだろう」

と教官達は大いに憤慨し、同じ思いのカッテンディーケが慰めに回らねばならなかった。

「江戸の大老の政治家が大変な頑固者らしい。長崎の海軍伝習に費用が嵩むので、やめようということになったのだそうだ。たしかに日本政府は長崎に莫大な費用を投じている。

われわれに支払う給料もばかにはならない。それに弁務官の話によれば、アメリカ公使のハリスなどがオランダの海軍教育に反対意見を述べているそうだ。ことは教育の問題ではなく政治の問題だ。仕方がないだろう」

わるいときは悪いことが重なるもので、翌月にはオランダ出島で火事が起り、教官たち数人の宿舎が焼け、家財道具もろともに住居を失ってしまった。

「オランダへ帰れということだろう。もう仕方がない、おとなしく引揚げるとするか」

と教官達は不慮の災難で、これ以上日本に居残る気持も失せてしまった。

その間、飽ノ浦の長崎製鉄所では修理中の観光丸の汽罐換装がおこなわれた。

観光丸の汽罐は一個の重量が一万五千キログラムという大きさである。

オランダ教官達が指導し、伝習生達が参加して古い汽罐を取り外し、新しい汽罐を据えつけるという大仕事を果したのである。

伝習生達にはこれが最後の教育となった。

四月、幕府からの帰府命令で幕府伝習生全員が長崎から江戸へ引揚げることになった。

いよいよ海軍伝習所の閉鎖である。安政二年十月の開校から足かけ五年にわたる海軍教育はオランダ人教官を排除して、江戸の軍艦操練所に引きつがれることになったのだ。

幕府伝習生達はせめて観光丸に乗組んで意気揚々と江戸湾へ入りたかったが、観光丸の故障は汽罐ばかりではなく、内装その他の修理に九月頃まではかかりそうで、全員情けなく陸路を歩いて帰ることになった。

長崎の西御役所の中に設けられた伝習生達の宿舎も姿を消し、僅かに居残った佐賀藩、福岡藩などの諸藩伝習生は出島のオランダ人教官の宿舎を個々に訪ねて、個人教授を受けることになった。

この頃では長崎にはイギリス船、ロシア船、アメリカ船などが頻繁に往来し、港内は外国船の帆柱が林立する活況を呈しており、町民達は幕府海軍伝習所の閉鎖など、さして気にするふうもなかった。

オランダ人教官の中で日本に居残ることに決ったのは長崎製鉄所の建設を指導している機関士官のハー・ハルデスと小島の長崎養生所の設立に奔走していた軍医のポンペ・ファン・メーデルフォルトである。

ポンペは立場上、他の教師達より日本人に接する機会が多く、西洋文明の襲来による日本国内の動揺や人心の不安を、的確につかんでいた。

滞日五年にわたったポンペの手記「日本に於ける五年間」で、彼は次のようなことを述べている。

「日本にとってどんな条約も決して喜んで締結したものではない。日本人は列強の野蛮な圧力に屈服しただけのことである。列強は日本にやってきて強力な艦隊を並べて要求を主張し、日本が譲歩したのである。私は国際法についても民法についても充分な知識を持ち合わせていないので、このような事の是非を充分に判断することはできないが、一体ある国が国内政治はすでに充分に調和がとれており、かつ満足しているのに、それにわざわざ割り込んでとやかく何か強要する権利が、どの程度あるものだろうか、はなはだ疑問に思う。また産物は充分以上にあって、日常生活に必要なものは何でも手に入る国柄であり、その国民は特に日々の生活を幸福に感じており、確かに名前は一応専制国だといわれているものの、事実、政治は公平であり、慈父のごとき温情があり、また自由である国。そのうえ誰も外国人と接触して教えを乞うような気持のない国柄。そのような国に対して圧力をかけて通商条約を結ぼうとしたり、その国の政治を混乱に追い込もうとしたり、何百年来の古くかつ尊重すべきその国の法律を破壊し、またその国を血なまぐさい内乱に追い込むような権利があるものだろうか。一言にしていえば、社会組織と国家組織との相互の関係をいっきょに打ち壊すようなことをしてよいものだろうか?」

ポンペは医官として日本人に接した立場から言っているのだが、似たような思いはカッテンディーケとオランダ人教官達の胸にもなかったとはいえないだろう。

全員解雇を通告されたオランダ人達はしばらく出島に滞在して帰国の便船を待っていた。その間、幕府からオランダ人一同に褒賞の贈呈品が送られてくるというので、教官達は楽しみに待っていたが、それも一向に届かなかった。

安政六年十月十日、カッテンディーケをはじめとする教師団は、たまたま訪れたオランダ商船ボスチロン号に乗組んで日本を去ることになった。

さいごまで長崎に残っていた諸藩伝習生達が、ちょうどよく長崎にきていた咸臨丸に乗組み、商船ボスチロン号を港外の沖合まで見送った。

咸臨丸は遠ざかってゆく教師団を見送り、礼砲七発を放ったが、第一回教師団長ファビウス一行のときとくらべて、淋しい別離となったことは否めなかった。

カッテンディーケはその手記の中で次のような感慨を述べている。

「ああ、日本、その国こそは私がその国民と結んだ交際、並びに日夜眺めた荘厳な自然の光景とともに、永く愉快な記憶に残るであろう。あの千姿万容の景色を現わす山や谷、そうして自然美というものを初めて知ったあの美しい山や谷は、私は永遠に忘れることができない」

そういったあとでカッテンディーケはつけ加えていう。

「しかし同時に私は、また日本はこれまで実に幸福に恵まれていたが、今後はどれほど多くの災難に出遭うことかと思えば、恐ろしさに耐えなかった。それゆえに心も自然に暗くなった」

ポンペといいカッテンディーケといい、日本という小国の前途に不安を抱かずにはおれなかったのである。

七

長崎製鉄所の船舶修理場で古い蒸気機関を新しい機関と取り替えた観光丸は、安政六年九月まで内装や船具の修理に時間を費して、長崎から動けなかった。

これは咸臨丸も同じで、同艦は安政五年十二月に浦賀の船舶修理場に入り、翌年九月まで補修工事にかかりきっていた。

この当時、幕府所有の西洋船は五隻しかない。修理中の二艦を除けば、最新の朝陽丸と蟠龍丸、鵬翔丸の三隻だけであった。

この三隻のうち蒸気船は朝陽丸と蟠龍丸で、鵬翔丸は帆船である。三隻は幕府の重臣や外国使節などを乗せて、めまぐるしく江戸と長崎、長崎と横浜などを往復した。

観光丸の水夫長の辰之助と文七、咸臨丸水夫長の鶴松と仙三郎は、所属艦の修理中、休むことは許されず、三隻の船に乗組んで、眼の回るような忙しい日々を送った。四人が江戸の軍艦操練所で顔を合わせることも、めったにない。

しかし三隻の船に交替で乗組み、日本各地を航海することで、四人とも蒸気船や帆船の操法に馴れ、しぜんと腕を磨いて、熟練した水夫に成長した。

帆船であれ、蒸気船であれ、幕府の船ならためらわずに乗り、それぞれの船の操法にも馴れて、迷うことがなくなった。

そんな四人がようやく江戸で顔を合わせたのは、安政六年九月である。

観光丸の修理完了で辰之助と文七は長崎へ、鶴松と仙三郎は浦賀へ呼び戻され、双方ともに所属艦に乗船して、品川沖へ帰ってきたのである。

すっかり馴染みになった鉄砲洲の小料理屋で、ひさびさの酒を飲んだ。

四人の話題は幕府海軍全員の関心の的である来年の渡米航海の件に落着いた。

「やっぱり朝陽丸らしいぞ。何といっても新しくて故障が少いからな」

「いや、観光丸だという話も聞く。朝陽丸は小型なので、人数も限られるし、荷物も積めないというので反対の声が出ているらしい」

「咸臨丸はどうなんだ」

「咸臨丸は朝陽丸と同じ小型艦だし、古くて故障も多い。それはまずないだろうな」

「わしらはどうなんだろう。みんな一緒にアメリカへ行けるんだろうか」

「さあ、わからんなあ。遣米使節の御役人だって、はじめの話とはころっと変っちまったんだ。幕府の御偉方のきめることは、わしらには全くわからんよ」

遣米使節の人選は、ようやく決ったところである。

軍艦操練所の士官達があっとおどろくような人選だった。

はじめに予想されていた永井玄蕃頭尚志、水野筑後守忠徳、加藤正三郎、津田半三郎など各奉行職の名はあっさり消えてしまっている。

幕府軍艦の派遣を強硬に主張して老中達を納得させたこの四人のうち、外国奉行の永井尚志は軍艦奉行に左遷され、神奈川奉行の水野忠徳も同じく軍艦奉行、加藤正三郎は普請奉行に転任してしまった。

いろいろと事情はあったが、要するに四人は大老の井伊直弼の意に添わなかったのである。井伊が巻き起した安政の大獄の嵐はいま、日本国内に吹き荒れていた。

遣米使節の正使に決定したのは外国奉行の新見《しんみ》豊前守正興、副使は箱館奉行の村垣淡路守範正である。その他目付役の小栗忠順《ただまさ》、勘定組頭森田岡太郎以下八十一名の名が公表されている。

いずれも軍艦操練所とは大してかかわりのない人々だった。

「それで軍艦派遣のほうはどうなんだろ。人選はきまったのか」

「元長崎伝習所総督の木村喜毅さまが艦将となることはきまったらしい」

と操練所の内情にくわしい辰之助がいった。

「艦将が木村さまというのは当然だが、艦長役は誰になるんだ」

「さあ、矢田堀景蔵さまではないかと噂を聞くが」

「矢田堀さまか。それも当然だろうな」

と仙三郎がうなずいていった。

「しかし、朝陽丸ならばそうなるだろうということで、艦がきまらないことには何とも言えないよ」

「わしら四人、どうなるんだろうなあ」

と文七が溜息まじりにつぶやいた。

鶴松一人が黙って盃を舐めている。

「おい、お前はどうなんだ。アメリカへ行きたくないのか」

と辰之助が黙り込んでいる鶴松に聞いた。鶴松は盃を置いて首をかしげ、

「わしはそんなこと考えたこともないよ」

と、こたえた。

「どうして」

「今で充分に仕合わせなんだ。塩飽の小島で作男をして暮すはずだったのに、今は蒸気船や西洋帆船に乗って日本じゅうの海を駈け回っている。夢にも思わなかったぜいたくな暮しだ。アメリカなんて……そんなこと」

「まあ、そういや、そうだなあ」

と文七がうなずいた。

「給銀もありあまるほど貰っているし、これからもっと稼げそうだし、べつにアメリカな

んて遠いところへ苦労して渡ることもないよなあ」

「慾のない奴らだな、お前達は」

と辰之助が笑った。

「わしはアメリカへ行ってみたいよ。せっかくこの世に生れてきたんだ。人間はいちどしか生きないんだから、どうせなら世界中を見て、いろいろな人に会って、苦しい思いや辛い思いをして、ちょっぴり楽しい思いもして、そして死にたいもんだ」

「わしも辰之助さんと同じだ」

と仙三郎がうなずいた。

「アメリカにもいい女がたくさんいるだろう。髪の色や眼の色の違ったいい女を思いっきり抱いてみたいぜ。どうせ人間は死ぬんなら、楽しいめにあわなくては割が合わないぜ」

みんな顔を見合わせ、声を揃えて笑った。

「おかしいか。どうして」

と仙三郎がいったので、一段と笑い声が高くなった。

八

派遣軍艦は観光丸と決定した。十一月二十四日、軍艦奉行井上信濃守からの通達が操練所に届けられ、乗組員の人選も公表された。

艦将はみなの予想通り木村喜毅である。艦長役はちょっと意外なことに長崎から江戸に帰ってきて間もない勝麟太郎である。その他は小野友五郎、肥田浜五郎、佐々倉桐太郎、鈴木勇次郎など長崎海軍伝習所の一期生、二期生、三期生の中から職方に分けて選抜されていた。

水夫は五十名、釜方火焚《ひたき》は十五名である。

水夫小頭は五人が選ばれていたが、そのなかに咸臨丸の一等水夫長鶴松と二等水夫長仙三郎の名がなかった。

水夫長は操練所では水夫小頭と呼ばれている。

「どうなっとるんじゃ、これは」

所内に張り出された乗船者の名簿を見て、落胆したのは仙三郎である。

「わしらは長崎の第一期の伝習水夫じゃ。辰之助と文七の名があって、わしら二人の名が欠けとるのは何でじゃ」

「わからんが、それはそれなりの事情があってのことじゃろう。辰之助と文七が選ばれたんじゃ。それでよいではないか」

「ばか、この水夫達の名前をよく見てみろ。六十五人の水夫と火夫のうち半数以上が塩飽島の若者じゃ。何でわしら二人だけが除《よ》けられるんじゃ」

辰之助と文七はたまたま操練所のなかにいたので、仙三郎が二人を探して、文句をつけに行った。

「わかった。お前らが怒るのは道理じゃ。わしが勝先生のもとへ問いただしに行ってくる。あの先生なら話はわかってくれるじゃろ」

辰之助がうけ合って教官室へねじ込みに行ったが、間もなく項垂《うなだ》れて戻ってきた。

「お前達はもともと咸臨丸所属の水夫長じゃ。咸臨丸の手練《てだ》れの水夫長までアメリカへ同行しては、あとの軍艦の操練は誰がやるのかと、勝先生は申された。わしと文七がアメリカ行きに選ばれたのは、もともとが観光丸の所属水夫長だったからじゃ。理由はそれだけのことらしい」

「特に頼みこんで連れて行ってもらうわけにはゆかんじゃろうか」

と仙三郎は一応はその説明に納得しながら、それでも行きたい表情だ。

「むりだろうな。勝先生も自分はとくに望んで艦長役をつとめるわけではない、艦長役としては矢田堀景蔵さんのほうがよっぽど自分などより優れている。あれほどの艦長役はアメリカなどへ渡海させて万が一にも死なせるわけにはゆかんのじゃと申された」

「死なせる？」

「ああ、アメリカ行きと口では気楽に言うが、たいへんな船旅になるらしいぞ。北太平洋というのは世界でも探検航海がいちばん遅れている荒海で、どこに難所が待ち受けているか見当もつかぬところらしい。お前達も死ぬ覚悟ぐらいはしておけと、わしは勝先生にどされたよ」

それを聞いて仙三郎も黙ってしまった。鶴松は横で辰之助の話を聞いていると、

「わしら、命拾いをしたのかもしれんな」

と思ったが、もちろん口には出さなかった。

観光丸の艤装《ぎそう》が開始された。食糧、薪、水、灯油、炭、味噌などの日用品だけでも膨大な量である。米は一日五合として百五十日分を用意すると、百人近い乗組員の必要量は七十五石にもなった。他の品も同じである。

荷物の積み込みだけではなかった。四千里に及ぶアメリカへの大航海となれば船具や索具も新しく取り替えたり、修理したりしなければならない。

軍艦操練所のほぼ全員が観光丸の艤装に動員された。

辰之助と文七は渡海組だから当然だとしても、鶴松と仙三郎まで荷物運びや船内の整備に狩り出された。

「やれんのう。人のアメリカ行きのためにこき使われるのは、ばからしゅうてならんぞ」

と仙三郎はさかんに愚痴をいった。まだアメリカへ行きたいらしい。

積み込み作業の最中、士官達がしばしば文句をいっているのを鶴松は何度も耳にした。

「どうして派遣軍艦が観光丸なんじゃ。いちばんふるい外輪蒸気船じゃないか。朝陽丸は

小さすぎるというが、大して大きさは変りはせん。いまどき外輪船をつくっている国はもうどこにもないはずじゃ」

「水野忠徳さまや永井さまが正使、副使ということであれば、派遣軍艦についても御意見を申されたことじゃろう。新見正興どのが正使、村垣どのが副使ではどうにもならん。艦将に選ばれた木村喜毅さまにしても伝習所総督はつとめたものの軍艦操練のことはあまり御存じない」

「勝さんはどうしたんじゃ。何も意見は申されないのか」

「いや、朝陽丸がよいと何度か幕府に意見を申し出たらしい。しかし艦長役ていどの身分では聞いてもらえないそうじゃ」

「艦長役ていどというが、それがいちばん肝心ではないのか」

「そうはいっても勝さんは身分の上では只の士官じゃからのう」

将官の木村喜毅とは違い、勝麟太郎の身分は運用科士官の鈴木勇次郎や航海科士官の小野友五郎など一般士官と階級的な差はないのである。

艦長役は艦長役という職分の役名にすぎなかったのだ。

十二月半ば、ようやく観光丸の艤装は完了した。

それまで観光丸の手伝いとして品川沖に共に碇泊していた朝陽丸は、ようやく錨をあげて長崎へ出航していった。

これより先の十一月十二日、アメリカ政府の派遣した迎船ポーハタン号が横浜へ到着しており、観光丸の艤装はちょうど符節を合わせたように間に合った。

一同がほっと胸を撫《な》でおろしていたとき、十二月二十三日、幕府から思いもよらぬ命令が軍艦操練所に届いたのである。

「観光丸は遠洋航海に不便なるべし。観光丸を除き、他の軍艦を以て航海すべし」

操練所の一同は茫然となってしまった。

九

「どういうことじゃ、これは。今になって何を言うんじゃ」

と操練所の士官達は呆れ返って騒然となったが、幕府老中の命令とあれば、どこへ抗議してよいかわからない。

艦長役の勝麟太郎も怒った。勝はかねてから観光丸の使用には疑問を呈しており、他艦を以て当てるべきだと外国奉行や艦将の木村喜毅にも上申していた。

木村喜毅には怒りをぶつけた。

「いったいどういうつもりです。ようやく艤装を終った今になって、他の軍艦に替えろとは、あんまりじゃないですか。幕閣は何を考えているんです」

「御老中方のわるい癖だよ。その場その場でころっと意見が変る。もっとも今度の命令には、それなりの理由があるらしい」

木村の話によると横浜にアメリカ軍艦ポーハタン号を迎えた外国奉行や軍艦奉行が同艦の幹部将校らを神奈川から品川沖へ案内し、艤装を終えた観光丸を視察させた。そのなかに浦賀沖で破船してアメリカへの便船を待っていた測量船の船長ジョン・ブルークという海軍士官が同行しており、この人物が観光丸を見て、

「この軍艦は駄目だ。とうてい北太平洋の横断はできない」

と強硬に主張したらしい。ポーハタン号の将校たちもそれに同意したという。

「理由は何です」

と勝が聞くと、

「スクリュー船ではない外輪船の上、船具も索具も旧式で、太平洋では使えないだろうというのだ」

「そんなこと、早くから私も申し上げているじゃありませんか」

「それはわかっている。しかし御老中方は軍艦の新旧など御存じないのだ。アメリカ領事や海軍士官から御老中に意見書が呈出され、はじめて観光丸はよくないということになった」

「よくないといまさら言って、どうなります。観光丸の艤装は終ったんですよ」

「他の艦に荷物を積み替えるしかしようがないだろう」

「他の艦といっても、どの艦です。私がつよく推《お》していた朝陽丸はつい先日、品川沖を出て長崎へ向ったばかりです。いまさら呼び戻すにしても、とうてい間に合いませんよ」

「観光丸が駄目、朝陽丸はいないとなれば幕府の蒸気船は蟠龍丸と咸臨丸の二隻だけだ。蟠龍丸は小型遊艇でとうてい長途の航海には耐えられん。となると咸臨丸だな」

「咸臨丸？」

「ほかにないだろう。浦賀の修理場で補修がすんだばかりだ。あの艦を使うことにしよう」

さいわい咸臨丸は目下、品川沖に投錨していた。

「勝さん、あんたは咸臨丸には乗り馴れている。よろしく頼むよ」

と木村喜毅は言い、文句を言いにきた勝麟太郎を上手に説得してしまった。

木村喜毅という人物には物に動じぬ大人の風格があり、才気走った勝のような人物の操縦には長けていたのである。

木村喜毅はさらにもう一つの難題を勝に持ち出した。

「じつは浦賀で難波したアメリカの測量船の船長のジョン・ブルークという人にアメリカへの道案内を依頼することになった。さいわいブルークの部下の士官と水兵十一人が船を失って横浜に滞在している。御老中方の命令で外国奉行がアメリカ行きを交渉してみたところ快く同意してくれたということだ」

「日本船の派遣に外国の海軍軍人を同乗させろというのですか」

勝麟太郎は顔を逆撫でにされたような不愉快な顔をした。

「うむ、何せ四千里の長い航海だ。アメリカ領事にすすめられて御老中方が道案内を依頼した気持はわからぬでもない。なあに念のために同行させるだけだから、さほど気にすることもないのではないかね」

「さあ」

と勝麟太郎は苦々しく首をかしげた。

「せっかく張り切っている操練所の士官達が、果して温和しく承知しますかね」

「うんといわせるのが艦長役のあんたの役目だろう」

「ま、それはそうですが」

「頼むよ」

と木村喜毅は勝麟太郎の肩を叩いた。

じつはアメリカ人船長や海軍士官の同行は木村喜毅が老中やアメリカ領事に依頼したのである。

木村は紀行文の中で次のようにいう。

「予、このたびの航海には海路に熟せるアメリカ人一両輩を伴わんことを政府に乞いしに速かに許容ありて、さいわいに合衆国のブルークという人、横浜の市街に滞在せしを聞き、旨を同国のミニストルに達せしに異議なく承諾せり。この人はスクーナー、フエモニア、クーパーの甲比丹《カピタン》となり、吾近海にきて測量せしが、颱風《たいふう》のために船を壊され、その修補中に滞在せしにて、人物極めて温良にして航海の術に達せり、此人の此行に従うは予に於てもっとも大幸とするところなり」

このような事情で、派遣軍艦は咸臨丸ときまったのである。

咸臨丸派遣の通達は十二月二十四日のことだった。

十

観光丸の艤装を廃し、あらゆる荷物や道具を、急遽《きゅうきょ》、咸臨丸へ移し替えねばならない。

しかもアメリカの迎船ポーハタン号の出航は来年一月中だというのだ。

そうなると遅れても、二、三週間でやらなければ伴走艦としての役目は果せない。

大至急の積み替え作業がはじまった。

海軍操練所の生徒を挙げての突貫作業である。

少々の荷物ではなかった。飯米七十五石は別として水は一日分が二石五斗と計算しても四十日分で百石である。鉄製の桶《おけ》二十四個を用意する必要があった。

灯油七斗五升、ろうそく七百五十挺《ちょう》、炭が百五十俵で薪は千三百五十把もある。その他、味噌六樽に醤油が七斗五升、砂糖や小豆、焼酎まで積み込むのだ。人間が生きてゆくにはこれだけの喰い物が必要なのかと、みんなあらためて考えさせられるほどの量である。

米だけは百五十日分を用意したが、他はアメリカへの渡航日数を四十日分と見積って、最小限を積み込んだのである。これだけ積んでも漂流などすれば足りないかもしれなかった。

たとえヨーロッパ型蒸気船とはいえ、漂流の可能性がないとはいえないのだ。

とにかく全員総出で十二月中には咸臨丸の艤装を完了した。

問題は使節艦の変更による乗組人員の組み替えである。

士官伝習生はほぼ前と変らないが、乗組水夫に多少の変更があったのは、やむを得なかった。

十二月末、アメリカ行き水夫達の人名が操練所の教室の壁に貼り出された。

前日から待ちかねていた水夫達は名簿の前に群がり寄った。

「あたった！」

と叫んで躍りあがったのは仙三郎である。

「鶴松、お前もアメリカ行きじゃ。わしら大あたりじゃ」

鶴松は仙三郎のようには喜べなかった。アメリカ行きが怖いわけでもなく、うれしくないわけでもない。

名簿の中には辰之助と文七の名前が欠けていたのである。

さいわい辰之助と文七は長崎から江戸へ帰ってきた朝陽丸の整備の仕事に狩り出されて、この場には顔を見せていなかった。

仙三郎と鶴松の二人は操練所の庭の片隅でそのことを語り合った。

「あの二人は観光丸の水夫小頭じゃ。わしらがアメリカ行きから外されたのと同じ理由でここへ残ることになったんじゃろう。がっかりするじゃろうなあ」

と仙三郎は自分だけの喜びから醒《さ》めて、溜息をついた。

「わし、勝先生に願い出て、辰之助さんと替わってやろうかと思うんじゃが」

と鶴松はいった。

「何じゃと？　お前、せっかくのアメリカ行きをふいにするつもりか」

「文七はともかく辰之助さんはアメリカ行きを、あんなに楽しみにしとった。あの人はわしらと違って頭もいいし、人柄も立派じゃ。わしのような者が行くより、辰之助さんがアメリカへ行くほうがお国のためになるのではないか。わしはそう思うんじゃ」

仙三郎はしみじみと鶴松の顔を見て、

「お前は馬鹿か」

といった。

「一生に一度のめぐり合わせを、お前はそんなことで人に譲るつもりか」

「わしは充分に仕合わせになった。塩飽島の下男か作男で一生を終るとあきらめていたんじゃ。幕府の海軍の水夫小頭になって高い賃銀をもらうなどとは、夢にも思わなかった。だから、これで充分なんじゃ」

「ふーん」

と仙三郎はちょっと眼をうるませて鶴松を見ていたが、

「やっぱりお前は馬鹿じゃ」

といい、くるりと背中を向けて鶴松から離れていった。

その夜、予期していた通り二人の宿舎に辰之助と文七が顔を揃えてやってきた。

二人とも意外に元気な顔をしている。

「お祝いを言いに来た」

と辰之助は二人に告げた。

「観光丸が咸臨丸に変ったのが、わしらの不運じゃ。仕方がない」

あっさりと言う。おどろいて仙三郎が鶴松の言っていたことを辰之助に告げると、辰之助は笑った。

「気持はありがたいが鶴松、お前はなあ、人が良すぎる。何ごとにも感謝して自分を仕合わせだと思うのはお前のよいところじゃが、ありがたがってばかりおっては埒《らち》は明かんぞ。男じゃろうが、ちっとは意地も張れ、この世のことに文句も言え」

「そうじゃ」

と仙三郎が膝を叩いて、

「わしも同じことを考えとった。こやつは根性が腐っとる」

「それはひどいんじゃないか」

と鶴松のために抗議したのは文七だった。

「あんたら二人は島いちばんの廻船問屋と庄屋の生れじゃ。わしらのような貧乏人の生れではない。だから鶴松の気持がわからんのじゃ。根性が腐っとるのは仙三郎さん、あんたのほうじゃろうが。女の尻ばかり追い回して、よくも鶴松にそんなことが言えたもんじゃ」

「なにい」

と仙三郎が眼を釣りあげ、

「なんじゃい」

と文七が肩を怒らせ、あやうく喧嘩になりそうなところを、辰之助と鶴松があわててとめた。

それで鶴松の申し出は、最初から無かったことになったのである。

十一

木村喜毅をはじめ艦長役の勝麟太郎たち士官数名は江戸城の西の丸に登営して将軍家茂に拝謁し、出航の許可を乞うた。

安政七年一月十二日の夕刻のことである。

もちろん大老や老中達にも挨拶をしただろうが、将軍や老中が何と言って太平洋横断の初航海者を激励したか、詳細はわからない。

ここで思いだされるのは、それから十一年後の明治四年、特命全権大使の岩倉使節団がアメリカ号で横浜港を出立した際、三条太政大臣が一行に送った壮行会の言葉である。

「外国の交際は国の安危に関し、使節の能否は国の栄辱に系《かかわ》る。今や大政維新、海外各国と並立を図《はか》る時に方《あた》り、使命を絶域万里に奉ず……行けや海に火輪を転じ、陸に汽車を輾《めぐら》し、万里馳駆、英名を四方に宣揚し、恙《つつが》なき帰朝を祈る」

少くともこんなふうに昂揚《こうよう》した言葉を一同が耳にすることはなかっただろう。

せいぜい木村喜毅と勝麟太郎の二人が身分を多少格上げされただけである。

木村喜毅は軍艦奉行並から軍艦奉行となり従五位朝散大夫《ちょうさんだいぶ》、摂津守に任じられた。勝麟太郎は海軍操練所教授から教授方頭取に任命されたに過ぎない。

一行が江戸城から品川へ戻り、小艇で咸臨丸へやってきたのは午後八時だった。

翌一月十三日、咸臨丸は午前八時にボイラーへ火を点じた。

やや離れて碇泊していた朝陽丸も同じである。

勝麟太郎が咸臨丸の艦橋の中央に立ち、

「出航開始、エンジン始動！」

と号令を発すると水面下の船尾のスクリューが回転をはじめた。

船の中央の長い煙突はボイラーに点火されたときから朦々《もうもう》たる黒煙を吐いている。

それは朝陽丸も同じだった。

長崎から急ぎ帰ってきた矢田堀景蔵が朝陽丸の艦橋に立って出航開始の命令を発している。

朝陽丸はアメリカをめざして遥か北太平洋を横断する咸臨丸を、せめて横浜まで見送るつもりだった。

そのため残留する操練所士官や生徒、水夫達の大部分が朝陽丸に乗組み、甲板にひしめき合っていた。

水夫長の辰之助と文七ももちろん朝陽丸の甲板に立っている。

品川の岸辺には少人数の操練所の関係者が佇《たたず》み、咸臨丸の壮行を見送っていた。

汽笛が鳴りひびき、咸臨丸はゆらりと揺れ、しだいに早まるスクリューの回転につれて前進しはじめた。

朝陽丸がそのあとを追う。

さいごに音高い別れの汽笛を鳴らし咸臨丸と朝陽丸は浦賀水道をめざして、岸辺の人々の眼から消えていった。

両艦が横浜港へ到着したのは、同日の黄昏《たそがれ》どきである。

午後七時頃には朝陽丸は別れの汽笛を鳴らしながら江戸へ引返していった。

操練所の生徒達はその前に咸臨丸を訪れて、これから長い旅へ出る乗組員達を激励した。

辰之助や文七もやってきて、雑踏する甲板で仙三郎と鶴松に別れを告げた。

文七が鶴松を船具のかげに呼んで、

「うれしがってあんまり無理をするんじゃないぞ。うわさによると冬の北太平洋は西北風がつよくて大時化《おおしけ》になることが多いそうじゃ。登檣作業がいちばん危いらしい。真っ先にマストへ登って振り落されたら、万に一つも助からんと聞いた。我が身第一じゃ。用心しろよ」

うんと鶴松はうなずきながら、文七の好意がうれしくて、思わず涙ぐんでしまった。

咸臨丸は翌々日の十五日まで横浜港に碇泊した。

翌日の一月十四日は日曜日で、横浜から乗船するアメリカ測量船の乗組員達の荷物の積入れができなかったからだ。

艦将の木村喜毅が神奈川奉行に使者を送って、早く乗船するよう米国船長ブルークに催促してもらったが、日曜日はだめだという返事が戻ってきた。

気が立っていた日本人士官達の中で憤慨する者も多かった。

「どうしてアメリカ海軍の連中に乗組んでもらう必要がある。われわれ日本人だけで航海するから、国威発揚の意味があるのではないか。アメリカ人など置いて行けばいいのだ。異人どもの手助けなどはいらん」

同じ意見の者が多かった。日本近海を走り回って蒸気船の運航にはみんな自信を持っている。

「聞けば連中は浦賀沖で遭難し、船を岩礁に乗りあげて壊してしまったというではないか。大した腕前とは思えぬ。乗せてゆくには及ばん」

それが日本人士官達の大方の意見であり、幕府もそれを察して監督者として乗船させるのではなく表面は便乗者として乗組ませることになっていた。

咸臨丸の航海はあくまで日本人の力でやり遂げたいと、老中達も面目にこだわってはいたのである。

十五日午前十時、ようやくアメリカ人達は咸臨丸に乗り込んできた。

船長ブルーク大尉、士官デー・エム・カーン、事務長チャールス・ロージェル以下十一人の軍人達である。

その中には外科医や料理人もいた。

当日午後一時、咸臨丸は浦賀へ向って横浜港を出航した。

浦賀で薪水などを充分に補充し、いよいよアメリカへ向って出発したのは、安政七年一月十九日、午後三時であった。

十二

真冬の航海である。同乗したアメリカ人達を除いて、日本人は全員、真冬の太平洋の恐ろしさを知らない。

午後三時に浦賀沖を出発した咸臨丸は早くも強烈な西風の逆風にさらされ、午後五時には全帆をおろして蒸気エンジンで目的の南へ向うほかなくなった。

場所は相模の城ヶ島の南東の沖合である。そこから蒸気走で西へ向い、途中で南西に向って五里半の距離をかせいだ。

風がややおさまったのでエンジンを停止し、

「北西風じゃあ、南東へ向うぞ。帆をあげろーっ」

と甲板士官の一人が命じた。士官達の中から進んで登檣をはじめる者はろくにいない。

水夫達も多くが尻込みしている。

鶴松は咸臨丸の第一水夫長である。

「展帆じゃあ、みんなマストへ登れっ」

と号令を掛け真っ先に主帆柱の頂上へ登った。

第二水夫長の仙三郎も率先してフォア・マストに登ってゆく。

檣上作業の水夫達がこわごわと柱へとりついて登った。

あっという間に展帆を終えたのはミズン・マストを受け持ったアメリカ人の水夫達である。

前後左右に揺れる船の上で口笛など吹きかわしながら作業をしていた。

咸臨丸は北西風を利用して南東に向い間もなく大島の沖合に至った。

いよいよ太平洋へと乗り出したのである。

大島を離れるにつれ再び風はつよくなった。波のうねりも高くなり暗闇の中に黒い大波が盛りあがり、船首がその中へ突っこんでゆく。どーんと衝撃が船を襲い、そのたびに白い飛沫が舞いあがり、滝のような水が甲板へ降り注ぐ。

甲板士官達が走り回って何か叫んでいるが、声は風に吹き払われて聞えない。

日本人全員がはじめて経験するような高波であった。

走り回っていた士官達も夜明け方にはぐったりと船具に凭《もた》れ、水夫達もずぶ濡れになって座り込んでしまった。

徹夜の作業にもめげずに働いているのはアメリカ人の水夫達である。

「グレースを引け！」

と叫びかわして索綱《ひきづな》を引いて帆桁《ほげた》の向きをかえ、帆に風をはらませたり、逆に風を逃したりと、縦横無尽に働いている。

日本人水夫の中でアメリカ人といっしょに駈け回っているのは、鶴松と仙三郎など海軍伝習第一期の水夫達だけだったろう。

なかでも一人、きびきびと率先して甲板を走り回り、アメリカ人といっしょに帆柱に登って縮帆の作業を手伝ったりする男が目立った。

「誰だろう」

と鶴松や仙三郎もいぶかしく思ったが、波浪と戦う作業の最中なので、ちらと思ったきりで、自分の仕事に没頭した。

夜が明け初めて、水平線の彼方がうっすらと赤らんできた頃、仙三郎が主帆柱の下にいる鶴松のところへ駈けてきた。

「おい、ちょっときてみろ」

「まだ波は高い。手は放せぬ」

「ちょっとだ、ちょっときてみろ」

腕を取って引っ張るので、やむなく自分の索綱を他の水夫に手渡し、鶴松は船尾のほうへ仙三郎とともに走った。

舷側に叩きつける波飛沫で甲板は濡れそぼり、危くしくじって鶴松はころびそうになった。

「あれを見ろ！」

と仙三郎が立止って指差したのはミズン・マストの上である。

フォア・マストは前檣、メイン・マストが主帆柱、ミズン・マストは後檣である。

その後檣の上部に張り出した丸いトップの上にアメリカ人と並んで腰かけて何やら談笑している男がいた。日本人だ。

「た、辰之助ではないか」

と仙三郎が薄明りの空を見上げて男を指差した。

「えっ」

鶴松は耳を疑い、眼を丸くしてマストを見あげた。

そのとき、前方の海面にとつぜん血を流したようなあざやかな一条の朱の色が走った。みるみるその色は輝きをまし、水平線の上下左右が強烈な光の洪水に満された。

真紅の太陽がせりあがってくる。

その光に照らしだされたマストの上の男の顔が、仙三郎と鶴松の眼には、はっきりと見えた。

辰之助だった。辰之助に間違いはなかった。

二人は啞然《あぜん》として顔を見合わせ、しばらくは言葉もなかった。

横浜で挨拶のために乗組んできたとき、辰之助は咸臨丸に居残ったに違いない。船倉の隅にでも隠れて船出の時を待っていたのだろう。

「おーい、辰之助っ」

と仙三郎が両手を口にあてて上へ呼びかけると、トップの上の辰之助がこちらを見おろしてにっこり笑った。

「辰之助さーん」

とつづけて鶴松が呼びかけると、辰之助は笑いながら右手を挙げて振って見せた。横に座っているアメリカ人の水夫までが、こちらに笑顔で手を振った。

真紅の太陽は水平線を離れてぐんぐんと上空にあがってゆく。

まばゆい閃光がいちめんに放射され、黒ずんでいた海の色は輝きわたる濃緑の色彩に変った。

その陽光を全身にあびて辰之助はうれしそうに手を振っている。

仙三郎と鶴松まで顔を見合わせて、ついに笑いだした。

「やりやがったなあ」

と仙三郎がいった。

「やっぱり辰之助さんだ。どうもこんなことになりそうな気がしたよ」

と鶴松が溜息をついた。そしてお互いの肩を叩いて笑ったのである。

安政七年正月二十日。海は荒れているが空は晴れていた。

咸臨丸は大揺れに揺れながら、アメリカをめざして進んでゆく。


艦長役の勝麟太郎が咸臨丸の太平洋横断の壮挙について、のちに回想録の中でこう書いている。

「この行たるやなお初春なるが故に、海風烈しく浪は面《おもて》を撲《う》ちて向うべからず。その針路たいてい北極出地三十七、八度より四十三度前後に出ずるを以て、その風は常に西北。曇天にして美日少く、日夜霰雹《せんばく》雨雪を捲き、時としては濃霧降りて尺《せき》を弁ぜず、また湿気は雨衣を透し、加うるに船は動揺して正しく歩行すること能わず、出帆後洋中にあること三十七日、このうち晴天日光を見ること僅かに五、六日、その苦難を思うべし」

当人の勝麟太郎は体調を崩して船室にこもりきり、航海中殆んど外へ出なかったらしい。

性来、体質が船酔いによわかったのであろう。

しかし咸臨丸は安政七年二月二十六日、何とか無事にアメリカのサンフランシスコに到着した。

日本の海の夜明けがはじまったのである。

解説

杉江松恋

白石一郎のエッセイ『水軍の城』によれば、かつて出版界には、「海」のつく本は売れないというジンクスがあった。白石も新人のころに『海と虹の城』という題名の小説を書いたところ、編集者から改題を勧められたという。

その時の、海洋国家の日本でなぜ海の小説が振るわないのか、という疑問が二十年後に第九十七回直木賞受賞作の『海狼伝』（新聞連載時は『ウルフたちの海』）として結実する。日本の海洋冒険小説は、この一冊から始まったと言っても過言ではない。

海洋冒険小説とは、ロバート・L・スティーブンソンの『宝島』のような小説のことである。そこでは海へと憧《あこが》れる気持ちとともに、海との出会いを通じて自己形成を果たす姿勢が描かれることが望ましい。特に日本の場合、海は自文化のありかたを問い直すための大きな鏡である。なぜならば、日本では鎖国という歴史的事件により、海洋国家でありながらいったん海を失うという、大きな文化の断絶を経験した国だからである。その結果、近代における日本人の自意識からは「海」が完全に抜け落ちている。

例えば、柳田國男の民俗学がそうである。柳田は日本社会の複雑な位相を整理するため、農耕に専従する人々のみを「常民」として取り上げた。そこでは山海に生活の場を求めた人々への視点は故意に排除されているのである。つまりは一種のモデル理論なのだ。にも関わらず、このモデル理論が社会の実相であると言いくるめ、「常民」以外の人々を顧みることなく来たのが民俗学という学問だったといえる。少し大袈裟《おおげさ》かもしれないが、海洋冒険小説の不振の背景では、こうした学術的態度も影響していたのではなかろうか。

だが、もちろん中世には多くの人々が海外に渡航していたのであり、江戸時代になっても鎖国の禁を犯して海外に密航しようとする人々はいくらでもいた。例えば白石の『天翔ける女』の主人公、大浦お慶である。白石はこれまで、こうした海に憧れて雄飛した人々の活躍を多く描き続けてきたが（『風雲児』の山田長政）、近年では逆に海外から渡来した人々の視点による日本を描き（『異人館』のグラバー、『航海者』の三浦按針）、日本が海を介してアジアと、そして世界とひとつながりの国であることを指摘し続けている。失われた海を日本人に取り戻させることこそ、白石の大きな文学上のテーマなのである。

さて、『海の夜明け』は幕末を舞台にした歴史小説である。「問題小説」一九九六年二月号から一九九八年十月号に連載され、親本は一九九九年に徳間書店から刊行されている。

幕末、外国からの開国要求という危機に瀕《ひん》した日本は、友好国オランダの助力を得て、船舶技術を学び、再び外洋航海の力を取り戻した。そのために設立されたのが、日本最初の海軍学校である長崎海軍伝習所である。本書は、そこに関わった人々の群像を描き、海を失った民族が再び海へと出て行く瞬間、新たな夜明けのときをいきいきと物語っている。

　この海軍伝習所では、幕府及び雄藩の武士が集められ、海軍士官となる教育を受けた。だが、白石はあえて伝習所の主役であったはずの士官候補生たちではなく、その下の身分である塩飽《しわく》諸島出身の水夫たちを主人公として小説を書いた。作中のオランダ人水兵の教官が「航海のさい船をじっさいに走らせるのは士官ではない。主役は水夫だ」と説くが、白石の船に対する思いもこれとほぼ同じようなものなのであろう。海を描く小説は、やはり船乗りの体温を反映したものであるべきなのだ。

　またその水夫の中でも特に中心人物として描かれているのは、塩飽諸島の門男と呼ばれる低い身分の出である、鶴松である。彼は、低い身分であるために塩飽の共同体の中で居場所がなく、それだけに海へと憧れる気持ちをより強く抱いていた。故郷ではほとんど人間らしい生活をさせてもらえていなかった鶴松が、蒸気船の乗組員として頭角をあらわしていくさまは、青春小説としてすがすがしく読むことができる。

　ちなみに、塩飽諸島の人間は代々幕府御船手組の水夫を務め、幕府海運を担ってきたのだが、オランダ人教官からの評価は最悪だったという。これは和船と西洋船の構造の違いから来る問題で、西洋船でもっとも重要なのはマスト上の作業であり、一等水夫の条件が、マスト上作業ができることであるというのは、当時の国際的な常識であった。しかるに、和船にはもともとマスト上作業がないために、和船操作に慣れた者ほど西洋船では勝手が違い、うまくいかないのである。塩飽諸島では人名身分で大船を乗り回していた仙三郎が伝習所では行き詰まって鶴松に助けられる場面は、実際の史実を踏まえたエピソードだったようである。本書を読んで関心を抱いた読者のために、研究入門書として藤井哲博の『長崎海軍伝習所』(中公新書)をお薦めしておきたい。

マスト作業は一例だが、海洋冒険小説では操船のディテールを描くことが極めて重要である。剣術にこだわらない剣豪小説がないのと同様、それこそが小説の要だからだ。海の上で船を操る人々の息遣いが肉体レベルで実感できて、はじめて小説には命が吹きこまれる。白石一郎の仕事場には、ガリオン船や千石船、村上海賊衆の海賊船などの模型が飾られているというが、この作者は操船技術について実に勉強熱心でよく知悉《ちしつ》しており、小説を読むにあたっては、安心して細部のディテールを楽しむことができる。また、楽しいのが作中にしばしば登場する、オノマトペ(擬音)だ。白石の小説では実にこれが効果的に使用されており、船乗りたちの発する太鼓打ちの音や、勇ましい掛け声を聞くたびに、読者の脳裏には海の情景が豊かに広がってくるのである。

白石は一九三一年に韓国の釜山に生まれ、以降佐世保や博多などに住まいしてきた。早稲田大学政経学部に在学していた上京期間以外は、常に海を眺められる場所で過ごしてきたのである。やがて海の小説を書き始めるよう、運命づけられていたのかもしれない。既に四十年を超える創作活動の結果著書は数多く、代表作も、先述の『海狼伝』や、第五回柴田錬三郎賞受賞作の『戦鬼たちの海』、第三十三回吉川英治文学賞受賞作の『怒濤のごとく』を始めとして枚挙に暇はないが、海洋小説以外の分野でも大きな足跡を残している。たとえば黒田藩の重鎮十時一右衛門が活躍する「十時半睡事件帖」シリーズは、福岡を舞台にしたという地域上の特性だけではなく、人情の機微に通じた名裁きの小説として、時代小説史に残るべき作品である。また、かつては漫画の原作も手がけたこともあり、ＳＦ小説を愛読して自らも実作を行うなど（『黒き炎の戦士』）、常に創作に向き合う姿勢は若々しく、柔軟である。

新卒として会社に入ったものの通常の勤めにはまるでなじめず、「小説家になるしかなかった」と自半生を振りかえる白石だが、実はまるで小説の神に魅入られたかのように、二人のご子息も同じ小説の道を選んでいる。白石一文・文郎の兄弟である。ともに一九五八年生まれ（双子である）と、まだ若く、これからの成長が楽しみな作家を身内に抱え、生まれついての小説家は家庭内でどのような顔をしているのだろうか。俺に似て困ったやつだ、と苦笑いしているか、それとも密かに双子の親子鷹《だか》の誕生を喜んでいるか。父子競いあって、これからも作品を生み出していってほしい、とは一ファンの勝手な願いである。

二〇〇二年二月

この作品は1999年3月徳間書店より刊行されました。

徳間文庫をお楽しみいただけましたでしょうか。どうぞご意見・ご感想をお寄せ下さい。
宛先は、〒105－8055　東京都港区東新橋1－1－16　㈱徳間書店「文庫読者係」です。

徳間文庫

海《うみ》の夜《よ》明《あ》け

日本海軍前史

2002年4月15日 初刷

著者 白《しら》石《いし》一《いち》郎《ろう》

発行者 松《まつ》下《した》武《たけ》義《よし》

東京都港区東新橋一－一－二 〒105－8055

発行所 株式会社 徳間書店

電話(〇三)三五七三・〇一一一(大代)

振替 〇〇一四〇－〇－四四三九二

印刷 製本 凸版印刷株式会社

〈編集担当 山下寿文〉

ISBN4-19-891691-8 (乱丁、落丁本はお取りかえいたします)